잘 있지
말아요

아무도
울지 않는
밤은
없다

사랑하기
전에
알았으면
좋았을
것들

당 신 의
가 슴 속 에.
영 원 히 기 억 될
특 별 한 연 애 담

잘 있지
말아요

정
여
울
지음

RHK
알에이치코리아

아무도 신을 본 적은 없다.

하지만 우리가 서로 사랑한다면 신은 우리들 속에 있느니라⋯⋯

— 「요한의 첫째 편지」 중에서

사랑의 고난이 무서워 뒷걸음질 치는 자는

그의 애인에게는 좋지 않은 기사(騎士)이다.

사랑은 신과 마찬가지여서 그 둘은 모두

가장 용감한 그들의 종에게만 모습을 드러낸다.

— 칼 구스타프 융

차례

연애
내 안의 가장 밝은 빛을 끌어내는 마법

이
별 사랑에 내재한 불가피한 트라우마

인연 서로의 결핍으로 오히려 완전해지는

현대인의
마지막 안식처,
사랑

그 여자에게 편지를 쓴다 매일 쓴다

우체부가 가져가지 않는다

내 동생이 보고 구겨버린다

이웃 사람이 모르고 밟아버린다

그래도 매일 편지를 쓴다

길 가다보면 남의 집 담벼락에 붙어 있다

버드나무 가지 사이에 끼어 있다

아이들이 비행기를 접어 날린다

그래도 매일 편지를 쓴다

우체부가 가져가지 않는다 가져갈 때도 있다

한잔 먹다가 꺼내서 낭독한다

그리운 당신……

빌어먹을,

오늘 나는 결정적으로 편지를 쓴다

(……)

안녕

오늘 안으로 당신을 만나야 해요

편지 전해줄 방법이 없소

잘 있지 말아요

그리운……

— 이성복, 「편지」 중에서

나는 밖으로 뛰쳐나가
거리에 몸을 던질 거요
절망에 사로잡힌 나는
미치광이
야만인이 될 거요
사랑하는 그대,
착한 그대,
그럴 필요가 어디 있겠소.
그냥 지금 헤어집시다
그대가 어딜 가든 나의 사랑은
무거운 저울추처럼
그대에게 달려 있으리라
(……)
그렇다고 창밖으로 몸을 던지거나
독약을 마시거나
관자놀이에 총알을 박거나 하진 않겠소
그 어떤 칼날도
그대 눈길만큼
나를 제압하지는 못하니

— 마야콥스키, 「릴리츠카! 편지 대신 보내는 시」 중에서

사랑에 빠진 사람들의 마음속에는 뜨거운 반어법의 씨앗이 숨어 있다. 숨이 끊어질 듯 사랑하면서도 '잘 있지 말아요'라고 속삭이고, 편지를 쓰고 싶지만 차마 보내기는커녕 완성할 수조차도 없다. 절대 놓아주고 싶지 않지만 '그냥 지금 헤어집시다'라고 선언하고, 그녀를 결연하게 떠나보내면서도 자신의 사랑이 무거운 저울추처럼 그녀에게 평생 매달려 있을 거라는 저주를 서슴지 않는다. 사랑하기에 붙잡을 수 없고, 보낼 수 없기에 차라리 놓아버리는 마음의 정체는 무엇일까. 수많은 연애 시에는 사랑밖에는 아무것도 기댈 곳이 없는 이들의 슬픔이 그득하다. 사랑하는 이를 붙잡을 수조차 없는 자신에 대한 분노, 그를 도저히 보낼 수 없지만 그를 행복하게 해줄 수 없는 자신의 처지에 대한 안타까움, 그와 다른 사람이 함께할 것을 상상하며 미쳐버릴 것 같은 마음. 이 모든 것이 어우러져 아름답고도 처절한 연애 시가 피어난다. 오죽하면 오르테가 이 가세트는 사랑이야말로 대자연이 인간에게 부여한 유일한 시련이라고 했을까.

이렇듯 견딜 수 없는 아픔의 기원이 사랑이기도 하지만, 한편으로 사랑은 인간의 잠재력을 무한대로 끌어올리는 신비로운 힘의 진원지이기도 하다. 라캉은 말했다. 사랑은 나에게 없는 것을 주는 것이라고. 이 멋진 문장은 내 안에서 겹겹의 울림을 만들어낸다. 내가 가지지 못한 것까지 주고 싶을 정도로 사랑은 우리 안의 숨은 힘을 일깨운다. 또한 때로는 사랑이 상대방에게 당신에게 없는 그 모든 것까지 요구하는 뜻밖의 폭력이 될 수도 있다. 한편 사랑은 그동안은 별

느낌 없이 받아들여왔던 스스로의 결핍을 불현듯 깨닫게 하는 결정적인 계기이기도 하다. 사랑하는 사람 앞에서 우리는 한없이 작아진다. 더 많이 사랑해주지 못해서, 더 멋진 사람이 되지 못해서, 더 아름다운 시간을 선물하지 못해서. 사랑을 통해서만 깨달을 수 있는 내 안의 결핍. 그 덕분에 우리는 더욱 겸허해질 수도, 더욱 탐욕스러워질 수도 있다. 당신을 사랑하기에 나는 더욱 멋진 사람이 될 수도 있고, 당신에게 사랑받기 위해 나는 어쩌면 심각한 무리수를 둘 수도 있다. 사랑은 우리를 무한히 향상시킬 수도 있고, 무한히 추락시킬 수도 있다. 사랑은 그렇게 신비스런 매혹과 피할 수 없는 위험을 동시에 발산한다.

괴테는 말했다. 연애는 교양의 시초라고. 사랑을 통해 우리는 그동안 궁금한 줄도 몰랐던 세상을 배운다. 사랑하는 사람이 좋아하는 음악, 음식, 사람을, 사랑하는 사람이 견뎌온 고통과 슬픔과 불편을, 사랑하는 이가 앞으로 짊어져야 할 삶의 무게까지도, 우리는 배운다. 그런 배움은 어떤 책 속의 가르침과도 바꿀 수 없는 영혼의 보석이다. 우리는 그렇게 사랑하는 이가 아니었다면 결코 만져볼 수 없는 세상의 신비와 위험과 감동을 배운다.

얼마 전 나는 기나긴 여행을 다녀왔다. 수없이 길도 잃고 수없이 길을 물으며 하루에도 수백 명의 서로 다른 국적과 직업과 고민을 가진 낯선 사람을 만나며, 발가락마다 물집이 잡히고 그 물집이 다시 굳은살이 될 때까지, 걷고 또 걸었다. 도대체 어떻게 살아야 할지 몰라서, 길을 잃은 김에 확실히 방랑자가 되어보자는 기분으로, 그렇게 무작정 여행을 떠났다. 결코 책에서 볼 수 없는 것들을 배우고, 듣고, 경험하고 싶었다. 그런데 신기하게도 그토록 많은 풍경과 그림들과 책들과 음악을 가슴에 담아두려 열심히 사진을 찍고 메모를 했는데도, 돌아오는 길에 가장 선연히 떠오른 풍경은 거리에서 바라본 수많은 연인들의 키스 장면이었다. 예전 같으면 어리고 상큼한 커플들의 정열적인 키스가 기억에 남았겠지만, 이제 내 눈에 들어오는 키스 신의 주인공들은 그 젊음이나 아름다움 때문이 아니라 그 절실함 때문에 눈길을 끌었다.

베를린 기차역에서 안타깝게 헤어지며 아무 말 없이 10분도 넘게 포옹하며 키스하고 눈물을 흘리던, 서로 다른 피부색을 지닌 커플. 프라하 지하철역에서 마치 세상에 태어나 처음인 듯이, 세상에 그들뿐인 듯, 다시는 당신을 놓지 않으리라 결심하듯 키스하던 중년의 커플. 비엔나 밤거리에서 드디어 사람들의 시선으로부터 해방된 자유를 만끽하듯 수줍게 키스하던 게이 커플. 오늘이 우리가 사랑할 수 있는 마지막 날인 것처럼 포옹하고 키스하고 눈물 흘리는 사람들을 보며 나도 모르게 코끝이 찡해졌다. 저 모습이 바로 죽기 전에 우리가 저마다 떠올릴 슬프고도 아름다운 장면이 아닐까. 마치 내가 이렇게 많은 사람들이 사랑하고 사랑받는 모습을, 위대한 명화처럼, 다시없는 절경처럼 바라보기 위해 기나긴 여행을 떠나온 것만 같았다. 나또한 때로는 사랑이 너무 고통스러워 아예 경험하지 않는 것이 낫다고 생각했다. 하지만 고통의 썰물이 지나갈 때마다, 나는 다시 제자리로, 너를 사랑할 수밖에 없는 나로 돌아온다. 끊임없이 사랑하고 줄기차게 실패했던 사랑의 기억이 없었다면, 나는 훨씬 더 이기적이고 오만한 사람이 되지 않았을까. 그 시절 그 사람에게 사랑받았기에 나는 세상 밖으로 튕겨져 나갔다가도 다시 돌아올 수 있었고, 그 시절 그를 사랑할 수 있었기에 나는 내가 결코 극복할 수 없는 상처가 무엇인지 알게 되었다. 사랑은 내게 이 세상 어떤 학교도 가르쳐주지 않는 삶의 진실을 깨우쳐주었다.

이 책은 지난 몇 년 동안 나를 매혹시킨 아름다운 사랑 이야기들이 내게 가르쳐준 소중한 메시지들을 갈무리한 것이다. 이 책을 준비하면서 나는 '아무리 책을 읽고 영화를 보고 주변 사람들의 이야기를 들어도 사랑을 전혀 모르겠다'는 생각 때문에 괴로웠다. 그런데 이런 나에게 용기를 주는 사람이 있었다. 내가 존경하는 심리학자 융인데, 그조차 인정한 것이다. 융은 고백한다. "내 모든 경험상 사랑은 거의 다 올라갔다고 생각했을 때 더 높이 우뚝 솟아 있는 거대한 산과 같습니다." 융은 무한한 사랑의 모순을 적절하게 표현할 수 있는 언어를 찾을 용기가 없다고 털어놓는다. 도저히 그 학문의 깊이를 짐작할 수 없는 위대한 대가의 뜻밖의 겸허함이 나에게 용기를 주었다. 나는 사랑을 잘 모르지만, '사랑이 내게 가르쳐준 것들'이 무엇인지를 끊임없이 되새기고 싶다. 사랑을 꿈꾸지만 사랑 때문에 늘 상처받는 사람들과 함께, 이 아름다운 사랑 이야기들의 감동을 나누고 싶다. 사랑이야말로 끝나지 않는 철학의 샘물이고, 어떤 이론으로도 완전히 분석할 수 없는 삶을 예리하게 투시하는, 보이지 않는 현미경이니까.

여기 내가 사랑하는 사랑 이야기들을 모았다. 사랑에 대한 이야기들은 어떤 기계장치로도 지울 수 없는 메모리와 같아서, 아무리 오랜 시간이 지나도 아주 작은 기억의 촉매만으로도 환하게 되살아난다. 이 사랑 이야기들은 수없이 영화나 연극이나 뮤지컬로 리메이크되었지만, 시대가 변할수록 더욱 새로운 울림으로 되살아난다. 영화에서 본 사랑 이야기들은 소설로 다시 읽을 때 더욱 섬세한 울림으로 되살아난다. 마치 엠피스리로만 듣던 음악을 오래된 카페에서 엘피판으로 들을 때의 반가움처럼. 단순한 기계음보다 더욱 다사롭고, 소리의 질감 하나하나가 되살아나는 느낌이 좋다. 이 서른일곱 편의 사랑 이야기가 사랑으로 아픈 이들에게, 사랑이 떠난 자리를 놓아버리지 못하는 이들의 가슴에, 누구도 사랑할 수 없을 것 같은 외로운 밤을 보내는 이들에게, 다시 사랑을 시작할 용기를 주었으면 한다.

내게 감동을 준 사랑 이야기들을 돌이켜보면 묘한 공통점이 있다. 영원한 사랑의 불가능성을 인정하면서도, 그럼에도 불구하고 영원한 사랑을 향한 불가능한 꿈을 포기하지 않는 사람들의 눈부신 희망. 나는 오래전부터 아껴왔던 사랑 이야기들이 내게 가르쳐준 메시지를 갈무리하며 오늘도 지구촌 곳곳에서 사랑으로 아파하는 이들의 소리 없는 외침을 듣는다. 그들은 저마다의 고독한 공간에서 외친다.

아무리 아파도, 제아무리 지독한 상처를 남겨도, 그래도 다시 사랑하고 싶다고. 당신과 내가 있는 바로 그곳이 우주의 중심이라고 느끼는 순간. 그것은 오직 사랑에 빠졌을 때만 느낄 수 있는 아름다운 착각이니까. 영화 「비포 선라이즈」의 명대사처럼, 우리가 이 시간을 온전히 만들어낸 것 같은 느낌을 주는 순간. 그 또한 사랑만이 부릴 수 있는 경이로운 마법이니까. 그토록 어처구니없는 너. 그런 널 사랑하는 나. 그런 너와 나의 멈출 수 없는 화학반응. 그것이 사랑이니까.

2013년 가을,
사랑이 남기고 간 기나긴 상처의 그림자에 감사하며
정여울

사
랑

위험하기에
더욱
아름다운
열정

잘 있지 말아요

사
랑

이반 투르게네프,
『첫사랑』

첫사랑,
영원한 트라우마

우주를 단 한 사람으로 줄이고
그 사람을 신神에 이르기까지 확대하는 것,
그것이 곧 연애다.
/ 빅토르 위고

특정한 물건을 보면 반드시 떠오르는 사람이 있다. 예컨대 연필과 지
우개를 보면, 초등학교 때 책상 가운데 비뚤비뚤한 금을 그리고서는
서로 넘어오지 말라며 유치하게 싸우던 짝꿍이 생각난다. 빨간색 호출
기를 보면, 걸핏하면 자신이 직접 부른 노래를 녹음해서 나의 음성 사

위험하기에 더욱 아름다운 열정

서함에 남겨두던 그 시절의 앳된 남자친구가 생각난다. 특히 음악은 어떤 사람의 이미지를 떠올리게 만드는 최고의 미디어다. 누군가와 연애를 할 때 들었던 음악은 어김없이 그 사람을 떠올리게 만든다. 마음의 준비가 되지 않았을 때, 우연히 갑작스레 추억의 음악을 들으면, 마음 한구석에서 죽은 줄로만 알았던 오래전의 추억이 놀라운 속도로 되살아난다.

영화 「건축학개론」은 바로 이 첫사랑의 페티시즘을 눈부시게 구현해냈다. 작은 소품들 속에 올올이 스며 있는 수많은 추억들은 그 시절의 음악을 통해 생생하게 되살아난다. 오래된 CD플레이어, 전람회의 CD 등등은 하나같이 소중한 추억의 스토리텔링 기계가 된다. 「건축학개론」에 나왔던 모든 1990년대 소품들은 '전람회'의 음악과 함께 그때 그 시절의 추억을 재생하는, 움직이는 미니 극장들이다. 그 시절 유행했던 짝퉁 게스 티셔츠도, 통이 너무 넓어 바닥을 쓸고 다녔던 청바지까지도. 물건이 단지 쓸모로 자신을 표현하는 것이 아니라 물건 자체가 스스로 이야기를 풀어놓는 것이다. 그 물건을 쓰다듬고 아끼던 사람들이 만들어냈던 그 모든 이야기를 말이다. 이렇듯 소중한 첫사랑의 추억은 그것을 현재의 불길로 되살릴 수 없기에 더욱 아련한 빛을 발휘한다.

다시는 되찾을 수 없다는 것. 그것은 모든 첫사랑의 서글픈 운명일 것이다. 황순원의 「소나기」에서 소녀는 소년과의 추억이 묻어 있는 스웨터를 자신의 주검과 함께 묻어달라는 유언을 남긴다. 소나기가 억수같이 내리던 날, 소년의 등에 업혔다가 소년의 등에서

옮은 흙탕물이 지워지지 않는다며 자신의 얼룩진 분홍 스웨터를 보여주던 소녀. 「소나기」는 우리 마음속에서 어쩔 수 없이 한 번은 '죽음'을 맞는 첫사랑의 공통된 운명을 상징적으로 보여준다. 첫사랑은 평범한 일상이나 노년의 평화와는 어울리지 않는 낱말이다. 첫사랑은 오직 그때 그 시간, 되돌릴 수 없는 과거 속에서만 살아 있는 추억의 반딧불이다.

첫사랑의 대표 증상 중 하나는 어디서나 10초 안에 견딜 수 없는 외로움에 빠져드는 것이다. 그 사람이 곁에 없어도 외롭고, 곁에 있어도 외롭다. 그 사람과 무한정 함께 있고 싶은 열망 때문에 수많은 사람들 곁에서도 뼈아픈 고독을 느낀다. 첫사랑의 트라우마는 평상시에는 고요히 잠복해 있다가도 유사시에 급속히 재생되어 온몸 구석구석으로 전파된다. 결혼은 디저트보다 애피타이저 쪽이 더 맛있는 정식이라지만, 첫사랑은, 게다가 짝사랑이 겹친 첫사랑은 사람의 입맛 자체를 뚝 떨어뜨리는 고통스러운 질병처럼 다가온다. 3주 동안 서로 연구하고, 3개월 동안 서로 사랑하고, 3년 동안 싸우고, 30년 동안 서로 참는 것이 결혼이라고 한다. 그러나 첫사랑은 3초 만에 빠진 후 평생 동안 헤어 나오기 힘든 거대한 늪이 되어 사람의 인생 전체를 좌우하곤 한다. 사랑은 사람들의 마음속에서 영원한 미완의 자화상으로 남아 있다. 그러므로 첫사랑의 기억 위에 아무리 다양한 감정을 덧칠해도 첫사랑만이 가진 원초적 설렘은 지워지지 않는다. 첫사랑은 대부분 실패하지만, 첫사랑이 곧 짝사랑일 경우 실패 확률은 더욱 높아진다.

위험하기에 더욱 아름다운 열정

인류는 유사 이래 끊임없이 짝사랑의 대상에게 사랑받는 기술을 연구했지만, 짝사랑을 성공시키는 비방은 아직 발견되지 않았고, 여전히 짝사랑의 승리자보다는 전사자가 더 많다.

러시아 문학의 거장 이반 투르게네프의 『첫사랑』의 주인공 블라디미르는 이웃집에 이사 온 연상의 여인 지나이다에게 첫눈에 반한다. 블라디미르는 첫사랑에서 되도록 피하는 것이 좋을 3대 악재(?)를 골고루 갖추었다. 첫째, 상대방을 향한 구혼자들이 너무 많다. 경쟁자가 너무 많은 첫사랑이란 애초에 초심자에게 불리하다. 둘째, 도저히 사랑의 화살표가 내 쪽으로 넘어오기 어려운 난공불락의 짝사랑이다. 첫사랑만으로도 버거운 이 연약한 소년에게 엎친 데 덮친 격으로 짝사랑이라니. 셋째, 그녀가 사랑하는 사람은 도저히 나와 경쟁이 되지 않는 사람이다. 지나이다가 사랑에 빠진 사람은 바로 블라디미르가 이 세상에서 가장 존경하고 두려워하며 사랑하는 남자, 바로 아버지였다.

블라디미르는 전도유망한 귀족 청년이었다. 부족한 것도, 괴로울 것도 없었던 그의 인생에 지나이다가 나타나자마자 그의 삶은 순식간에 무너진다. 균형 잡힌 교양과 낭만적인 예술혼의 소유자였던 블라디미르의 마음에는 이제 오직 '사랑의 회로'만이 제대로 작동하기 시작한다. 블라디미르는 오직 사랑의 스위치로 세상 전체의 'on/off' 전원을 켜고 끈다. 지나이다의 눈길이 조금이라도 부드러운 날이면 세상 전체의 불이 환하게 켜지고, 지나이다의 얼굴에 조금이라도 어두운 그늘이 보이면 세상 전체의 불이 꺼져 암흑에 빠지는 것이다. 수많은 남자들의 시선과 구애를 공공연히 즐기는 지나이다의 방탕함도, 유부남을 사랑하는 지나이다의 불륜도, 아들이 사랑하는 여인을 본의 아니게 빼앗은 아버지의 패륜도 블라디미르에게는 보이지 않는다. 윤리의 잣대를 완전히 벗어나 있는 블라디미르의 눈에 비친 지나이다는 여전히 사랑스러울 뿐이고, 아버지는 더더욱 따라잡을 수 없는 드높은 존재가 된다. 아버지와 사랑에 빠진 지나이다는 예전보다 더욱 소름 끼치게 아름다워 보이고, 지나이다와 사랑에 빠진 아버지는 예전보다 더 다가가기 힘든 신비의 베일에 둘러싸인다.

　　『첫사랑』에 등장하는 주요 인물들은 저마다 뜻대로 되지 않는 사랑 때문에 고통 받고 있다. 블라디미르의 어머니는 평생 자신의 사랑을 받아주지 않는 냉담한 아버지 때문에 괴로워한다. 블라디미르의 아버지는 사랑하지 않는 여인과 결혼한 불운의 대가라도 되는 양 불현듯 찾아온 때늦은 사랑에 몸부림친다. 블라디미르의 연적戀敵은 도저히 경쟁조차 해볼 수 없는 두려운 대상, 아버지다. 지나이다는 수많은 구혼자들 중 유독 가장 불가능한 상대를 선택하여 괴로워한다. 돌이킬 수 없는 비극적인 사랑이 아버지의 인생을 휩쓸고 가자, 아버지는 마흔두 살의 젊은 나이에 세상을 떠나고 만다. 뇌졸중이 아버지를 덮친 날, 아버지는 아들에게 유언 같은 편지를 쓴다. "아들아, 여자의 사랑을 두려워하거라. 그 행복, 그 독毒을 두려워해."

　　상상 속에서만 간신히 어렴풋한 빛을 뿜어내는 블라디

미르의 사랑에 비해 아버지의 사랑은 현실 속에서 더욱 찬란하게 빛난다. 블라디미르는 악한들의 손에서 그녀를 구하는 상상, 자신이 피범벅이 된 채로 감옥에서 그녀를 구출하는 상상, 그녀의 발아래서 참혹하게 죽어가는 상상 속에서만 그녀와 함께일 수 있었다. 그러나 블라디미르의 아버지는 현실 속에서 그녀와 산책하고, 키스하고, 포옹한다. 열여섯 살 소년 블라디미르는 자신에게 진정으로 결핍된 것이 '아버지 같은' 남자다움임을 깨닫는다. 지나이다에게 능숙하게 말 타는 법을 가르쳐주며 카리스마 넘치는 미소를 지어주는 진정한 '남자'인 아버지에 비해, 자신은 지나이다를 '이모뻘'로 보이게 만드는 풋풋한 연하남에 불과하다는 것을 인정하지 않을 수 없다.

블라디미르는 우리 안에서 영원히 자라지 않는, 첫사랑에 빠진 얼치기 소년을 끄집어낸다. 첫사랑은 우리 삶에서 가장 아픈 순간과 가장 기쁜 순간을 동시에 경험하게 만드는, 모두에게 주어진 공평한 기적이자 천형이 아닐까. 아버지의 죽음에 이어, 지나이다 또한 원치 않는 남자와 결혼하여 아기를 낳던 중 죽었다는 소식을 듣는 블라디미르. 그는 자신의 인생이 영원히 반복되는 첫사랑의 트라우마로 점철될 것임을, 지나치게 아픈 첫사랑의 상처가 그의 운명 전체에 걸쳐 반복될 원형적 패턴이 될 것임을 어렴풋이 깨닫는다.

연애는 '또 다른 세상'을 배우는 보이지 않는 학교이기도 하다. 연애를 통해 우리가 '타자'의 존재를 처음으로 강력하게, 구체적으로 느끼기 때문일 것이다. 엄마처럼 응석을 부릴 수도 없고, 친구처럼 스스럼없이 장난을 칠 수도 없는 강력하고 절대적인 타자, 연인. 아무리 주체적인 존재가 되기 위해 용을 써도, 사랑에 빠진 사람들은 연인을 향해 꼼짝 못하는 노예가 될 수밖에 없다. 그것도 아주 행복하고 자발적인 노예 말이다. 첫사랑은 우리를 한꺼번에 나이 들게 한다. 그렇게도 더디 가던 시간은, 하루에도 몇 년이 흘러가는 듯 쏜살같이 지나간다. 첫사랑 이후의 세계는 폭풍우가 지나간 폐허처럼 스산하기 이를 데 없다. 사랑에 빠진 사람은, 사랑만이 가져올 수 있는 짜릿한 쾌락을 지불하고, 사랑만이 가져올 수 있는 쓰디쓴 불행을 손에 넣는다. 첫사랑은 인류에게 공평하게 주어진 뼈아픈 통과의례가 아닐까.

모든 첫사랑은 저마다의 기억 속에서 아름다운 미라처럼 완전한 모습이지만, 남아 있는 나날들을 살아내야만 하는 우리들은 마냥 첫사랑의 추억만을 부여잡고 안타까워할 수 없다. 사랑조차 누추해지는 세월, 사랑조차 사치인 세월을 겪고 나서야 우리는 사랑이야말로 최고의 자산임을, 누군가를 진심으로 사랑했다는 사실이야말로 무엇과도 바꿀 수 없는 영혼의 보물임을 알게 된다. 첫사랑은 더 이상 아련한 노스탤지어의 대상이 될 수 없을 것이다. 첫사랑은 멀리 있기에, 다시는 되돌아갈 수 없기에 저기 저 먼 곳에서만 아련히 빛날 수 있다. 이 세상에 단 한 장뿐인 폴라로이드 사진처럼, 첫사랑은 우리 마음속에서 영원히 하나뿐인 축복, 하나뿐인 완전한 세상이니까.

패트릭 마버,
『클로저』

사랑 앞에서,
우선멈춤

타인에게 더 가까이 가려는 노력이 오히려 타인을 더 멀어지게 하는 때가 있다. 단지 '밀고 당기기' 같은 두뇌 게임이 필요하다는 의미가 아니다. 거리를 좁히려는 노력은 사랑의 입장에서는 긍정적이지만, 아직 마음의 준비가 되지 않은 타인의 입장에서는 자신의 공간을 침해당하는 일이기 때문이다. 사랑에 빠진다는 것은 완전한 타인을 자신의 내밀한 공간 안으로 끌어들이는 것이다. 사랑한다고 고백할 때, 우리는 '너의 공간 속에 아직 없는 나의 공간을 만들어주기를' 부탁하는 것이다. 고백하려면 그 사람에게 더 가까이 갈 수밖에 없지만, 더 가까이 다가가기 위해서는 때로는 '우선멈춤'의 자세가 필요하다. 그런데 이 우선멈춤이란 쉬운 일이 아니다. 그 사람의 마음을 힘겹게 열기 위해 때로는 자존심을, 때로는 인생마저 저당 잡혀야 하기 때문이다.

영화 「클로저」는 바로 이 우선멈춤의 어려움을 이야기한다. 타인에게 더 가까이 가기 위해, 내가 아는 최선의 노력을 해보지만, 그럴수록 타인의 마음은 오히려 얼어붙을 때. 이제 '당신은 내 것'이라고 생각하는 순간, 어느새 멀어진 당신의 마음을 확인하는 순간의 아픔. 「클로저」는 오랫동안 진정한 사랑을 갈망해온 네 남녀의 엇갈린 인연을 그려낸다. 앨리스(나탈리 포트만), 댄(주드 로), 안나(줄리아 로버츠), 래리(클라이브 오웬)는 서로 만나고 헤어짐을 반복하지만 끝내 행복을 찾지 못한다. 그들은 왜 서로 사랑하지만 헤어질 수밖에 없을까. 그들은 왜 함께 살면서도 행복할 수 없을까. 남자들이 상대방의 '진실'을 찾으려 할 때, 여자들은 상대방의 '이해'를 원한다. 여자들이 '미래'를 계획하며 행복의 주문을 걸 때, 남자들은 '과거'에 집착하며 그녀들을 유도신문 한다. 여자들이 지금이야말로 최고의 행복한 순간이라 느낄 때, 남자들은 행복을 방해하는 갖가지 장애물을 확인하며 조바심을 느낀다. 이 영화는 감동적인 러브 스토리가 아니라 사랑에 실패할 수밖에 없는 현대인의 불안을 예민하게 포착한다.

위험하기에 더욱 아름다운 열정

속고 속이고, 배신하고 배신당하는 스토리보다 더욱 눈 길을 끄는 것은 상대방의 허점을 정확히 찌르는 대사들이다. 웨이트리 스인 자신을 버리고 전도유망한 사진작가 안나를 택한 댄에게, 앨리스 는 묻는다. "성공한 여자가 좋아?" 대니얼은 대답한다. "그녀는 날 필요 로 하지 않아." 이 말이 앨리스의 가슴에 독화살이 되어 박힌다. 내가 너 를 이토록 필요로 하는 게, 너에겐 그토록 부담이었단 말인가. 내가 사 랑이라 믿었던 것이 너에겐 집착이고 부담이었을까. 댄은 앨리스와 동 거하며 안나와 1년이나 바람을 피우고도, 앨리스에게 "널 사랑하니까 상처 주고 싶지 않아"라고 말한다. "그런데 왜 날 버려?"라고 묻는 앨리 스에게 댄은 또 한 번 독화살을 날린다. "난 이기적이야. 더 행복해지고 싶어." 그는 나와의 행복과 그녀와의 행복을 저울질하여, 그녀와의 행복 이 더욱 크다는 것을 깨달았던 것이다. 절망한 앨리스가 한밤중에 짐도 없이 뛰쳐나가려 하자 댄은 말린다. "밖은 위험해." 앨리스는 어이가 없 다. "여긴 안전해?" 사랑 때문에 비로소 안전할 수 있었던 이 공간은, 사 랑이 사라져버린 지금, 우범 지역의 밤거리보다도 더 위험해져버린다.

대니얼: 안나를 돌려줘. 그녀를 사랑한다면 행복을 빌어줘.
래리: 그녀는 불행을 원해. 우울증 환자들은 우울해야만 자 기 존재감을 느껴. 우울해지려고 불행을 안고 살지.
대니얼: 안나는 환자가 아냐.
래리: 그럴까?

— 영화 「클로저」 중에서

래리: 앨리스는 성숙이 덜 됐어. 순진해 보이지만 영악해.
(자신감 넘치는 표정으로) 당신의 애인은 인간의 심리를 아주
잘 이해하지.

안나: (혐오스럽다는 표정으로 래리를 바라보며) 당신은 생선을
차지하고 우쭐해하는 고양이 같아.

래리: (당혹스러운 표정으로) 그렇게 심한 말은 처음이야.

— 영화 「클로저」 중에서

　　　이 영화는 남녀 관계뿐 아니라 서로의 상대를 빼앗긴
남성들, 여성들끼리의 기이한 소통을 다루고 있다. 희곡 『클로저』의 작
가이자 영화의 각색까지 훌륭하게 해낸 패트릭 마버는 이렇게 말한다.
"남성들 간의 관계는 진실한 감정을 드러내서는 안 된다는, 일종의 근
본적인 허세 부리기 위에 기초해 있다"고. 마치 경쟁하듯 서로의 상대
를 탐하고, 마치 복수하듯 서로의 상대를 빼앗는 두 남자, 댄과 래리.
피부과 의사 래리는 기자이자 작가인 댄의 사랑 안나를 빼앗고, 댄은
앨리스와 동거하던 중 안나와 바람을 피우며, 안나는 래리와 결혼한
상태에서 댄을 만나며 괴로워하고, 마침내 래리는 댄에게서 안나를 되
찾아 오는 데 성공(?)한다. 이 이야기는 네 남녀의 사랑 찾기이기도 하
지만 두 남자의 피 흘리는 수컷 경쟁이기도 하다. 래리는 댄의 나약함
을 알고 있고, 댄은 래리의 단순함을 알고 있다. 댄의 나약함은 여성들

에게 섬세함으로 느껴질 수 있고, 래리의 단순함은 여성들에게 남자다움으로 읽힐 수 있다. 그러나 바로 그 강력한 매력이 치명적인 단점이 되기도 한다. 댄의 나약함은 결국 여성을 믿지 못하는 심각한 의처증의 증세로 나타나고, 래리의 단순함은 자신의 권력과 남성성으로 여성을 억압하는 잔혹성으로 치닫는다.

　　　　　이 모든 우여곡절을 겪는 동안 아무도 앨리스의 진짜 이름을 알아내지 못한다. 앨리스는 웨이트리스이지만 스트리퍼이기도 하고, 20대 초반의 어린 나이이지만 다른 모든 등장인물을 압도하는 카리스마를 보여주기도 한다. 안나는 앨리스에게 호기심을 표하며 묻는다. 당신 애인이 당신에 대한 소설을 썼는데, 불쾌하진 않느냐고. 당신의 인생을 타인 앞에 전시하는 것이 기분 나쁘지 않느냐고. 앨리스는 차가운 표정으로, 당신이 상관할 일이 아니라고 대답한다. 앨리스는 이미 알고 있다. 안나와 댄 사이에 무언가가 있음을. 앨리스가 들어오기 전, 안나와 댄은 서로에게 첫눈에 반해 키스까지 나눈 사이였던 것이다. 앨리스는 안나에게 자초지종을 따져 묻는 대신, 자신의 사진을 찍어달라고 한다. 연인의 배신에 상처 입고 눈물 흘리는 그 순간을, 영원히 기념하기 위해. 안나는 자신의 전시회에 앨리스의 사진을 전시한다. 시간이 흐른 후 사진을 통해 자신의 모습을 바라본 앨리스는 어쩔 수 없는 박탈감을 느낀다. 나의 슬픔이, 이렇게 세상에 전시되는구나. 나의 상처가, 어떤 여자에게는 예술의 재료가 되는구나. 앨리스의 마음은 엉망으로 찢어져 있었지만, 그렇게 눈물 흘리는 앨리스는 너무나 아름답게 왜곡되어 찍힌다.

앨리스: 사진은 남의 슬픔을 너무 아름답게 찍어요. 예술
애호가입네, 잘난 척하는 작자들은 아름답다고 찬사를 보
내겠지만, 사진 속 인물들은 슬프고 외로워요. 그런데 사진
은 세상을 아름답게 왜곡시키죠. 우습게도 사람들은 그 거
짓에 열광하는 거예요.

— 패트릭 마버, 『클로저』 중에서

안녕, 낯선 사람! Hello, stranger!

인공피부염이라고 불리는 게 있어. 그건 피부에 드러나는
정신장애야. 환자가 자신의 피부 질환을 만들어내는 거야.
환자들은 예술가나 연인처럼 세밀한 부분까지 지독한 주의
를 기울이며 자신들의 질병을 창조해내지.

— 『클로저』 중에서

루소는 말한다. 상상력이 없다면 인간은 결코 사랑에
빠질 수 없다고. 타인에 대한 정확한 정보와 냉철한 분석력만으로는
사랑에 빠질 수 없을 것이다. 당신의 배후에 당신 이상의 것이 숨 쉬고
있다는, 헛되지만 아름다운 믿음 덕분에 우리의 사랑은 유지된다. 그런
데 바로 이 상상력이 사랑을 망치는 지름길이 되기도 한다. 내 여자가
다른 남자와 함께 있다면? 벌써 그런 일이 일어난 것은 아닐까. 이런

상상 때문에 댄과 래리는 고통 받는다. 댄과 래리는 끊임없이 사랑하는 여인들의 과거를 캐려고 하고, 그 진실을 향한 열망이 관계를 망친다. 안나를 잊고 다시 앨리스와 함께하게 된 댄. 이제 겨우 행복을 되찾았다고 느끼는 앨리스에게 댄은 또 다시 유도신문을 시작한다. 당신이 스트립 댄서로 일할 때, 래리와 당신 사이에 정말 아무 일도 없었느냐고. 행복의 절정에 다다른 앨리스에게, 이 질문은 너무도 뼈아픈 고통이다. 이제 겨우 너를 되찾았는데, 너는 또다시 의심하는구나. 나에겐 너와의 사랑이 중요한데, 너에겐 너만의 자존심이 중요하구나. 댄은 말한다. "난 진실에 중독되었어." 진실이 없다면, 우린 인간이 아니라 짐승일 뿐이라고 변명하는 댄. 앨리스는 댄의 나약함을 다시 간파한다. 그는 진실을 원하는 척하지만, 실은 자신의 빼앗긴 체면을 되찾고 싶은 것임을.

앨리스는 그 순간 자신이 그토록 헤매던 진정한 사랑의 밀약이 허무하게 깨져버리는 소리를 듣는다. 평생 댄을 사랑하리라 마음먹었던 앨리스의 소중한 진심을, 댄은 그렇게 놓쳐버린다. 그녀가 떠난 후에야, 공원을 홀로 산책하던 그는 뜻밖의 흔적을 발견한다. "앨리스 에이리스. 벽돌공의 딸. 불 속에 뛰어들어 아이 셋을 구하고 숨지다." 앨리스는 댄과 처음 만나던 날, 바로 이 기념비를 보고 자신의 이름을 그 자리에서 지어냈던 것이다. 그가 앨리스라 믿었던 그녀는, 끝내 자신의 진짜 이름조차 알려주지 않은 채 4년 동안 그를 후회 없이 사랑하고, 미련 없이 그를 떠나버린 것이다. 댄이 연약한 의심의 눈길을 걷어내고 그녀의 모든 것을 진심으로 끌어안았다면, 그녀는 자신의 진짜 이름을 말해주었을까. 아무도 몰랐다. 그녀의 이름이 제인 존스라는 것을. 심지어 래리는 그녀가 제인 존스라고 자신의 이름을 고백하는 순간에도 그녀를 결코 믿지 않았다. 제발 진실을 말해달라며 그녀의 속옷에 '팁'을 넣어주기까지 했다. 아무도 그녀가 뉴요커라는 것을 몰랐다. 댄은 앨리스를 사랑한 것이 아니라 앨리스라 불리는 이름 모를 여인을 사랑한 것이다.

인생의 심장부로 가장 깊숙이 들어왔던 한 여인에 대해, 제대로 아는 것이 아무것도 없었다는 것. 댄은 그토록 진실을 찾아 헤맸지만, 그가 찾은 유일한 진실은 한 번도 진실의 근처에도 접근하지 못했다는 것이었다. 댄과 안나는 1년 동안 몰래 만나며 앨리스를 속이는 데 성공한 것처럼 보였지만, 정말 속은 것은 댄과 안나, 그리고 래리, 모두였다. 앨리스는 왜 누구에게도 자신의 진실을 말하지 않았을까. 그녀는 자신의 정체성을 판단하고 분석하려는 사람들의 폭력을 거부하고 싶었던 것은 아닐까. 내가 누구인지 아는 순간 나를 판단하는 사람들에게는, 절대로 나를 보여주지 않겠다는 듯. 그녀는 누구에게도 자신을 보여주지 않았다. 이제 댄도 래리도 안나도 없는 뉴욕에서, 홀로 당당히 거리를 걷는 앨리스. 매혹적인 자태로 뭇 남성의 시선을 받는 그녀. 그녀는 자신의 몸을 머리끝에서 발끝까지 훑어보는 남자들의 시선에도 아랑곳없이 당당하게 홀로 걷는다. 아무리 뚫어지게 그녀를 바라봐도, 누구도 그녀의 진실을 알아낼 수는 없을 것이다. 사랑은 상대의 외피 속에 가려진 진실을 분석하는 모험이 아니라, 진실과 외피를 굳이 구분하지 않는, 의연한 믿음 속에 존재하기에. 당신의 진실이 무엇이든, 그 진실 때문에 당신을 판단하지 않는 것. 사랑하는 이의 마음속에서 우리는 어떤 모습으로 기억되어 있을까. 부디, 사랑하는 이의 눈에 비친 우리 모습이, 이미 완성된 그림이 아니라 매일매일 조금씩 덧칠되는, 아직은 '여백 많은 캔버스'이기를.

다나베 세이코,
「조제, 호랑이, 그리고 물고기들」

다시는
'친구'가 될 수 없는
'연인'의 슬픔

헤어져도 친구로 남는 여자도 있지만 조제는 아니다.
조제를 만날 일은 다시는 없을 것이다.
/ 다나베 세이코, 『조제와 호랑이와 물고기들』 중에서

세상 누구에게도 좀처럼 곁을 내주지 않는 사람들이 있다. 마치 엄청
난 보물이라도 숨겨놓은 듯 자신의 밀폐된 공간으로만 한없이 움츠러
드는 사람들. 인연의 종말이 두려워 아예 인연 자체를 시작하지 않으
려 하는 사람들. 얽히고설킨 관계의 복잡함보다 차라리 무중력의 우주

공간 같은 철저한 고독을 택하는 사람들. 그러나 막상 그들의 공간을 살펴보면 고결한 고독이 아니라 지독한 외로움의 냄새가 난다. 현대인들은 어느 때보다도 진정한 소통을 갈망하지만, 시간이 지날수록 소울메이트를 찾는 일은 점점 어려워진다. 소셜 네트워크의 폭증은 어디까지나 미디어의 발전이지 소통 자체의 질적 발전은 아니다. 아무리 소셜 네트워크가 발달해도 몸과 몸이 부딪히고, 목소리와 입김과 체온이 닿는 소통에 대한 인간의 갈망을 대체할 수는 없다. 사람들은 사랑이 싫어서가 아니라 사랑이 끝나고 난 후의 외로움이 두려워서 사랑을 피한다.

사랑이 없다면 사랑이 끝나고 난 후의 외로움도 없을까. 사랑을 갈구하면서도 사랑으로부터 도피하는 사람들은 '사랑의 기회비용' 때문에 사랑을 포기하곤 한다. 「조제, 호랑이, 그리고 물고기들」의 주인공 조제도 그랬다. '사랑 따윈 필요 없어'라고 말하는 사람들은 실은 누구보다 더 사랑을 필요로 한다. 하반신을 쓰지 못하는 조제는 처음부터 자유로운 사랑의 기회를 박탈당했다. 조제는 그렇게 타인에게 버려지기 전에 이미 스스로를 고립시킨다. 평범한 대학생 츠네오는 우연히 밤길에서 수레를 끌고 가는 할머니를 도와주게 되고, 그 수레 속에 숨겨져 있는 것이 짐짝이 아니라 성숙한 여인이었음을 알고 깜짝 놀란다. 할머니는 하반신을 움직이지 못하는 손녀를 다른 사람의 시선으로부터 차단하기 위해 수레에 손녀를 싣고 담요를 겹겹이 덮어 밤에만 몰래 산책을 다녔던 것이다. 츠네오는 소녀도 아니고 여인도 아닌 듯한, 마치 낡은 집 창고에서 훔쳐 온 오래된 인형 같은 조제의 독특한 분위기에 마음이 끌린다. 저마다 '어떻게 하면 매력적으로 보일까'를 고민하는 적극적인 여대생들만 보아오던 츠네오. 그는 누구도 유혹해본 적 없고, 누구에게도 유혹당해본 적 없는 조제의 서늘한 눈빛에서 기이한 마력을 느낀다.

할머니는 조제가 '망가진 몸'이라는 이유로 그녀의 사회생활 자체를 철저히 차단한다. 자신의 다락방에서 하루 종일 책을 읽는 조제. 사람들이 쓸모없다며 버린 책들이 그녀에게는 세상을 향해 난 유일한 창문이었다. 츠네오는 조제에게 '걸어야만 보이는 세상'을 보여주고 싶었다. 츠네오가 뚝딱뚝딱 만들어낸 조립식 유모차를 타고 처음으로 나들이에 나선 조제. 그녀는 비로소 처음으로 푸른 하늘 위를 떠다니는 구름을 본다. 평범하게 푸른 하늘, 평범하게 떠 있는 구름, 평범하게 걷는 길들. 그 모든 것들이 조제에게는 신기하기만 했다. 이제 집으로 가면 다시는 볼 수 없을 것만 같은 저 애틋한 하늘과 구름을 보며 그녀는 해맑게 외친다. "저 구름도 집에 데려가고 싶어!" 그리고 그녀에게는 그토록 특별했던 그 세상, 그것은 츠네오가 있기에 열릴 수 있었던 기적 같은 아름다움이었다.

힘겹게 시작된 두 사람의 사랑을 가로막는 것은 단지 그녀의 불편한 다리만이 아니었다. 그녀와 함께한다는 것은 그녀가 걸을 수 없다는 이유로 포기해야 했던 그 모든 삶의 무게를 짊어지는 것이었다. 그녀와 함께한다는 것은 그녀가 사는 내내 견뎌야 할 끔찍한 타인의 시선까지 끌어안는 것을 의미했다. 츠네오를 사랑했던 카나에의 태도는 장애인을 바라보는 정상인의 시선이 지닌 한계를 투명하게 보여준다. 사회복지 업무를 수행하기 위해 조제를 찾았을 때는 매우 선량한 연민의 눈빛으로 조제를 바라보던 그녀. 그러나 츠네오가 자신이 아닌 조제를 선택하자 카나에는 돌변한다. "장애인 주제에 내 애인을 뺏다니!" 분노한 카나에는 조제의 뺨을 후려치기까지 한다. 그녀는 조제의 불편한 다리가 츠네오를 유혹하는 무기라고 믿는다. 카나에는 휠체어를 탄 조제를 내려다보며 의도적으로 상처를 준다. "네 무기가 부럽다." 조제도 지지 않고 당당하게 응수한다. "그럼 너도 다리를 잘라."

조제는 원래 그녀의 진짜 이름이 아니다. 그녀는 프랑수아즈 사강의 소설 속 주인공의 이름을 자신의 것으로 바꾼다. 아마무라 쿠미코라는 진짜 이름보다 '조제'라는 이름이 뭔가 멋져 보인다는 이유로. 그녀는 자신이 좋아하는 소설 속 주인공의 이름을 가지는 순간, 자신에게 뭔가 좋은 일이 생길 것 같다고 생각한다. 그녀의 외롭고 비좁은 다락방에는 10여 년 동안 아무 일도 일어나지 않았다. 그녀는 세상 속에 참여할 수가 없었으므로, 어떤 사건의 주인공도 될 수 없던 것이다. 츠네오와의 만남이라는 아름다운 사건. 그것은 다락방의 소녀를 이 세상 속의 주인공으로 만들어준 첫 번째 사건이었다. 조제라는 이름을 통해 그녀는 진정으로 자기 인생의 주인공이 될 수 있었던 것이다. 아무도 불러주지 않는 이름이 아니라 스스로 만들고, 스스로 불러준 그 이름. 세상엔 수많은 종류의 아픔이 있지만, '내 인생에는 아무 일도 일어나지 않아'라는 식의 체념만큼 고통스러운 것이 있을까. 그것은 인생을 시작하기도 전에 그 시작 자체를 차단당하는 끔찍한 고통이었다. 그녀에게는 사건의 주인공이 되어 사건의 고통을 앓을 기회조차 없었던 것이다. 그런 조제에게, 날마다 다락방에 앉아 책만 읽으며 책으로 대체할 수 없는 세상을 엿보고만 있었던 조제에게 드디어 사랑이란 이름의 아름다운 사건이 일어난 것이었다.

조제는 츠네오를 통해 처음으로 세상 밖으로 나갈 용기를 얻는다. 세상 바깥으로 나가본 직이 없는 조제의 마음속에서 가장 두려운 대상은 바로 호랑이였다. 어린이날 부모님을 따라 설레는 마음으로 놀이공원에 소풍 가는 소녀처럼, 태어나 처음으로 호랑이를 보러 동물원에 가는 조제의 얼굴에는 설렘이 가득하다. 그리고 머릿속으로만 상상하던 호랑이, 마음속으로만 그려보던 세상에서 가장 무서운 것의 실체를 눈앞에 두고 츠네오에게 고백한다. "제일 무서운 것을 보고 싶었어. 좋아하는 남자가 생겼을 때…… 그런 사람이 생기면 호랑이를 보고 싶다고 생각했어. 만약 생기지 않는다면 평생 진짜 호랑이는 볼 수 없다고, 그래도 어쩔 수 없다고 생각하고 있었어." 조제는 그만큼 두려웠던 것이다. 호랑이로 상징되는 '세상 바깥의 모든 것들'에 대한 두려움. 자신의 '망가진 몸'을 향한 일그러진 시선들. '망가진 몸'에 마치 저주처럼 선고된, '망가진 삶'을 향한 두려움. 그녀는 그 두려움을 츠네오와 함께라면 이겨낼 수 있다고 믿었다.

모든 것이 처음이다. 그녀의 다락방 '바깥'에서 일어나는 세상들은, 모든 것이 새롭고 낯설고 신기하다. 츠네오는 처음으로 조제와 '여행'을 떠난다. 일상 자체가 힘겨운 고행이었기에 여행 따위는 상상할 수도 없었던 조제에게, 츠네오와의 여행은 '호랑이와 대면하기'와는 비교도 되지 않는 지극한 행복이었다. 그러나 츠네오는 이제 점점 조제와 함께하는 시간이 고통스럽다. 조제가 해변가에서 츠네오의 등에 업혀 태어나 처음으로 드넓은 바다를 바라보는 행복을 만끽하는 동안, 츠네오는 조제의 작고 마른 몸이 '무겁다'고 생각한다. 생애 최초의 여행, 모든 것이 신기해서 이것저것 물어보는 조제에게 신경질적으로 "나 지금 운전하고 있는 거 안 보여?"라고 쏘아붙이기도 한다. 1년 넘게 동거해온 여자친구 조제를 도저히 가족들에게 보여줄 수 없는 츠네오. 그에게 동생은 묻는다. "형, 지쳤어?" 그 질문은 심장을 찌르는 칼날이 되어 츠네오와 관객의 가슴에 와 박힌다. 사랑이라는 지렛대만으로 '조제의 힘겨운 세상' 전체를 들어 올리기에는, 츠네오 자신이 너무도 버거웠던 것이다.

예민한 조제는 진작부터 눈치채고 있었다. 츠네오는 온천에서 머물고 싶어 하지만, 조제는 '물고기 여관'에서 머물고 싶어 한다. 물고기 여관에서 머물러준다면, '세상에서 가장 야한 섹스'를 선물로 줄 것을 약속하며. 여관 앞의 물고기 간판이 조제의 마음속에 오래 전부터 꿈틀대던 그 무엇을 끌어낸 것일까. 츠네오가 잠들고 난 후, 조제는 방 안 가득한 물고기 문양의 조명이 흔들리는 가운데 독백을 한다. 어둠 속의 두 커플은 마치 수족관 안의 작은 물고기들처럼 연약하고 쓸쓸해 보인다.

"눈을 감아봐. 뭐가 보여? 그곳이 옛날에 내가 있던 곳이야. 깊고 깊은 바다 밑바닥. 난 그곳에서 헤엄쳐 올라온 거야. 너와 세상에서 가장 야한 섹스를 하기 위해, 깊고 깊은 바닷속에서 헤엄쳐 나온 거야…… 언젠가 네가 떠나면 나는 길 잃은 조개껍질처럼 혼자서 바다 밑을 이리저리 굴러다니겠지……"

다나베 세이코
『조제와 호랑이와
물고기들』
(양억관 옮김
작가정신) 중에서

두 사람이 함께하는 동안, 그들의 다락방은 비록 누추하지만 어느 곳보다도 안락한, 영혼의 수족관이었다. 수족관 바깥의 세상과는 좀처럼 소통할 수 없지만, 조제와 츠네오는 그들만의 소중한 수족관 안에서 행복했다. 그들만의 작고 작은 세상, 상처 받은 영혼의 수족관 안에서 그들은 '세상'의 방해 없는 오직 '우리'의 삶만을 산다. 소설은 여기서 끝난다. 그러나 영화는 시간을 좀 더 미래로 끌어당긴다. 조제라는 상처 입은 물고기의 안식처는 수족관 안이었지만, 츠네오라는 펄펄 뛰는 물고기의 원래 세상은 물속이 아니었던 것이다. 츠네오가 옛 여자친구 카나에를 우연히 다시 만나는 순간, 츠네오는 자신이 떠나온 세상이 어떤 것이었는지를 깨닫는다. 조제를 등에 업은 채 느릿느릿 힘겹게 걸어가는 삶이 아니라, 카나에처럼 생기발랄한 보통 여자와 함께 손을 잡고 '수족관 바깥으로' 뛰쳐나가고 싶은 자신의 멈출 수 없는 욕망을 깨달은 것이다.

밤중에 조제는 눈을 뜨고 커튼을 열었다. 창문에서 달빛이 가득 들어왔고, 방 안은 마치 해저 동굴 수족관 같았다. 조제도 츠네오도 물고기가 되어 있었다.

—죽은 거야, 라고 조제는 생각했다.

(우리들은 죽은 거야.)

츠네오는 그 후로 계속 조제와 함께 살고 있다. 두 사람은 결혼한 것이나 다름없다고 생각하면서 살고 있지만, 혼인 신고도 하지 않았고, 결혼식도 피로연도 하지 않았으며, 츠네오의 부모님께도 알리지 않았다. 그리고 종이 박스 안에 들어 있는 할머니의 유골도 아직 그대로다. 조제는 이대로 좋다고 생각했다. 오랜 시간이 걸리더라도 요리를 하고, 알맞게 간을 한 음식을 츠네오에게 먹이며, 느리기는 하지만 깨끗이 세탁한 것을 츠네오에게 입힌다. 소중하게 모은 돈을 가지고 1년에 한 번씩 이런 여행을 간다.

(우리들은 죽은 거야. '죽은 것'이 되었어.)

죽은 것, 이란 사체를 의미한다.

물고기가 된 츠네오와 조제의 모습에 조제는 만족스러운 깊은 한숨을 쉰다. 츠네오는 언젠가는 조제로부터 떠날지 모르지만, 옆에 있는 한 행복하며, 그것으로 족하다고 조제는 생각한다. 그리고 조제는 행복을 생각할 때, 그것은 죽음과 같은 것이라고 생각한다. 완전무결한 행복은 죽음, 그것이다.

위험하기에 더욱 아름다운 열정

(우리들은 물고기야. '죽은 것'이 되었어—)

라고 생각했을 때, 조제는 그것은 '우리들은 행복하다'를 의

미한다고 생각했다. 조제는 츠네오와 손가락 깍지를 끼고

몸을 기대어, 인형과 같이 가늘고 아름다운 힘없는 두 다리

를 나란히 한 채, 다시 편안한 잠을 청한다.

『조제와 호랑이와
물고기들』 중에서

츠네오는 자신이 사라지는 순간 조제를 기다리고 있는
삶이 얼마나 황폐한 것인지를 알지만, 세상 속으로 들어가 남들처럼
자유롭게 살고 싶은 욕망을 멈출 수는 없다. 츠네오는 한 번도 조제와
함께 세상 밖으로 나갈 용기를 내지 못했던 것이다. 혼인신고도, 결혼
식도, 피로연도 하지 않은 채 오직 두 사람만의 관계로 밀폐되어 있던
이 슬픈 수족관 안의 사랑은 그렇게 끝이 난다. 취직이 되어 이제 진정
한 성인의 관문으로 들어선 츠네오는 '세상 속의 여인' 카나에가 기다
리고 있는 수족관 바깥으로 뛰쳐나온다. "헤어진 이유는 여러 가지, 라
고 해두자. 그러나 사실은 한 가지다. 내가 도망쳤다." 자신을 기다리고
있는 카나에, 건강한 두 다리로 서 있는 여인의 모습을 본 순간, 츠네오
는 어깨를 짓누르는 부담감으로부터 해방되었음을 인식함과 동시에
자신이 무엇을 두고 도망쳐 나왔는지를 깨닫게 된다. 조제를 버리고
떠나온 후 길바닥에서 아기처럼 펑펑 우는 츠네오와 달리 조제는 담담
하다. 그녀는 마치 오래전부터 이별을 준비해온 것처럼 담담하게 다시
혼자서 바닷속 저 밑바닥의 외로운 생활을 감당해나간다. 츠네오는 자
신이 감당해야 할 이별의 무게를 안다. "헤어져도 친구로 남는 여자도

있지만 조제는 아니다. 조제를 만날 일은 다시는 없을 것이다."

　　「조제, 호랑이, 그리고 물고기들」 속에는 잊을 수 없는 '소리'가 있다. 바로 조제가 방 안 구석구석을 마치 다이빙하듯 쿵, 소리를 내며 자유낙하 하는 소리다. 영화의 초반부, 그 소리는 마치 팅커벨처럼 작고 귀여운 요정이 세상 속으로 우연히 툭 떨어지는 소리 같았다. 다리를 움직일 수 없는 조제, 그녀는 그렇게 관객의 닫힌 가슴을 '쿵' 소리로 노크했다. 츠네오가 떠나간 후, 이제 다시 '아무런 사건이 일어나지 않는 무중력의 공간'이 되어버린 조제 혼자만의 좁고 어두운 수족관. 그곳에서 또 한 번 그 어느 때보다도 무거운, '쿵' 소리가 들려온다. 사회복지를 위한 통계 수치로 대상화되는 '장애인'이라는 레테르가 아니라, 살아 꿈틀대는 한 인간으로서 우리 앞에 직접 드러나는 한 여인의 소리. 그 무겁고 뼈아픈 '쿵' 소리는 영화관을 떠나고 나서도 오랫동안 가슴에서 울리고 있었다. 그녀는 오늘도 자신을 받아주는 사람이 아무도 없는 세상 속에서, 혹시 그녀가 다칠까 봐 걱정해주는 사람조차 없이 '쿵', 세상 저편으로 자유낙하 할 것이다. 사실 수족관 안쪽과 바깥은 본래 같은 세상이었다. 그 경계를 억지로 나누는 것은 '정상'과 '비정상'을 가르는 잔인한 강자들의 시선이었다. 소설 속의 조제는 물고기처럼, 그들만의 수족관에서 '죽은 듯이' 사는 것이 가장 큰 행복이라 여긴다. 하지만 그녀를 그렇게 만든 것은 '사는 듯이' 산다고 믿는 '정상인'들의 폭력적 시선이었다. 우리 사회의 수많은 조제들은 지금도 어딘가에서 저마다의 가장 무서운 호랑이들과 홀로 싸우고 있다. 오늘도 조제는 아무도 없는 어두운 방 안을 홀로 자유낙하 한다. 쿵, 쿵, 쿵.

스탕달,
『적과 흑』

가질 수 없는
대상을 향한 눈먼
열정

사랑과 우정 사이, 연민과 사랑 사이에는 수많은 교집합이 있다. 사랑
과 우정 사이, 연민과 사랑 사이에는 본래 '애매한 경계'가 있다기보다
는 그 경계를 고민하는 것 자체가 이미 '사랑이 시작되는 순간'을 가리
키는 경우가 많다. 사랑과 우정 사이, 사랑과 연민 사이. 이 사이에는

사
랑

'멈출 수 없는 욕망'과 이를 멈추려는 의지의 브레이크 사이의 전쟁이 있다. 이것은 전면전이다. 적당히 우정의 외피로 덮어버리고 사랑이라는 본심을 숨길 수 있는 타협점이란 없다. 나와 전혀 상관없는(혹은 없어야만 하는) 타인에 대한 멈출 수 없는 연민 때문에 잠을 이루지 못하는 순간, 사랑은 이미 시작된 것이기 때문이다.『적과 흑』에서 귀족 출신의 드 레날 부인은 가정교사 쥘리앵을 향한 연민을 통해 비로소 자신도 모르던 자신을 발견한다. 드 레날 부인은 자신이 안전하고 평화롭다고 믿었던 생활이 얼마나 속물적 욕망으로 가득 찬 것이었는지를 깨닫게 된다. 자신이 '전부'라고 믿었던 '가족'이라는 울타리가 얼마나 쉽게 와르르 무너질 수 있는 것인지도.

　　　욕망의 자발적 마지노선이 존재할 수 있을까. 예를 들어 10년 전의 자신의 모습을 그려보자. 그때 내 욕망의 마지노선은 어디쯤이었는가. 어느 정도의 월수입과 어느 정도의 자유를 원했는가. 그때의 나와 지금의 나를 비교해보자. 그 욕망의 갭은 얼마나 심각하게 벌어져 있는가. 많은 사람들은 '10년 전에 내가 원했던 나'가 되어 있다. 그러나 지금 '나 자신'에게 만족하느냐고 물었을 때는 세차게 도리질할 것이다. 저마다의 자아는 10년 전의 내가 원했던 나, 그 '꿈'이라는 보이지 않는 소비자의 니즈^{needs}를 충족시키지 못한다. 20년 후, 30년 후에는 더 심각한 욕망의 갭에 시달려야 할 것이다. 욕망의 증가 곡선은 물가 상승률만을 참조하지 않는다. 욕망은 천정부지의 복리(더 큰 만족)로 계산되며, 천문학적인 이자(다음 기회의 또 다른 만족)를 동반한다.

제 이름은 쥘리앵 소렐입니다. 부인. 저는 난생처음 낯선 집
에 들어오게 돼서 떨리기만 합니다. 저는 부인의 보호가 필
요합니다. 그리고 처음에는 많은 일을 너그럽게 보아주세
요. 저는 너무 가난해서 학교에도 다녀보지 못했습니다. 저
는 군의이며 레종 도뇌르 훈장 수훈자인 저의 사촌과 쉘랑
신부님 이외에는 다른 사람과 말을 섞어본 적이 없습니다.
쉘랑 신부님은 저에 관해 잘 말씀해주실 것입니다. 제 형들
은 언제나 저를 때리기만 했지요.

스탕달
『적과 흑』
(이동렬 옮김
민음사) 중에서

자기소개를 요구받는 순간, 현대인들은 뭔가 최대한 긍
정적인 자기 이미지를 떠올리곤 한다. 될 수 있는 한 멋있는 멘트로 바
람직한 첫인상을 구현해야 한다는 강박관념에서 벗어나기 어려울 것
이다. 누군가와 처음 마주치는 순간, 그 사람에 대한 아무 사전 정보가
없는데도, 그 사람에게 내 모든 약점을 털어놓을 수 있을까. '내가 누구
인가'를 말하는 것이 '내가 얼마나 보잘것없는가'를 증명하는 길일지라
도?『적과 흑』에서 쥘리앵 소렐은 드 레날 부인에게 정말로 그렇게 한
다. 위 장면은『적과 흑』에서 눈물이 핑 돌 정도로 서글프고 아름다운,
그러면서도 애처롭고 유머러스한 장면이다.『참을 수 없는 존재의 가
벼움』에서 테레자가 토마시 앞에서 '꼬르륵' 소리를 숨기지 못했던 것
처럼. 배고픔의 신호인 꼬르륵 소리가 사랑하는 남자 앞에서 갑작스레
튀어나와 테레자가 참을 수 없는 부끄러움을 느끼는 동안, 토마시는
그런 테레자에게 참을 수 없는 사랑스러움을 느낀다. 드 레날 부인도

마찬가지다. 사람들 앞에서 세련되고 우아하게 자신의 감정을 숨기는 법을 알지 못하는 최초의 인간을 그녀는 마주한 것이다.

　　보통 이런 경우 사람들은 "안녕하세요, 저는 어디서 온 누구누구입니다" 이상의 정보를 상대방에게 의도적으로 알려주지 않는다. 첫인사에서부터 자기의 모든 것을 드러내버린다는 것은 전투에서 무장해제 한 채로 적에게 노출되는 것과 진배없는 '처세술의 실패'이기 때문이다. 그러나 우리의 쥘리앵은 천진한 나머지 이런 상식적인 관계의 기술도 알지 못한다. 드 레날 부인을 처음으로 만나는 순간, 자기 인생의 아킬레스건, 자기 인생의 트라우마, 자기 인생의 당면 과제를 빠짐없이 낱낱이 고백해버린 것이다. 드 레날 부인은 낯선 여인 앞에서 쩔쩔매는 쥘리앵에게서 이전의 어떤 남성에게도 발견하지 못했던 무구한 아름다움을 발견한다.

　　그러나 더 높이, 더 멀리 날아가고 싶은 쥘리앵의 이상은 드 레날 부인과의 불안한 관계에서 충족될 수가 없다. 두 사람의 관계가 들통 날 위기에 처하자 쥘리앵은 드 레날 부인을 떠나게 된다. 그는 드 레날 부인의 순수와 보살핌의 공간으로부터 탈주하여 마틸드의 허영과 권태의 공간으로 이동한다. 쥘리앵은 귀족들의 세계, 부자들의 세계를 동경하면서도 그들과 진정으로 섞이지 못하는데, 바로 이 점이야말로 쥘리앵의 신비한 매력이기도 했다. 오직 돈을 최고의 가치로 여기던 사람들은 쥘리앵에게서 '속물의 비위를 거스르는 그 무엇'을, '소홀히 할 수 없는 어떤 번뜩임'을 읽어낸다. 쥘리앵과 드 레날 부인과의 관계는 마음은 무한대로 뻗어나가지만 행동은 한없이 조심스러운 것이었다. 이에 비해 쥘리앵과 마틸드와의 관계는 마음이 행동을 따라 가지 못하는 것, 즉 행동의 그럴듯함을 추구하느라 마음의 상태를 돌 보지 못하는 관계였다. 쥘리앵은 마틸드와 소설 속에서 나오는 듯한 멋진 연애를 하고, 결혼까지 약속하지만, 그녀에게서 마음의 안식을 얻 지는 못한다. 하지만 쥘리앵은 마틸드와의 결혼을 결코 양보할 수 없 다. 그녀와의 결혼은 성공으로 가는 열쇠, 즉 나폴레옹 보나파르트처럼 이 세상 밑바닥에서 이 세상의 클라이맥스로 비약하는 길로 보였던 것 이다.

쥘리앵에게는 '당신들보다 더 높은 존재가 될 거야'라 는 야망과 '당신들 같은 위선자나 속물이 되긴 싫어'라는 욕망이 공존 하고 있다. 어딜 가나 '난 너희들과 달라'라고 생각하는 것이 그의 상처 받은 자존심을 지탱해주는 자기최면이었다. '난 너희들과 다르다'는 것 을 매번 온몸으로 보여주려 하다보니 그는 자연스럽게 경직된 인간이 될 수밖에 없었다. 흥미롭게도 그 어색함, 그 어쩔 줄 모름이 뿌리 깊은 귀족 소녀 마틸드를 매혹시켰던 것이다. 하지만 이들의 사랑은 이루어 질 수 없었다. 마틸드는 쥘리앵에게서 평범한 귀족들에게는 찾아볼 수 없는 참신한 매력을 느끼지만, 마치 소설 속의 멋진 인물들을 모방하 듯 자신의 사랑을 연출했고, 쥘리앵은 그녀의 연출에 무력하게 조종당 하면서도 마음속 깊은 곳에서는 드 레날 부인을 잊지 못했던 것이다. 드 레날 부인 또한 마찬가지였다. 그녀는 영원히 쥘리앵을 잊고 다시 귀부인의 평화로운 일상을 살아가려 애쓰지만, 쥘리앵이 마틸드와 결혼한다는 소식을 듣자 참을 수 없는 질투심에 사로잡히고 만다. 이제 세 사람의 관계는 되돌릴 수 없는 파국으로 치닫게 된 것이다.

　　　우여곡절 끝에 자존을 잃느니 차라리 죽음을 선택하겠다고 결심하는 쥘리앵. 그는 죽음의 문턱에 이르러서야 비로소 깨닫는다. 죽음의 문턱에서 완전히 혼자가 되었을 때, 비로소 그토록 두려워하던 '타인의 시선'을, '소문의 눈총'을 떨쳐낸다. 그리고 더 이상 누구의 눈치도 보지 않고, 그토록 숭배하던 나폴레옹의 눈치조차 보지 않고, 진정 자신이 원하는 것이 무엇이었는지를 비로소 깨닫게 된다. 그가 분노에 사로잡혀 목숨을 빼앗으려고 했던 그 여자, 드 레날 부인만이 자신의 죽음에 진심으로 눈물을 흘려줄 단 한 사람이라는 것을. 그는 늘 꿈꾸던 위대한 사제가 되지는 못했지만, 죽음의 문턱에서 '타인들의 신'이 아닌 '자신이 사랑하는, 세상 하나뿐인 신'과 만나게 된다. 귀족 사회의 요란한 소문의 공동체 속에서 결코 용서받지 못한 쥘리앵. 그는 그렇게 귀족들의 세계에서, 소문의 공동체에서, 삶이라는 터전에서 영원히 추방당한다. 어떤 치욕적인 스캔들도 그들의 귀를 더럽히지 못하는 곳으로. 더 이상 욕심나는 것을 얻기 위해 사랑하는 것을 버리지 않아도 되는 곳으로.

스티븐 크보스키,
『월플라워』

'나 혼자뿐이야'라고
느끼는 이들에게
띄우는 비밀 편지

내 이야기를 들어주고, 이해해줄 사람이 필요해서 그래.
그리고 같이 자려고 안달하지 않는 사람이 필요하거든.
그럴 수 있다 해도 말이야.
/ 스티븐 크보스키, 『월플라워』 중에서

낯선 친구들, 새로운 세계를 향해 열린 창문

어린 시절 나는 라디오에서 흘러나오는 음악을 카세트테이프에 녹음
해서, 테이프가 늘어지도록 반복해서 듣곤 했다. '굿모닝 팝스'로 영어
회화를 공부한답시고 사실은 올드 팝만 열심히 녹음했으며, 틈날 때마
다 공 테이프를 사서 언제든지 '녹음! 레디, 고!' 할 수 있는 상태를 만

들어놓았다. 어떤 노래들은 하도 많이 들어서 싫증이 난다기보다는, 이제는 굳이 더 듣지 않아도 좋다는 생각이 든다. 전주와 후주는 물론 간주의 멜로디와 자잘한 효과음까지 완벽하게 외워버렸기 때문에, 내 마음속에서 언제든 리와인드와 리플레이가 가능하기 때문이다. 이제나 저제나 내가 좋아하는 곡이 나오기만을 학수고대하다가, 드디어 그 음악이 흘러나오면 환호성을 지르며 빨간 점이 찍힌 '레코드' 버튼을 누르던 순간의 그 벅찬 희열이란.

가끔 눈치 없는 동생이 내가 녹음한 테이프 위에 자기가 좋아하는 곡을 겹쳐 녹음해놓으면, 온갖 짜증을 부리며 동생을 괴롭혔던 기억도 아련하다. 내가 좋아하는 곡들로만 테이프 앞뒷면을 빼곡히 채워서 친구에게 선물하는 재미도 쏠쏠했다. 세상에 잘 알려지지 않았지만 내가 좋아한다는 이유만으로 세상에서 가장 아름답게 울려 퍼지던 노래들. 그런 노래들로만 테이프를 완성했을 때의 기쁨은 '작지만 그 자체로 충분한, 하나의 완전한 세상'을 만드는 기쁨이었다. 이 세상에 단 하나뿐인 나만의 작은 한 세계를 창조하는 기쁨. 영화 「월플라워」는 바로 그런 은밀한 기쁨을 떠올리게 하는 작품이다.

「월플라워」에서 좋아하는 곡으로 자기만의 컴필레이션 앨범을 만들어 친구에게 선물하는 주인공 찰리(로건 레먼)의 모습을 본 순간, 나도 모르게 빙그레 웃음이 나왔다. '세상 누구도 날 이해하지 못한다'는 생각. '나는 다른 아이들과 다르다'는 생각 때문에 느끼는 절망적인 슬픔과 기묘한 자부심이 한데 섞인 그 어쩔 줄 모르는 표정. 그때 그 시절, 거울로도 비춰볼 수 없던 내 마음의 표정이 꼭 그러했으리라는 깨달음이 뒤늦게 찾아왔기 때문이다. 내가 잃어버린 내 모습, 사춘기라는 과거의 타임캡슐 속에 고스란히 묻어둔 그 어수룩한 표정. 혼자 펑펑 울다가 어른들에게 갑자기 발각되었을 때, 아직 눈물을 덜 닦은 얼굴로 쥐구멍이라도 찾고 싶어 하는 듯한 멍한 표정. 영화 속 찰리의 표정은 사춘기 시절 내 표정과 꼭 닮은 것 같았기 때문이다.

찰리는 아직 모든 것이 조심스럽다. 그는 정신병원에 입원한 과거를 안고 힘겹게 학교생활에 적응하려고 하는 사춘기 소년이다. 찰리는 어떻게든 튀는 아이가 되지 않으려 하지만, 걸핏하면 '뭐 재미난 건수 하나 없나' 하는 호기심으로 똘똘 뭉친 소년들은 찰리를 내버려두지 않는다. 어렵게 새로운 학교생활에 적응하는 중인 찰리에게 어느 날 멋진 친구들이 다가온다. 요정처럼 청순한 매력을 뿜어내는 샘(엠마 왓슨)과 스스로를 'nothing'이라 가리키며 비하하지만 사실은 스스로를 사랑하는 법을 일찍 깨우친 패트릭(에즈라 밀러). 두 사람은 찰리의 특별함으로 인해 찰리를 왕따시키지 않고, 찰리 자체를 있는 그대로 받아들여준 첫 번째 친구들이었다. 찰리는 속삭인다. "내가 어떤 행동을 하더라도 미친놈 취급하지 않는다는 게 샘의 장점이야."

내 비밀을 알려줄게, 너도 내게 네 상처를 알려줘

패트릭은 찰리를 가리키며 다른 친구들에게 이렇게 이야기한다. "쟤 정말 괴짜 같지 않냐? 그렇지?" "쟤는 월플라워야." 방에 있던 다른 사람들도 고개를 끄덕인다. 하지만 그건 찰리를 폄하하거나 놀리는 말이 아니었다. 패트릭은 찰리를 향해 이렇게 말한다. "넌 그저 지켜보고, 너만의 방식으로 이해하지. 넌 월플라워야." 월플라워wallflower는 원래 파티에서 누구와도 춤추지 못하고 어울리지 못하는 왕따를 가리키는 말이지만, 찰리의 친구들은 그 표현을 찰리에 대한 조심스런 존중의 의미로 사용한다. 이 낯선 어법이 찰리를 감동시킨 것이 아닐까. 들판에 피어 아름답게 흐드러진 꽃이 아니라, 벽에 기대어 짝을 찾지 못한 외로운 꽃, 월플라워. 모두가 춤추고 떠드느라 정신 없을 때, 유독 구석에 가만히 서서 그 모습을 바라보는 조용한 관찰자의 시선. 월플라워는 무리에서 소외된 상태를 상징하지만, 찰리만이 갖고 있는 고유한 성격을 상징하는 것이기도 하다. 찰리는 관찰자로 내몰렸다기보다는 스스로 관찰자의 즐거움을 깨달은 조숙한 작가 지망생이었던 것이다.

다만 찰리 스스로 깨닫지 못했을 뿐이다. 이복 남매인 샘과 패트릭은 찰리의 그 특별함을 알아본다. 찰리는 어쩐지 좀 다가가기 어려운 친구지만, 조금만 가까이 다가가면 마치 오랫동안 기다렸다는 듯이 자신의 그 깊은 속마음을 활짝 열어 보여줄 친구라는 걸. 세상과 불화하는 듯하면서도 세상으로부터 멀어지지는 않으려고 애쓰는 찰리의 이중성은 연대를 꿈꾸면서도 연대를 두려워하는 현대인의 불안을 잘 보여준다.

세상의 중심에서 사물을 바라보는 사람도 있지만, 세상

위험하기에 너욱 아름다운 열정

의 가장자리에서 세상 안쪽을 관찰하는 사람에게만 보이는 세상의 사
각지대도 있다. 월플라워처럼 벽에 기대 혼자 파티를 견디는 사람의
눈에만 보이는 것들, 가장 눈에 띄지 않는 곳에서만 간신히 보이는 세
상의 비밀도 있다. 월플라워. 그것은 소외나 왕따의 상징이었지만, 패
트릭과 찰리 사이에서는 '특별함'의 상징이 된다. 찰리는 남들과는 뭔
가 다른 방식으로 세상을 바라보는 것이다. 누가 뭐래도 나만의 방식
으로 세상을 보겠다는 뚝심은 아직 없지만, 찰리의 글쓰기는 찰리의
눈부신 재능을 드러내준다. 빌 선생님은 찰리의 문학적인 재능을 알아
보고, 그에게 매주 난이도를 높여가며 명작 소설들을 읽고 에세이를
쓰게 한다. 가장 친했던 친구 마이클이 자살한 후, 엄청난 충격을 받아
정신병원에 입원했던 찰리는 샘과 패트릭, 빌 선생님의 관심과 보살핌
속에서 점점 나만의 세계를 가꾸는 법을 배우게 된다.

오케스트라의 지휘자나 학교의 학생회장처럼 무리를
통솔할 수는 없지만, 묘사할 대상을 향한 뜨거운 열정으로 가만히 대
상을 응시하는 화가처럼, 사건에 참여하는 것이 아니라 사건을 관찰하
기 위해 조용히 물러나 사람들을 바라보는 작가처럼, 찰리는 그렇게
주변 사람들의 행동을 통해 내면을 읽어낸다. 샘과 패트릭의 자동차를
타고 터널 안을 달려가며 아름다운 음악을 듣는 순간, 찰리는 처음으
로 무한한 자유를 느낀다. 항상 '나는 뭔가 모자라, 나는 정말 이상한
아이야'라고 생각했던 찰리는 처음으로 '나는 무한해I am infinite'라고 생
각한다. 누군가 자신의 '나다움'을 처음으로 알아봐 준 날. 나의 특별함

이 '왕따의 소재'가 아니라 '친밀함의 소재'가 될 수 있다는 것을 깨달은 날이기도 한 것이다. 「랜드슬라이드」라는 노래를 들으며, 샘은 가슴이 벅찬 듯 목청껏 소리 높여 노래를 부른다.

네가 떠난 후 더욱 단단해진 사랑, 그리고 우정

　　　　샘과 패트릭, 그리고 찰리. 세 사람에게는 저마다 치명적인 비밀이 있다. 그동안 누구에게도 털어놓을 수 없었던 아픈 비밀들을 서로에게 꺼내놓으며 셋은 소울 메이트가 된다. 패트릭은 풋볼선수인 브레드와 사랑하는 사이였지만, 자신의 남성성을 포기할 수 없는 브레드는 둘 사이의 동성애를 극구 비밀로 묻어두려 한다. 샘은 어린 시절 아버지의 회사 동료에게 성추행을 당했고, 그 트라우마에서 벗어나지 못해 오히려 아무하고나 관계를 맺음으로써 스스로를 잔인하게 처벌하고 있었다. 찰리는 절친 마이크가 권총 자살한 이후 정신병원에 입원했고, 가까스로 평범한 일상 속으로 복귀하려 하고 있었다. 세 사람 중 가장 심각한 비밀의 고통을 앓고 있었던 것은 찰리였다. 찰리는 자신을 유난히 예뻐 했던 헬렌 이모에 대한 기억을 떠올릴 때마다 원인을 알 수 없는 아픔을 느낀다. 사실 찰리는 과거의 어떤 결정적인 기억의 일부를 망각하고 있었던 것이다.
　　　　찰리는 자신이 괴로워하고 있는 결정적인 이유를 몰랐다. 자신의 트라우마로부터 스스로가 소외되어 있었던 것이다. 스스로 진정 원하는 것을 한 번도 제대로 표현하지 못하는 것. 그것이야말로 찰리가 앓고 있는 영혼의 질병이었다. 샘을 사랑하면서도 그녀에게 결코 자신의 마음을 고백하지 못하고, 가족들이나 친구의 말을 가만히 들어주기만 할 뿐 자신의 생각을 펼쳐 보이지 못한다. 가장 솔직하게 자신의 생각을 표현할 수 있었던 것은 오직 글쓰기뿐이었다. 빌 선생님은 찰리에게서 빛나는 작가의 재능을 발견하고, 그 재능이 아름답게 피어날 수 있도록 끊임없이 자극을 준다. 빌 선생님은 찰리에게 수많은 책을 선물하고 끊임없이 개인 과제를 내준다. 이 맹훈련을 통해 찰리는 점점 자신의 감정을 표현하는 길이 자기 안에 이미 잠재되어 있음을 천천히 깨닫게 된다. 한편 졸업을 앞둔 샘은 찰리에게 스스로에게 정직할 수 있는 마지막 기회를 준다. 샘은 왜 나에게 고백하지 않느냐고 묻는다. 샘은 자신이 원하는 것을 숨긴 채 월플라워처럼 상황을 관조만 하는 것은 진정한 너의 인생이 아님을 일깨운다.

스티븐 크보스키
『월플라워』
(권혁 옮김
돋을새김) 중에서

"찰리. 네가 이야기도 잘 들어주고 또 누군가에게 기댈 어깨가 되어준다는 건 훌륭한 일이야. 하지만 기댈 어깨가 필요한 게 아니라 어깨를 둘러줄 팔이 필요할 때는 어떻게 할 건데? 구석에 가만히 앉아 너의 인생보다 다른 사람의 인생을 앞세우고 그걸 사랑이라고 생각해서는 안 돼. 그렇게 해선 안 된다고. 너도 어떤 행동을 해야 해."

샘이 찰리에게 키스하며 잊을 수 없는 첫사랑의 기억이

탄생하려 하는 순간. 찰리의 무의식 깊은 곳에 굳게 봉인되어 있던 끔찍한 기억이 되살아난다. 찰리가 그토록 그리워했던 헬렌 이모의 기억. 어린 찰리를 성추행했던 이모의 기억에 맞닥뜨렸던 것이다. 그것은 '조카에 대한 사랑'으로 정교하게 포장되어 있기 때문에 폭력이라는 것조차 깨닫기 어려웠던 상처였다. 찰리의 생일 선물을 사기 위해 차를 몰고 나갔다가 교통사고를 당한 헬렌 이모의 기억. 그것은 사랑과 증오가 복잡하게 뒤얽힌 감정이었기에 더욱 고통스러운 트라우마로 자리 잡았던 것이다. 이모를 그토록 사랑하지 않았더라면 그토록 아프지도 않았을 것이었다. 다시 정신병원에 입원하여 고통스러운 치료를 받는 동안, 찰리를 진정으로 치유한 것은 단지 의학이 아니라 이제 '내가 사랑한다'고 분명히 말할 수 있는 주변 사람들의 따뜻한 우정과 보살핌이었다. 아무리 기억하기 싫어도, 아무리 부끄럽고 고통스러워도, 지울 수 없는 나의 본모습과 스스로 대면하는 일이 얼마나 소중한 일인지를 깨닫는 순간. 찰리는 이제 더 이상 상처받은 월플라워, 글 잘 쓰는 왕따 소년이 아닌, '내가 누구인가'를 깨닫기 시작한 멋진 청년으로 거듭난다. 그것은 '사랑할 수 있는 시간'의 시작이기도 했다. 내가 누구인가를 깨닫기 시작하자, 그토록 닿을 수 없는 성벽처럼 멀게만 느껴졌던 사랑스러운 소녀 샘의 눈길이 어느덧 찰리를 향해 미소 짓고 있었던 것이다. 그렇게 이 이야기는 '진정한 나'가 되어야만 시작되는 사랑의 기적을 노래한다.

위험하기에 더욱 아름다운 열정

테네시 윌리엄스,
『욕망이라는 이름의 전차』

사랑과 몰락,
욕망의 함수관계

이른바 모범생에게 가장 결핍되기 쉬운 정서는 무엇일까. 아마도 '허영'이라는 감정이 아닐까. 우리는 암암리에 허영의 자매는 '사치'이고, 허영의 딸은 '몰락'이라는 결론을 미리부터 학습해온 것은 아닐까. 허영은 가정교육에서나 학교교육에서나 가장 경계하는 감정 중 하나다.

그리하여 허영은 사회화 과정 속에서 가장 저개발된 감정의 영역에 속한다. 그러나 신기하게도 아무도 제대로 가르쳐주지 않는 허영이라는 감정의 씨앗은 누구에게나 마음 깊은 곳에 튼실한 뿌리를 내리고 있다. 허영이라는 씨앗이 틔워내는 꽃이나 열매의 모습이 저마다 다를 뿐이다. 그래서 사람들은 종종 허영의 결과에만 주목할 뿐 허영의 기원이나 본질에 대해서는 침묵하곤 한다. 허영은 정말 그토록 경계해야만 할 감정일까.

테네시 윌리엄스 원작의 연극 「욕망이라는 이름의 전차」를 보고 난 후 나는 계속 이런 질문들을 마음속에 던졌다. 말하자면 이 연극은 내 마음속에 오랫동안 잠자고 있던 허영이라는 본능을 일께 웠다. 오랫동안 억압된 허영이라는 감정의 배후에는 몰락에 대한 공포가 도사리고 있었다. 허영은 자신의 이미지를 자신의 존재보다 부풀리려는 마음에서 비롯된다. 허영이 자라나는 마음의 토양은 자신의 존재에 대한 불만일 수도 있고, 자신의 존재에 대한 순수한 사랑일 수도 있다.

「욕망이라는 이름의 전차」에서 배우 배종옥이 연기한 블랑시는 허영이라는 감정이 시작된 가장 순수한 기원까지 과감하게 거슬러 올라간다. 블랑시는 허영이 지닌 불가해한 매혹을, 허영 저편에 숨겨진 절망과 순수를 소름 끼치도록 생생하게 그려낸다. 「욕망이라는 이름의 전차」 속의 블랑시는 허영으로 자신의 무지를 가리는 것이 아니다. 그녀는 자신의 풍부한 교양과 우아한 취향을 받아주지 않는

위험하기에 더욱 아름다운 열정

세상을 향하여 허영이라는 하나뿐인 무기로 자신을 방어하는 것만 같다. 그리하여 그녀의 예정된 몰락을 바라보는 관객의 마음은 더욱 쓰라리다.

만약 인생의 클라이맥스가 사춘기에 이미 끝나버렸다면 어떨까. 우리 인생의 가장 아름다운 장면이 미래가 아니라 과거에 있다는 것을 명백히 깨달아버린다면, 과연 '과거보다 결코 아름다울 리가 없는 미래'를 향해 묵묵히 성실하게 살아갈 수 있을까. 가장 아름다운 세계가 과거에 이미 끝나버렸다면, 우리는 과연 그저 과거를 추억하는 것만으로 만족하며 현실을 인정할 수 있을까. 「욕망이라는 이름의 전차」를 보고 난 후 나는 한동안 나 자신을 향해 그런 질문을 던지며 마음 한구석이 아렸다. 그리하여 내가 한때 모범생(?)이라고 믿었던 20대 초반에는 결코 이해할 수 없었던 블랑시의 절규를 이제는 너무도 절실하게 공감할 수 있었다. "사실주의는 싫어요! 난 마법을 원해요!" "마분지 바다를 항해하는 종이 달이라 할지라도, 당신이 나를 믿어주신다면, 그건 가짜가 아니랍니다."

너무 일찍, 완전한 아름다움의 이상향을 발견해버린 사람에게는 오히려 인생의 선택지가 좁아진다. 그것은 앎 자체의 위험이기도 하다. 최상의 아름다움을 알아버린 인간은 그 이외의 모든 어설픈 자극들에 흥미를 잃어버리고, 자신의 이상에 결코 미치지 못하는 세상 속에서 권태와 절망을 느낄 수밖에 없다. 웬만한 대체제로는 그 아름다움의 기준을 절대 만족시킬 수 없기 때문이다. 「욕망이라는 이름의 전차」에서 블랑시 또한 그런 캐릭터다. 그녀에게 아름답고 찬란했던 모든 것은 어린 시절 그녀의 가족들이 모두 함께 살았던 대저택 '벨 리브'에서만 존재했다.

첫사랑이자 유일한 사랑이었던 남편의 죽음 이후로 그녀에겐 더 이상 아름다움을 발견했을 때만 울리는 마음의 종소리가 울리지 않는다. 심각한 신경쇠약 증상을 보이는 그녀는 더럽혀진 자신을 끊임없이 정화하고 싶은 마음에 병적으로 목욕에 집착한다. 기억의 창고에서 지우고 싶은 그 모든 치욕스러운 과거를, 아름답지 않은 현실을, 모두 다 깨끗하게 씻어내고 싶다. 블랑시는 현실의 잔혹함을 조금이라도 은폐하기 위해 초라한 전등에 색종이로 만든 갓을 씌우고, 동생 스텔라 부부의 집 안을 예쁜 천으로 장식하지만, 그러한 단말마의 노력조차도 지독한 현실주의자이자 전형적인 마초 남성 스탠리에게는 '터무니없는 허영'으로 보인다. "당신이 상상으로 만들어낸 것 말곤 아무것도 없어!" "당신은 여기 와서 집 안에다 분가루랑 향수를 뿌려대고 전구에다 종이 등을 씌웠지. 자, 보시라. 집은 이집트로 변했고 당신은 나일 강의 여왕이 되셨다 이거지!" 스탠리가 그토록 잔인하게 일깨우지 않아도 블랑시는 잘 알고 있다. 그녀는 어린 시절의 '벨 리브'를 그 어느 곳에서도 재생할 수 없다는 것을 마음속 깊은 곳에서 인식하고 있다. 그녀가 가장 순수하고 아름답던 시절 사랑했던 소년과의 첫사랑 또한 영원히 되찾을 수 없다는 것을 알고 있다. "낯선 사람과 관계를 갖는 것만이 내 텅 빈 가슴을 채울 수 있는 전부인 것 같았어요. 여기저기 옮겨 다니면서 보호받으려 했던 것은 공포, 공포 때문이었죠."

위험하기에 더욱 아름다운 열정

그녀의 드넓은 교양과 예술에 대한 높은 감식안도 그녀의 사회적 지위를 유지하는 데는 전혀 도움이 되지 않는다. 현실에서는 그녀의 동생 스텔라 같은 여인이 훨씬 잘 살아남는다. 아마 스탠리와 스텔라는 중년 이상이 되면 어느 정도 자수성가한 중산층이 되어 자신들의 속물주의를 '노블리스 오블리주'로 치장하며 살아갈 수 있을 것이다. 하지만 사춘기 소녀의 감수성에서 영원히 시간이 멈춰버린 블랑시에게는 여동생 스텔라의 놀라운 현실 적응과 자신을 향한 스탠리의 노골적인 경멸이 놀랍기만 하다. 몰락한 가문의 실직한 낭만주의자 블랑시는 아무짝에도 쓸모없는 소모품으로 전락한다. 오히려 그녀의 고귀한 혈통과 드높은 교양과 예술적 감식안은 그녀의 '초라한 현실'을 더욱 도드라지게 만들 뿐이다. 하지만 이런 주인공이 한없이 우울한 캐릭터에 그친다면, 관객은 그녀를 연민할 수는 있지만, 그녀를 사랑하기는 어려울 것이다. 이 연극이 매혹적인 이유는 누가 봐도 비극적일 수밖에 없는 캐릭터가 '가장 아름답게 보이는' 앵글을 찾아냈다는 것이다.

끊임없이 완전한 사랑을 꿈꾸지만 누구에게서도 안식을 찾지 못한 한 여인의 처절한 몰락을 그리는 이 연극은 곳곳에서 뜻밖의 애잔한 유머를 발휘하여 관객의 폭소를 자아내기도 하고, 그저 바라보기만 해도 흐뭇한 한 여배우를 향한 관객의 조용한 열광을 충분히 곱씹을 수 있도록 무대 곳곳에 친절하게 '보이지 않는 포토 존photo zone'을 설치해놓기도 했다. 우리는 주머니에서 핸드폰을 꺼내 그녀의 인증 샷을 포착하고 싶은 충동을 간신히 누르고, 아주 얌전하게 저마다 마음속의 카메라로 그녀의 멋진 연기를 한 컷 한 컷 촬영했다. 그녀가 마지막으로 토해낸 가슴 시린 고백은 우리 마음속에서 영원히 리플레이 될 또 하나의 명대사로 각인되었다. "당신이 누군지 모르겠지만, 저는 항상 낯선 사람들의 친절에 의지하며 살아왔어요……"

브램 스토커,
『드라큘라』

세상에서 가장 매력적인
괴물의 사랑

"신을 버리겠소. 난 죽음에서 부활하여 어둠의 힘으로 신에게 복수하리라."
/ 프랜시스 포드 코폴라 감독의 영화「드라큘라」 중에서

"고통에서 벗어나 새롭게 살아볼 텐가?"
/ 영화「뱀파이어와의 인터뷰」 중에서

괴물 같은 타자의 대명사, 드라큘라

세상에서 가장 유명한 악당이자 세상에서 가장 매력적인 괴물의 대명
사, 드라큘라. 브램 스토커의 원작이 수많은 소설과 영화와 연극 등으
로 패러디 되어가는 동안, 드라큘라의 이미지도 끊임없이 바뀌었다. 우
리의 기억 속에 각인된 드라큘라는 늘 붉은 피를 빨아 먹으면서도 늘

푸른 피부를 가진 아이러니한 모습이다. 생명의 상징인 피를 끊임없이 갈구하지만, 아무리 피를 흡입해도 시체처럼 창백한 피부는 바꿀 수 없는 존재. 프랜시스 포드 코폴라 감독의 「드라큘라」는 거울에도 비치지 않고, 그림자조차 없지만, 살아 있는 그 어떤 남성들보다도 매혹적인 뱀파이어의 이미지를 창조해냈다. 게리 올드만이 연기한 드라큘라의 가장 멋진 액세서리는 그 어떤 화려한 장신구도 아닌, 바로 영원히 치유할 수 없는 트라우마였다. 사랑하는 이의 죽음 앞에 절망한 드라큘라는 평생 정성껏 섬겨왔던 신을 버리고, 신을 저주하고 운명에 복수하는 삶을 선택한다.

악마의 대명사로 굳어졌던 뱀파이어의 이미지는 세대를 거듭할수록 점점 더 아름답고 사랑스럽게 변모해간다. 사람들은 드라큘라의 양면성에 매혹된다. 그는 죽어 있지만 살아 있으며, 추악하지만 매혹적이며, 소름 끼치면서도 가여운 존재다. 인간의 눈에 비친 드라큘라는 우선 그 상상 이상의 사악함으로 인간을 유혹한다. 수없이 만들어진 뱀파이어 영화에서, 드라큘라는 나약한 인간의 피를 빨아 먹는 악의 화신으로 형상화되었다. 행복과 선은 나, 우리의 것이지만 불행과 악은 남, 타자의 것으로 미루고 싶어 하는 인간 본성이 압축된 존재가 바로 드라큘라가 아닐까. 흡혈귀들은 퇴마사들의 블랙리스트에 단골손님으로 손꼽힐 뿐 아니라 냉전 시대에는 각종 '악의 축'을 담당하는 주인공 역할을 도맡았다. 제2차 세계대전 직후 미국에서 매카시즘의 광풍이 불자, 볼셰비즘은 물론 나치즘까지 드라큘라의 모습으로 묘사된다. 드라큘라는 '우리의 행복한 사회'를 안전하게 지켜내기 위한 속죄양이 되어준 것이다. 냉전 시대에는 퇴치의 대상으로 그려졌던 드라큘라가 이제는 문명인이 미처 돌보지 못한 욕망의 어두운 뒷면을 환기시켜주는 성찰적 존재로 거듭나는 것이다. 코폴라의 「드라큘라」를 시발점으로 「뱀파이어와의 인터뷰」, 「렛 미 인」, 「트와일라잇」 시리즈 등은 점점 더 인간에 가까워지는 드라큘라의 매혹을 그려내고 있다.

드라큘라 남성과 인간 여성의 로맨스는 뱀파이어 서사의 단골 테마다. 강력한 드라큘라 남성이 나약한 인간 여성을 공격하는 모습으로 그려지던 폭력적인 러브 스토리. 그것은 이제 점점 더 인간보다 더 인간적인 뱀파이어의, 아름답고 낭만적인 스토리로 변화해 간다. 「드라큘라」에서는 괴물이 인간을 강간하는 충격적인 장면으로 그려졌던 '드라큘라와 인간의 불온한 성적 결합'은, 「트와일라잇」, 「이클립스」에 이르러서는 너무도 낭만적이고 서정적인 로맨스로 그려지게 된다. 또한 「뱀파이어와의 인터뷰」 등에서 아무런 감정 없이 진행되는 사냥처럼 묘사되었던 뱀파이어의 흡혈 행위는 점점 더 죄의식과 연관되어, 뱀파이어에게도 윤리가 있음을 상기시키게 된다. 「뱀파이어와의 인터뷰」에서 먼저 뱀파이어가 된 레스타트(톰 크루즈)는 '후배'인 루스(브래드 피트)에게 이렇게 속삭인다. "사냥에 익숙해질 테니 인간적인 감정은 잊어." "넌 후회 따윈 몰라. 넌 아무것도 느끼지 못해." 아내와 아이를 한꺼번에 잃은 루스는 뱀파이어가 되면 인간의 고통을 초월할 수 있을 것이라 믿었지만, 고통은 끝나지 않았다. 「트와일라잇」 시리즈에 이르면, 뱀파이어는 공동체의 내부 규율에 따라 최소한의 사냥만을 하는 윤리적인 존재로 거듭나게 된다.

모든 생물은 그 피가 생명과 일체라. 그러므로 내가 이스라
엘 자손에게 이르기를, 너희는 어느 육체의 피든지 먹지 말
라 하였나니. 모든 육체의 생명은 그 피인즉, 무릇 피를 먹
는 자는 추방되리라.

— 「레위기」 17장 14절

인간적인 것과 비인간적인 것의 경계는 무엇인가

그녀는 창백한 입술로
검붉은 핏빛으로 물든 포도주를 홀짝거렸다
하지만 그가 친절히 내미는
밀 빵은
한입도 먹지 않았다
(······)
나는 무덤에서 돌아왔어요
놓쳐버린 것을 되찾기 위해,
잃어버린 남자를 사랑하고,
그의 심장에서 피를 빨기 위해

— 괴테의 시 「코린트의 신부」 중에서

위험하기에 더욱 아름다운 열정

앙드레 말로는 드라큘라 이야기를 가리켜 '현대에 창조된 유일한 신화'라고 했다. 흡혈귀를 다룬 이야기들은 본래 다양한 신화에서 나타났지만, 브램 스토커의 소설에 이르러 드라큘라는 완성된 서사의 주인공이 되었다. 소설 『드라큘라』에서 미나는 드라큘라에게 매혹될 뻔하지만 결국에는 가정을 지키는 전형적인 빅토리아 시대의 보수적 여성상으로 그려진다. 소설이 코폴라 감독의 영화로 만들어지면서 미나의 이미지는 훨씬 과감하고 적극적인 이미지로 바뀌게 된다. 드라큘라는 인간인 미나를 뱀파이어로 만든 악마였지만, 미나는 드라큘라를 사랑으로 구원함으로써 그를 영원불멸의 감옥으로부터 해방시켜준다. 미나는 드라큘라를 통해 자기 안의 억압된 야생성을 발견한다. 육체, 광기, 관능, 야생의 세계에 무관심했던 미나는 드라큘라와의 사랑을 통해 그 어둠의 세계에 눈을 뜨게 된다.

그녀는 보수적인 가치관에 물든 전형적인 상류층 여성이었지만, 드라큘라와의 만남을 통해 야만성으로 규정되었던 온갖 어둠의 목소리를 이해하게 된다. 미나는 드라큘라의 어둠을 통해 더욱 풍요롭고 성숙한, 구원의 여신이 될 수 있었던 것이다. 드라큘라의 인간 사냥을 끝내는 것은 과학과 이성의 힘으로 그토록 드라큘라를 찾아헤매던 남성들이 아니다. 남자들이 드라큘라를 퇴치하려 했다면, 미나는 드라큘라를 구원하고자 한다. 심장에 말뚝을 박아 단순히 드라큘라를 살해하는 것이 아니라, 살지도 죽지도 못한 채 떠돌고 있는 드라큘라의 넋을 위무해주는 미나. 드라큘라는 죽지만, 죽음으로써 비로소 구원의 문턱에 다다른다. 이때, 죽음은 허무한 종말이 아니라 또 다른 사랑의 시작이 된다. 드라큘라의 죽음은 화해와 용서, 구원과 사랑의 메시지로 거듭난 것이다.

뱀파이어는 심리학자 칼 구스타프 융이 말한 인간 욕망의 '그림자'를 상징하는 존재이기도 하다. 뱀파이어는 점점 '네 안의 어둠, 너의 좌절된 욕망은 바로 나를 닮았지'라고 속삭이는 듯하다. 우리 마음속에 분명히 존재하지만 우리가 인정하기 싫은 부분들, 과학과 문명이 억압해왔던 인간의 야생적 본능, 사회가 포용할 수 없는 인간의 불온하고 불쾌한 욕망이 바로 드라큘라의 이미지로 응축된 것이 아닐까.

뱀파이어는 점점 인간보다 매력적이고, 인간만큼이나 선한 삶을 꿈꾸는 존재, 더 나은 삶을 꿈꾸는 존재로 바뀌어왔다. 죽음을 바라보는 시선에서 인간과 뱀파이어는 가장 큰 차이를 보인다. 인간은 탐욕스럽게 더 오래, 더 질기게 '살고 싶은 욕망'을 표현하고, 뱀파이어는 '끝이 있는 삶'에 대한 동경을 보여주는 것이다. 뱀파이어의 비극은 '잘 사는 것'보다 '잘 사라지는 것'이 얼마나 어려운지를 증명한다. 생존의 욕망보다 소멸의 윤리가 더욱 절실한 뱀파이어들. 그들은 '살아남는 것'보다 '아름답게 사라지는 법'을 연구함으로써 매일매일 어떻게 하면 '더 잘 먹고 잘 살 수 있을까'를 고민하는 인간을, 못내 부끄럽게 만든다. 처음에는 '비인간, 괴물'의 존재로 출현하여 '인간적인 것'을 위협하던 뱀파이어. 그들은 인간과 함께하고, 인간을 사랑하고, 인간다운 것을 꿈꾸면서 인간과 비인간의 경계를 전복시킨다. 그들은 오히려 우리가 인간성이라 믿었던 가치들을 부끄럽게 만드는 존재로 비약하게 되는 것이다.

뱀파이어, '퇴치'의 대상에서 '구원'의 주체로

> 상현: (아직 못 다한 사랑의 말들을 두 눈에 가득 담은 채) 지옥
> 에서 만나요.
> 태주: (영생도 초월도 믿지 않는 공허한 눈빛으로) 죽으면 끝!
> 그동안 즐거웠어요, 신부님.
>
> ── 영화 「박쥐」 중에서

인간과 뱀파이어는 사랑할 수는 있지만 어떤 미래도 약속하지 못한다. 그러나 「트와일라잇」, 「이클립스」, 「브레이킹 던」 시리즈를 통해 보여주는 로맨스는 이루어질 수 없는 사랑에 그치지 않는다. 뱀파이어-남성과 인간-여성은 떠들썩한 연애는 물론 결혼까지 하고 아기까지 낳으면서 끊임없이 새로운 '미래'를 개척한다. 뱀파이어와 인간 사이에서 태어난 아기는 인간일까, 뱀파이어일까. 그 아이와 산모는 과연 살아날 수 있을까. 이 화두가 「브레이킹 던」을 처음부터 끝가지 끌고 나간다. 뱀파이어-남성과 인간-여성은 '이루어질 수 없는 사랑'을 넘어, '인간과 비인간의 경계'마저 적극적으로 교란시키는 역동적인 주체로 거듭난다. 「박쥐」에 나타난 뱀파이어 상현(송강호)의 이미지가 '드라큘라답지 않다'고 느껴졌던 이유는 '인간을 초월하는 뱀파이어의 매력'을 적극적으로 발산하지 못하고, 무력하게 자살하는 모습을 보여주었기 때문이다.

드라큘라 영화는 공인된 문명인의 일상에서는 좀처럼

허락되지 않던 극한의 쾌락과 극한의 폭력에 대한 '훔쳐보기'의 즐거움을 선사한다. 그러나 그 훔쳐보기는 결국 인간 자신의 은폐된 동물성과 잃어버린 야생성을 엿보는, '자기의 탐구'로 나아간다. 드라큘라는 인간성을 위협하는 존재로 나타나, 결국 인간성을 처음부터 다시 성찰하게 만드는 윤리적 주체로 거듭난다. 드라큘라 백작은 사랑하는 이를 잃어버린 자신의 운명에 대한 복수심 때문에 뱀파이어가 되었지만, 그 참혹한 복수의 과정에서 비로소 깨닫는다. 인간에 대한 복수심으로 아무리 인간을 괴롭혀도, 자신이 원하는 행복을 되찾을 수는 없음을.

존재 자체가 삶에 대한 복수였던 드라큘라. 삶에 대한 복수, 인간적인 것에 대한 증오를 넘어 드라큘라는 '생존뿐인 삶'과 '허무뿐인 죽음'을 초월하는 구원의 꿈을 발견한다. 드라큘라는 아름다운 소멸을 꿈꾸지만, 인간은 영원한 존속을 꿈꾼다. 인간은 드라큘라를 통해 아름다운 소멸의 소중함을 배우고, 드라큘라는 인간을 통해 살아 있는 것 자체의 소중함을 배운다. 수많은 흡혈귀 영화들은 한결같은 메시지로 인간의 마비된 의식을 강타한다. '뱀파이어 되기'는 쉽지만, '뱀파이어로 살기'는 어렵다는 것을. 뱀파이어 되기는 유혹이나 실수, 우연 때문일 수도 있지만, 뱀파이어로 살기 위해서는 자신의 뒤틀린 운명을 긍정하는 용기가 필요함을. 뱀파이어 되기는 '일시적 수동태'일 수 있지만, 뱀파이어로 살기는 '영원한 능동태'임을.

인간은 영원히 살 수 없기 때문에 불행하다고 믿었다. 하지만 영원히 살 수 있는 뱀파이어를 보며 그 믿음의 오류를 깨닫는다. 뱀파이어 또한 뱀파이어로 죽기보다는 인간으로 죽기를, 마침내 인

간도 뱀파이어도 아닌 그저 오롯한 '존재'로서 죽기를 바란다. 구원의 열쇠는 변함없이, 사랑이었다. 지상의 사랑으로 천상의 문이 열린다. 미나의 키스로 영원한 사랑이 확인되는 순간, 백발의 노인 드라큘라는 4세기 이전의 젊고 아름다운 얼굴을 되찾는다. 뱀파이어의 '괴물성'이 아니라 뱀파이어의 '트라우마'에 주목함으로써, 인간은 뱀파이어와 자신이 얼마나 닮은꼴인지를 배웠다. 우리는 뱀파이어를 통해 아프게 확인한다. 우리가 대낮의 햇살 밖으로 내놓지 못하는 우리의 상처, 그림자, 어둠을. 어둠 속의 뱀파이어를 통해 우리는 비로소 깨닫는다. 인간은 자신의 찬란한 빛과 달콤한 행복뿐 아니라, 해결되지 않은 어둠과 가릴 수 없는 그림자를 보살펴야 함을.

위험하기에 더욱 아름다운 열정

조제프 베디에,
『트리스탄과 이졸데』

사랑이
삶을 집어삼키다

서구의 문화사에서 낭만적 사랑romantic love 혹은 열정적 사랑love as passion은 단지 한 사람을 향한 일시적 충동이 아니라 '자아의 확장'에 커다란 역할을 하는 감정이었다. 기존에도 사랑은 있었지만 12세기를 전후로 하여 서구에 번지던 궁정식 사랑 혹은 낭만적 사랑의 열병은

'사랑'이라는 본성에 '문명의 형식'을 부여하는 거대한 문명사적 전환이었다. 죽음조차 불사하는 사랑, 죽음을 두려워하지 않을 뿐만 아니라 죽음의 공포 자체를 사랑의 열정으로 승화시키는 불멸의 사랑은 12세기를 전후로 한 서구 문명의 발명품이라 해도 과언이 아니었다.

'사랑=연애=결혼'의 공식이 대중화된 것은 서구 사회에서도 근대 이후에나 가능했다. 중세인들, 특히 상류층 남성들은 '사랑 따로 연애 따로 결혼 따로'라는 라이프 스타일에 어떤 부담감도 죄책감도 느끼지 않았다고 한다. 여성들은 한 남자의 개인적 '용법'에 따라 얼마든지 다변화(!)될 수 있었다. 트리스탄과 이졸데의 이야기가 형성되고 널리 사랑받기 시작한 12세기 이후부터, 로맨틱 러브는 인간의 단순한 일시적 감정이 아니라 숭고한 본성으로 자리 잡아나가기 시작했다. 로맨틱 러브는 '자아'에 머물러 있는 협소한 정신의 차원을 확장시켜 오직 사랑의 힘만으로도 위대한 업적이나 숭고한 예술 작품의 창조가 가능한 상태를 추구했다. 사랑은 한 인간의 감정의 영역을 넘어 종교이자 예술의 차원으로까지 비약할 수 있었던 것이다.

신도 아니고 우주도 아니고 세계도 아닌, 오로지 한 여인 속에 자신이 이루어야 할 모든 이상을 압축하는 힘. 그것이 바로 모든 다른 에너지를 빨아들이는 생명의 블랙홀, 로맨틱 러브의 문화적 힘이었다. 그것은 곧 신이나 계급이나 공동체의 영향력에 휘둘리지 않는, 온전한 '개인'의 탄생을 알리는 신호탄이기도 했다. 사랑하는 사람을 잃는 것 외에는 아무것도 두렵지 않은 인간의 탄생. 사랑하는 사람만 내 곁에 있다면, 그 어떤 위대한 신의 위협도, 그 어떤 인간의 처벌

위험하기에 더욱 아름다운 열정

도 두렵지 않다고 판단하는 순간. 트리스탄이 불가능한 사랑의 대상 이졸데를 끌어안고 "죽음이여, 올 테면 오라!"라고 선언하는 순간이 바로 그것이다.

가련한 분들이시여, 멈추시오. 아직 그럴 만한 힘이 있으시면 돌이키도록 하시오. 그러나, 아! 불가능한 일, 그 길은 돌아올 수 없는 길. 이미 사랑의 항거할 수 없는 힘이 두 분을 이끌어가고 있으니, 장차 괴로움 없는 환희는 영영 맛보실 수 없게 되었소! 이즈, 나의 벗이여, 모후께서 손수 약초를 넣어 빚으신 포도주, 그 사랑의 미약이, 두 분을 사로잡고 있소. 오직 마크 왕만이 그대와 함께 그것을 마시게 되어 있었는데, 악마가 우리 세 사람을 우롱한 것이며, 그리하여 두 분께서 함께 잔을 비우시게 되었소. (······) 두 연인은 그 말을 듣고 더욱 강렬하게 포옹하였고, 그 순간 그들의 아름다운 몸에서는 욕망과 생명이 파르르 떨렸다. 트리스탄이 조용히 말하였다.

"죽음이여, 올 테면 오라!"

조제프 베디에 『트리스탄과 이즈』 (이형석 옮김 지식을만드는지식) 중에서

저녁이 되어, 어둠의 장막이 내려지자, 배는 마크 왕의 땅을 향하여 힘차게 나아가는데, 영영 식지 않을 정염으로 결합된 두 사람은, 정염의 도가니에 몸을 내맡기고 있었다.

어떤 고난도 견디게 하고, 어떤 누추한 공간도 환상의

궁전으로 만들어주는 사랑. 트리스탄은 살아오면서 한 번도 넘어보지 못한 세계의 견고한 장벽들을 사랑의 이름으로 뛰어넘는다. 할 수 있는 것과 할 수 없는 것 사이의 경계, 올바른 것과 올바르지 못한 것 사이의 경계, 용서받을 수 있는 것과 용서받을 수 없는 것의 경계. 그 모든 경계를 뛰어넘을 수 있다고 믿게 된다. 그뿐만 아니라 낭만적 사랑은 단지 육체적 결합을 위한 열정이 아니라 내 존재의 완성을 향한 열정이라는, 평소의 세속적인 열망과는 전혀 다른 차원의 열정을 촉발한다. 트리스탄은 주변의 모든 사람들이 하나같이 자신들의 사랑을 매도하고 금지하는 상황에 처하자 드디어 지금까지의 삶 전체를 뒤엎는 결단을 내린다. 바로 그의 사랑이 이루어질 수 있는 곳을 찾아 지금 여기의 모든 삶을 버리고 떠나는 것이다.

> 트리스탄! 상상의 성이 어딘가에 있다고 들었어요. 이 성은 일 년에 두 번 사라지는데, 우리도 상상의 성처럼 사라져 하프가 연주되는 마법의 과수원에 도달할 수만 있다면……
> 공기가 벽을 만들어 사방을 병풍처럼 가려주고, 나무에는 꽃들이 만발하고 흙이 향기를 내뿜고…… 뜬눈으로 밤을 지새우지 않고도 온종일 사랑하는 이의 품에서 살 수 있고 어떤 적대적인 힘도 그 공기의 벽은 뚫지 못하고……

『트리스탄과 이즈』
중에서

삶을 파괴하는 열정이 아니라 삶을 지속할 수 있는, 존재의 평화를 추구하는 사랑. 그런 사랑의 기회가 트리스탄에게도 있었

위험하기에 더욱 아름다운 열정

다. 『트리스탄과 이졸데』에는 흥미롭게도 두 명의 이졸데가 등장하는 데, 트리스탄에게 자신의 모든 삶을 포기하게 만들었던 열정적 사랑의 대상이 '아름다운 이졸데'라면, 트리스탄이 그녀를 떠나 새로운 삶을 시작할 수 있는 기회를 준 여인은 '흰 손의 이졸데'였다. '아름다운 이 졸데'의 가장 큰 장점이 아름다움 그 자체라면, '흰 손의 이졸데'의 최고 장점은 살림의 능력이었다. 누군가를 먹이고 입히고 재울 수 있는 총체적 능력, 짜릿한 희열의 순간이 아니라 평화로운 일상을 이끌어가는 능력. 그것이 흰 손의 이졸데가 가진 힘이었다. 트리스탄은 그녀와 결혼까지 하고서도 그녀의 아름다움을 알아보지 못했다. 여전히 '아름다운 이졸데'를 향한, 아니, 완전한 사랑의 모범 답안에 대한 낭만적 판타지의 안개가 걷히지 않았던 것이다. 흰 손의 이졸데와 형식적인 결혼식만 올린 후 여전히 첫날밤조차 치르지 않았던 트리스탄. 그를 사랑했기에 남편의 무관심이 언젠가는 사랑으로 바뀌기를 기다렸던 흰 손의 이졸데에게 트리스탄이 남긴 것은 배신의 상처뿐이었다. 흰 손의 이졸데는 아름다운 이졸데의 드라마틱 한 사랑을 빛내주기 위한 엑스트라가 아니라, 아름다운 이졸데가 미처 살지 못한 '삶', 죽음조차 불사하는 파괴적 열정이 아니라 삶을 위해 때로는 열정의 불씨를 잠재울 수 있는 '일상'이라는 이름의 소중한 상징이었다.

> 언젠가는, 나의 사랑이여, 한 번 가면 아무도 돌아올 수 없는 그 행복한 나라로, 우리 두 사람 함께 떠날 수 있으리라. 그곳에는 하얀 대리석 궁궐이 솟아 있고, 창문마다에는 촛

불 하나씩이 밝혀져 있으며, 유랑 시인들이 각 창문에 한

사람씩 앉아서 영영 끝나지 않는 멜로디를 노래할 것이오.

그곳에는 햇빛이 비추지 아니하되 아무도 빛을 그리워하지

않으니, 그곳이 진정. 살아 있는 이들의 행복한 나라라오.

『트리스탄과 이즈』
중에서

위험하기에 더욱 아름다운 열정

연애

내 안의
가장 밝은 빛을
끌어내는 마법

연
애

트루먼 커포티,
『티파니에서 아침을』

가면만이 진실인 너,
그런 널 사랑하는 나

난 그날의 즐거움에 도움이 된다면 보석이라도 훔치겠어요.
25센트짜리 동전이라도 훔칠 거예요. 나 자신에게 정직한 걸 말하는 거예요.
겁쟁이, 허풍쟁이, 감정 이상자, 창녀만 아니면 뭐든 되겠어요.
정직하지 않은 심장을 갖느니 암에 걸리겠어요.
/ 트루먼 커포티, 『티파니에서 아침을』 중에서

언제나 진심이 아닌 가면만을 보여주는 사람이 있다. 누구도 그 사람
의 진짜 얼굴을 알지 못한다. 그런 사람과는 투명한 감정의 공정거래
가 불가능하다. 나의 거짓 없는 마음을 쏟아부을수록, 저쪽은 내 진심
의 무게에 짓눌려 도망쳐버리곤 하니까. 영화 「티파니에서 아침을」의

내 안의 가장 밝은 빛을 끌어내는 마법

홀리 골라이틀리(오드리 헵번)가 그렇다. 가면조차 눈부시게 아름다운 여자. 그 수많은 가면 중에 어느 하나도 내 것으로 만들 수 없을지라도, 사람들은 그녀의 동선 하나하나에서 눈을 뗄 수가 없다. 홀리 주변의 남자들은 그녀가 갑부와 결혼하여 팔자를 고칠 요량임을 알면서도, 그녀의 우아한 동선 하나하나에서 가녀린 희망의 미소를 본다. 혹시 그녀가 나를 봐줄지도 몰라. 그녀는 저 화려한 가면 뒤에 사람의 진심을 꿰뚫어 보는 아름다운 눈동자를 감추고 있을 거야. 가난한 작가 지망생 폴(조지 페퍼드)도 그런 남자들 중 하나다.

화려한 삶을 꿈꾸지만 지금은 아무것도 아닌 두 사람. 홀리와 폴은 서로의 눈빛에 담긴, 세상을 향한 두려움을 알아본다. 1940년대 초 뉴욕의 허름한 아파트에서 이웃으로 만난 두 사람은 연인으로 발전하기에는 지나치게 비전 없는 자신들의 처지를 애써 모른 척한다. 그런 두 사람에게 집보다 따뜻한 환상의 공간이 바로 현란한 보석 매장 '티파니'다. 반짝이지 않는 모든 것들을 엑스트라로 만들어버리는 티파니의 화려함. 다이아몬드 중에서도 가장 빛나는 부분만을 남겨놓고 나머지 부분은 모두 미련 없이 쓰레기통에 버린 듯한, 오만하고 도도한 아름다움. 지금은 반짝일 수 없고, 앞으로도 반짝일 가망이 없는 인생들에게는 평생 허락되지 않을 사치의 박람회. 그들만의 리그일 수밖에 없는 티파니 매장 앞에서 마치 그것들이 처음부터 자기 것인 양 자신감 넘치는 표정으로 매장 안쪽을 바라보는 홀리. 검은 선글라스를 낀 채 이 세상을 다 가진 듯 여유로운 표정을 짓는 홀리는 그 순간 다이아몬드보다 더 아름답게 빛난다.

내가 매일 엿듣고 엿보고 먼발치서 동경하던 사람이 어느 날 내 방 안으로 불쑥 침입해 들어오다면? 「티파니에서 아침을」에서 홀리는 폴에게 바로 그런 사람이었다. 스크린 속의 아름다운 여배우처럼 저 멀리 아련히, 세계의 장막 저편에만 존재하던 홀리는 스스로 스크린을 찢고 폴에게 나타난다. 그녀는 아래층에 무서운 남자가 있다며, 게다가 화재용 비상구는 너무 춥다는 이유로, 폴의 방 안에 불쑥 침입한다.

"날 내쫓고 싶으면 그렇게 해요. 이렇게 들이닥치다니, 내가 뻔뻔하죠? 한데 그놈의 화재용 비상구가 너무 추워서요. 또 당신이 편안해 보이기도 했고요. 꼭 내 오빠 프레드 같아요. 우리 남매들은 한 침대에서 넷이 잤는데, 프레드만 추운 밤에 껴안게 해줬거든요. 한데 당신을 '프레드'라고 불러도 될까요?"

—
트루먼 카포티
『티파니에서 아침을』
(공경희 옮김
아침나라) 중에서

한밤의 침입자에 놀란 가슴을 진정시킬 겨를도 없이, 홀리는 폴에게 거침없는 수다 보따리를 늘어놓는다. 그녀는 전혀 스스럼없이 순식간에 그를 오빠 프레디를 닮은, 세상에서 가장 친근한 존재로 바라본다. 그녀의 침입에 '나'는 아무런 저항도 하지 못한다. 그녀는 그에게 세상에서 가장 달콤한 침입자였던 것이다.

어디에도 머물지 않겠다고 결심한 홀리, 당장 내일이라

내 안의 가장 밝은 빛을 끌어내는 마법

도 이 낡은 아파트에서 홀연히 사라질 것만 같은 홀리의 명함에는 그
녀의 주소가 '여행 중'이라고 표기되어 있다. 원작 소설 『티파니에서 아
침을』에서 홀리는 이렇게 말한다. "사실 내가 내일 어디 살고 있을지
어떻게 알겠어요? 그래서 '여행 중'이란 문구를 넣으라고 했죠." 영화
「티파니에서 아침을」에서 길 잃은 고양이처럼 온 도시를 배회하던 홀
리는 이제 자기 인생의 행로를 깨달은 작가 폴의 사랑으로 구출되지
만, 원작 소설에서 '나'는 홀리에게 한 번도 사랑을 고백하지 못한, 보
이지만 보이지 않는 남자로 남는다. 단 한 번도 나를 남자로 바라봐주
지 않는 그녀를 변함없이 따뜻한 시선으로 바라보는 것. 그것이 늘 '여
행 중'이라는 그녀, 아무도 붙잡을 수 없는 그녀에게 품을 수 있는 유일
한 사랑이었다. 소설 속의 그는 그녀를 감히 만지거나 품어볼 용기조
차 내지 못한 채, 영원히 '낯선 사람'으로 바라만 봐야 했다.

그녀를 통해 우리는 영원히 닫혀 있을 줄만 알았던 곳
(감옥)에서 눈부신 열림을 보고, 활짝 열려 있을 것만 같은 곳(뉴욕 사교
계)에서 완고한 닫힘을 본다. 홀리는 감옥의 면회장조차 신명 나는 축
제로 만들 줄 아는, 타고난 노마드다. 감옥에 갇힌 암흑가의 보스 샐리
를 면회하는 그녀는 마치 신나는 소풍이라도 가는 것처럼 그의 면회
시간을 즐긴다. 그녀는 감옥 속 면회장에서 서로를 향한 절실함으로
가득한 사람들의 눈빛, 촉박한 시간에 쫓기며 그동안 쌓아둔 이야기보
따리를 풀어놓는 사람들의 따스한 미소 속에서, 세상 가장 어두운 곳
에서도 빛나는 축제의 열기를 발견한다. 동시에 그녀는 부자들에게 팁
을 받으며 생활하는 고급 '플레이걸'이기도 하다. 그녀의 출생지는 물

론, 그녀의 이름, 그녀의 가족 관계, 모두가 가짜라는 것을 지인들은 알면서도 눈감아준다.

홀리의 친구 버먼은 '실체를 알 수 없는 그녀'를 이렇게 묘사한다. 그녀는 '진짜 가짜'이기 때문에 결코 '가짜'가 아니라고. 이제는 그녀 자신조차 자신의 '진짜' 모습을 기억하지 못할 거라고. 그러나 이 태생적 노마드를 대도시 뉴욕의 사교계 시스템은 결코 용납하지 못한다. 결국 그녀는 마약 사건에 연루되어 체포되고 만다. 소설 속에서 그녀는 맨해튼 사교계에서, 그녀가 그토록 사랑하던 뉴욕에서 영원히 추방된다. 영화의 달콤한 해피 엔딩에 비해 원작 소설의 쓸쓸한 새드 엔딩은 훨씬 잔혹하지만, 소설 속의 홀리가 훨씬 매력적인 것은 어쩔 수 없다. '진짜 가짜'인 채로 영원히 '그들만의 리그'에서 추방당하는 자발적인 노마드, 바로 그것이 그녀가 뿜어내는 매혹의 진원지이기 때문이다.

누군가의 가면을 불시에 벗겨내면 그의 투명한 맨 얼굴이 보일 거라는 환상. 홀리는 바로 그 가면과 맨 얼굴의 환상을 폭로하는 존재다. 그녀가 '진짜 가짜'임을 알아본 사람들은 안다. 우리가 연기를 하고 있는 동안에도 우리는 어쩔 수 없이 우리 자신임을. 우리가 만들 수 있는 가면의 실루엣과 빛깔이야말로 우리 자신의 삶이라는 질료에서 채취된 것임을. 그녀의 가면이야말로 그녀의 진실임을 깨닫는 순간, 소설 속의 '나'는 그녀를 붙잡고 싶은 욕망을 내려놓는다. 아무리 고도의 연기력을 펼치더라도, 가면 자체가 또 하나의 페르소나임을 막을 방도는 없다. 그녀의 가면마저 사랑할 수 있게 되는 순간, 그는 더 이상 그녀를 연인이나 아내나 친구라는 이름으로 속박할 수 없음을 깨닫는다. 아무도 투명하지 않다. 아무도 가면 없이는 외출할 수 없다. 문명이 발달할수록 현대인은 뛰어난 연기자가 되어간다. 모든 것이 시각 중심으로 재편된 세계에서 '보이지 않는 것들'의 가치는 쉽게 퇴색되어 간다. 이런 현실 속에서 내가 붙잡지 않으면 영원히 사라져버릴 시간을 포착하는 것, 그것이 작가의 의무가 아닐까. 내가 그려내지 않으면 영원히 보이지 않을 그녀를 잡는 것, 그것이 사랑에 빠진 남자의 행복한 의무가 아닐까.

정말 신기한 것은 그녀가 나에게 한 번도 보여주지 않는 진실을 그는 만지고 소통하고 심지어 글로 쓸 수 있었다는 것이다. 이것이 사랑의 기적이자 글쓰기의 기적이 아닐까. 보이지 않는 진실을 포착해내는 혜안, 만질 수 없는 실체를 보듬고 어루만질 수 있는 천 개의 손. 그것이 곧 작가의 눈이고 사랑의 시선이 아닐까. 타자란, 끊임없이 주체의 시선으로부터 달아나려는 존재다. 그를 포착하고 정의하고 해석하려는 주체로부터 끊임없이 도망침으로써, 세계의 울타리를 끊임없이 확장하는 것, 그것이 타자의 매혹이다. 사랑이란, 바로 그렇게 끊임없이 달아나려는 타자를 '붙잡는 기술'이 아니라 멀리 있는 채로 보듬는 '놓아줌의 윤리'가 아닐까.

가스통 르루,
『오페라의 유령』

사랑을 위해
'가면'을 쓰는 남자

내 모든 것을 다 준 그 사람이, 내가 준 그 모든 것을 살뜰히 챙긴 다음
다른 사랑을 찾아 훌쩍 떠나버린다면? 그 억울함, 그 끔찍한 고통을 어
떻게 견뎌낼 수 있을까. 게다가 그 사람이 나를 떠난 이유가 나의 외모
때문이라는 의심을 떨쳐낼 수 없다면? 가스통 르루의 『오페라의 유령』

은 유령-연인, 그림자-연인이라는 판타지적 요소를 끌어들이고 있다. 그러나 작품의 밑바닥에는 매우 현실적인 두려움이 깔려 있다. 사랑에 빠진 사람들은 내 모든 것을 바친 그 사람이 나를 헌신짝처럼 버리고 더 멋진 사람에게 떠나버릴까 봐 불안해한다. 내 모자란 재력, 내 모자란 재능, 내 모자란 배경, 그 무엇보다도 내 모자란 외모 때문에 그 사람이 나를 버릴까 봐 두렵다. 모두가 외모 콤플렉스를 하나 이상씩은 갖고 있는 현대사회에서는 더욱 현실적인 불안이다. 멋진 사람을 소개시켜준다는 친구의 말을 들을 때 사람들은 제일 먼저 묻는다. "그 사람 잘생겼어?" "그 사람 예뻐?"

　　『오페라의 유령』의 주인공 에릭은 '잘생기거나 못생기거나'의 구분 자체를 벗어나 있다. 그는 너무도 끔찍한 외모 때문에 한 번도 정상적인 사회생활을 하지 못한다. 부모님조차 그의 얼굴을 보지 않기 위해 가면을 씌웠을 정도다. 그는 프랑스 파리의 거대한 오페라 극장 지하에서, 자신만의 은신처를 마련하여 숨어 살고 있다. 사람들은 그를 오페라의 유령이라 부른다. 검은 망토를 걸친 해골의 모습으로만 나타나 똑같은 자리에서 오페라를 관람하고 불현듯 사라지는 에릭. 그가 사랑하는 여인은 이 오페라 극장의 신인 여가수 크리스틴이다. 처음에 에릭은 크리스틴에게 목소리로만 다가간다. 신은 그에게 아름다운 외모 대신 천상의 목소리를 주었다. 그는 누구든 압도될 수밖에 없는 그 아름다운 목소리로 노래를 불러 크리스틴의 마음을 사로잡는 데 성공한다. 아름다운 목소리를 가졌지만 진실한 영혼을 노래에 담는 법을 알지 못했던 크리스틴은 에릭의 멘토링을 받아 드디어 최고의 소프라노로 등극한다.

그는 크리스틴에게 음악 교습을 해주며 간절히 당부한다. 제발 내 가면만은 벗기지 말아달라고. 그럼 우리 사이엔 아무 문제도 없을 거라고. 그러나 크리스틴은 에로스의 얼굴을 보고 싶어 밤에 몰래 등불을 들이대어 남편을 잃었던 프시케처럼, 기어이 에릭의 가면을 벗겨버리고 만다. 그 순간 진짜 악몽은 시작된다. 에릭은 그 자체로 끔찍한 흉터 같은 자신의 얼굴에 크리스틴의 손톱을 갖다 대며, 자신의 얼굴 자체를 마치 가면처럼 벗겨내려고 한다. 그렇게도 내 얼굴이 보고 싶었냐고. 그토록 당부, 또 당부했건만. 크리스틴은 에릭의 가면을 벗겨내버렸지만, 부모님조차 평생 마주하기를 거부했던 이 끔찍한 맨 얼굴, 이것이야말로 또 하나의 가면일지도 몰랐다. 자신의 진심은 목소리로 충분히 표현했건만, 기어이 누구에게도 보이기 싫은 맨 얼굴을 확인하려는 크리스틴 앞에서 에릭은 절망한다.

그들 사이를 가로막는 또 다른 장애물은 크리스틴의 첫사랑이다. 부와 명예와 지위와 미모까지 갖춘 완벽한 남자 라울은 크리스틴이 자신에게서 매번 도망치는 이유가 바로 오페라의 유령 때문이라는 것을 알고 경악한다. 천하의 완벽남 라울도 질투 앞에서는 한낱 못난 남자가 되어버리고 만다. 에릭은 크리스틴에게 청혼까지 한 상태였고, 라울은 크리스틴의 손에서 빛나는 약혼반지를 보며 질투심에 살의를 느낀다. 우리는 정말 사랑하는 사람 앞에서는 누구나 차라리 숨고 싶은 유령이 된다. 사랑에 빠진 사람의 눈에 비친 '그 사람'은 언제나 눈부실 수밖에 없으니까. 눈부신 그 사람 앞에서는 나는 아무리 치장을 해도 어쩔 수 없이 초라해지고 마니까.

　　이제 문제는 크리스틴의 선택이다. 자신을 완벽한 오페라의 여신으로 만들어준 스승 에릭인가. 또는 어린 시절 돌아가신 아버지와의 애틋한 추억을 공유하고 있는 소꿉친구 라울인가. 이들의 치명적인 삼각관계 뒤에는 파리의 사교계라는 거대한 무대 공간이 자리 잡고 있다. 차라리 가면이라도 써야 자유로운 표정을 지을 수 있는 파리지앵의 연극적 일상. 오페라가 진행되는 동안에는 최고의 모습을 보여줄 수 있지만, 그 나머지 시간에는 불행한 삶을 살아야 했던 크리스틴처럼. 파리지앵의 상징, 가면무도회에서 사람들은 '가면이 줄 수 있는 편안함'을 필요로 했던 것이 아닐까. 라울은 크리스틴과 비밀스럽게 만나기로 한 최고의 장소가 가면무도회라는 것을 알아챈다. 아무도 자신을 알아볼 수 없는 가면 뒤에서만 자신이 자유로울 수 있기 때문이다. 마음속의 슬픔과 고뇌를 숨길 수 있고, 남의 시선과 자신의 신분을 의식해 표정과 태도를 한껏 가장할 필요가 없기에. 라울은 자신이 '오페라 여가수 따위'와는 결혼할 수 없는 고귀한 신분이라고 생각했지만, 바로 그 크리스틴의 아름다운 노래를 통해 자신의 소울 메이트가 그녀일 수밖에 없음을 깨닫는다.

　　에릭은 마치 페르세포네를 아내로 얻기 위해 그녀를 납치했던 하데스처럼 그녀를 대낮의 삶으로부터 빼앗아 밤의 여인으로 만든다. 그는 자신이 지배하는 '어둠의 지하 세계'의 여왕으로 그녀를 지목하지만, 그녀는 밤의 여왕이기보다는 낮의 요정이 어울리는 쾌활하고 발랄한 여성이었다. 그녀는 오페라 공연이 있는 밤에는 최고의 여신으로 등극하지만, 낮의 삶, 보통 사람들의 일상을 가질 수 없기에 자신의 반쪽짜리 행복에 절망한다. 무엇보다도 그녀의 마음속에는 첫사랑 라울이 자리 잡고 있다. 그가 다시 나타난 순간, 그녀는 자신의 진짜 사랑이 라울일 수밖에 없다고 느낀다. 에릭에게 느끼는 감정은 연민과 공포, 부채감이었던 것이다.

에릭이 만약 백마 탄 왕자의 조건을 갖추었다면, 크리스틴에게 그토록 끔찍한 공포로 다가오지 않았을 것이다. 크리스틴은 자신이 천사의 목소리라고, 음악의 정령이라고, 오페라의 유령이라고 생각했던 환상의 존재가 그저 '특별한 이유 때문에 오페라 극장 지하에 살게 된 특이한 사람'일 뿐이라는 것을 알게 되자 경악한다. "그럴리가 없어! 그럴 리가 없어! 천사의 목소리가 아니라 한 남자에 불과했다니!" 에릭은 오페라의 유령도, 음악의 천사도 아닌, 그저 한 사람의 인간으로서 사랑받기를 바랐다. "맞아요, 크리스틴. 난 천사도, 정령도, 유령도 아닙니다! 내 이름은 에릭이라고 하오." 그녀는 환상 속의 천사의 목소리는 사랑할 수 있었지만, '내 앞에 무릎을 꿇고 앉은 그저 한 남자, 아니, 끔찍한 유령 같은 모습을 한 남자'를 사랑할 수 없었던 것이다. 오페라의 유령 혹은 음악의 정령이라는 환상 속에 한 남자의 현실을 가두려 했던 크리스틴. 그녀는 '마음에 안 드는 현실'을 '마음에 쏙 드는 환상'으로 은폐하려는 현대인의 모습을 닮았다.

이 이야기에서 가장 가슴 아픈 장면은 크리스틴이 가면

을 아예 태워버리는 장면이다. 그녀는 일시적으로 자신이 에릭을 사랑하는 것처럼 보이기 위해, 가면을 태우는 연기를 했다. 그것이 그녀의 진심이었다면, 이 이야기는 완전히 달라지지 않았을까. 누구도 벗겨낼 수 없는 단단한 가면을 쓴 것은 오히려 '자신이 정상이라 믿는 사람들'이 아닐까. 우리의 진짜 가면은 결코 태울 수 없다. 살아 있는 한 우리는 끊임없이 변화하는 상황에 걸맞은 가면을 써야 한다. 어쩌면 사랑하는 사람을 찾는 일은 어떤 완벽한 메이크업으로도, 어떤 성형수술로도 가릴 수 없는, 내 영혼의 상처를 알아봐줄 사람을 찾는 일일지도 모른다. 진정 사랑하는 사람을 만난다는 것은, 내가 어떤 가면을 써도 가면 뒤의 내 표정을 간파할 수 있는 사람을 만나는 것이 아닐까. 혹은 가면 뒤의 내 표정을 알 수 없다 해도, 가면 뒤에서 흐르고 있을 내 눈물을 닦아줄 수 있는 사람을 만나는 것이 아닐까.

에드몽 로스탕,
『시라노』

나는 추악하다,
그러므로 사랑받을 수 없다!

짝사랑하는 남자가 한둘이 아닌 최고의 미녀 록산을 사랑하는 시라노. 시라노는 록산을 사랑하기 전까지는 자신의 콤플렉스인 '거대한 코'를 유머의 소재로 활용할 정도로 당당한 사람이었다. 자신의 거대한 코를 향해 심상치 않은 시선을 보내는 사람들에게 거침없이 복수할 정도로 자신감 넘치는 사람이었다. 게다가 문무를 겸비한 시라노는 다양한 재능으로 사람들을 매혹시켰다. 르 브레는 시라노를 가리켜 '달 아래 사는 사람 중에 가장 매력적인 친구'라고 예찬한다. 시인이기도 하고, 검객이기도 했으며, 물리학자이기도 하고, 음악가이기도 했던 시라노는 거대한 코 말고는 어떠한 콤플렉스도 없어 보이는 사람이었다. 하지만 사랑을 시작하자 그의 콤플렉스는 더 이상 숨길 수 없는 존재가 되어 버린다.

시라노: 왜 쳐다보지 않으려 조심을 하죠?

화난 사람: 난 그냥……

시라노: 그러니까 내 코가 역겹다는 뜻이오?

화난 사람: 선생……

시라노: 색깔이 비위생적으로 보이오?

화난 사람: 선생!

시라노: 생긴 게 음란해 보이오?

화난 사람: 전혀!

시라노: 그런데 왜 언짢은 표정을 지으시오? 혹시 내 코가 지나치게 크다고 생각하는 거 아니오? (……) 어마어마하게 크다오, 내 코는! 천한 납작코, 멍청한 들창코, 납작 머리 양반아, 내가 이 돌기를 자랑스럽게 여긴다는 걸 알아두시오. 커다란 코는 그야말로 친절하고, 선하고, 정중하고, 재치 있고, 관대하고, 용맹스러운 사내의 표시니까.

에드몽 로스탕
『시라노』
(이상해 옮김
열린책들) 중에서

못생긴 자신을 그녀가 결코 사랑해줄 리 없다고 지레짐작해버린 시라노의 고백은 자신의 정체성을 숨긴 채 이루어진다. 최고의 미남이지만 말솜씨와 글재주가 없어 록산에게 다가지 못하는 크리스티앙을 대신해, 시라노는 자신의 얼굴을 숨긴 채 록산에게 사랑을 고백한다. 크리스티앙은 시라노의 천재적인 언변을 동경했고, 시라노는 크리스티앙의 잘생긴 외모를 부러워했던 것이다. 두 사람은 그렇게 서로의 콤플렉스를 맞교환한다. 크리스티앙은 시라노의 얼굴이 되고, 시라노는 크리스티앙의 편지가 되어 그녀를 유혹하기로 한 것이다. 이윽고 크리스티앙의 미모와 시라노의 글재주는 환상의 콤비를 이루어 록산의 마음을 감동시킨다. 그녀는 이 아름다운 고백의 목소리가 크리스티앙이라 믿고 있다. 그녀의 창문 아래서 세레나데를 펼치는 주체는 시라노이지만, 그 얼굴은 크리스티앙처럼 보인다. 어둠 속에서만 시라노는 진정한 자기 자신이 될 수 있다. 그녀가 입 맞추는 것은 크리스티앙의 얼굴이지만, 그녀가 입 맞추고 있는 영혼은 바로 시라노의 것이다. 어둠 속에서 자신의 외모를 가린 채 열정적인 고백을 펼치는 그 순간만은 행복하다. 그녀가 나의 콤플렉스를 알아챌까 봐 신경 쓰지 않은 채, 마음껏 자신의 숨겨진 마음을 펼쳐놓을 수 있었던 것이다. 시라노는 빛나는 재치와 화려한 수사학으로 자신의 슬픔을 감추고 있었다. 그는 혹시 진정으로 원하는 것을 들킬까 봐 늘 수선을 피우며 진정으로 원하는 것을 숨긴다. 그러나 그는 한껏 들이마시고 싶다. 진정 원하는 것만이 피워 올릴 수 있는 행복의 향기를. 이 고백 아닌 고백의 순간, 시라노는 순간적으로 자신의 움츠러들고 주눅 든 영혼이 해방되는

것을 느낀다.

　시라노는 이제 더 이상 숨길 수 없는 자신의 사랑이 자신의 영혼을 얼마나 괴롭히고 있는지를 깨닫게 된다. 전쟁터에서 시시각각 닥쳐오는 적의 위협을 느끼면서도, 시라노는 하루도 빠짐없이 위험천만한 적진을 뚫고, 록산에게 편지를 부치고 돌아온다. 전쟁터의 위험 속에서 그의 사랑은 더욱 깊어지고, 편지는 더욱 절절해진다. 시라노의 마음을 모르는 그녀는 크리스티앙을 찾아 전장까지 달려온다. 오직 다른 남자를 만나기 위해 목숨을 걸고 전장으로 뛰어온 그녀를, 시라노는 한없이 사랑스러운 눈빛으로 바라본다. 그녀는 나를 위해 뛰어온 것이 아니다. 하지만 그녀를 볼 수 있다는 것만으로, 시라노의 가슴은 고동친다. 이제 아무리 애를 써도 마음을 숨길 수가 없다. 그러나 여전히 아무것도 할 수가 없다. '대리 편지'라는, 스스로 만든 덫에 그는 완전히 사로잡힌 것이다.

　개구리 왕자가 공주의 키스로 저주에서 풀려나듯이, 시라노 또한 사랑하는 여인 록산의 방문만으로도 깊어가는 마음의 질병을 치료받는다. 크리스티앙은 록산을 다그친다. 정말 '그까짓 편지 따위' 때문에 죽음의 위험을 무릅쓰고 사내들의 전쟁터에 달려온 것이냐고. 록산은 그렇다고 말한다. 그녀는 당신의 아름다운 외모가 덧없이 사라진다 해도, 변함없이 당신을 사랑할 것이라고 말한다. 편지의 송신자로, 세레나데의 주인공으로, 사랑의 승리자로 기록되었던 크리스티앙은 끔찍한 패배감에 사로잡힌다. 그녀가 사랑하는 것은 나인 줄로만 알았는데, 그녀가 진심으로 사랑한 것은 자신이 본의 아니게 도둑질한 타인의 편지였다. 그녀는 크리스티앙의 아름다운 외모에 사로잡힌 것이 아니었다. 그녀가 사랑에 빠진 것은 바로 '시라노의 영혼'이었던 것이다.

시라노 역시 이제 바로 곁에서 그녀를 지킬 수 있는 기회가 생겼는데, 좀처럼 앞으로 나서지 못한다. 이제 록산의 진심을 알아버린 크리스티앙은 시라노에게 선언한다. 더 이상 '연기'는 그만하자고. 그녀에게 모든 것을 말하라고. 그녀에게 진심을 고백하라고. 크리스티앙은 자신이 훔친 것이 시라노의 영혼임을 인정한다. 그는 마침내 깨닫는다. 화려한 글솜씨나 매력적인 말솜씨, 절절한 연애편지마저 훔칠 수는 있지만, 타인의 영혼은 훔칠 수 없음을. 크리스티앙은 시라노에게 이렇게 고백한다. "저 자신 속에 경쟁자를 품고 있는 데 지쳤어요!" 시라노는 거부하지만, 크리스티앙 또한 단호하다. "그래요, 전 온전히 저 자신으로 사랑받고 싶어요. 아니면 아예 사랑받지 못하거나!"

절망한 크리스티앙은 전장으로 뛰쳐나가고, 가장 먼저 총알받이가 되어 전장의 이슬로 사라지고 만다. 적이 쏜 첫 총탄에 맞아 죽은 크리스티앙. 남의 영혼을 훔친 편지를 써서라도 그녀의 사랑을 얻고 싶었던 크리스티앙의 사랑 또한 아름다웠다. 시라노는 크리스티앙이 '겉만 번지르르한 미남'이 아니었음을 알기에, 크리스티앙의 사랑 또한 자신 못지않음을 알기에, 더더욱 록산에게 다가가지 못한다. 록산이 자신의 영혼을 사랑했다는 것만으로, '이것으로 충분하다'고 믿는 시라노. 그는 그렇게 '사라지는 매개자'이자 비극적인 사랑의 주인공이 되어, 끝까지 자신의 마음을 말하지 않으려고 했다. 그러나 크리스티앙이 죽은 후 무려 14년 동안, 수도원에서 칩거하고 있는 록산의 더없는 친구가 되어준 시라노의 진심 또한 마침내 밝혀진다. 다른 이의 이름을 훔쳐서라도 반드시 전하고 싶었던, 절절한 사랑의 편지는 마침내 주인을 찾았다. 그러나 이 편지는 너무 늦게 도착한 편지였다. 이제야 자신의 마음을 알아주는 록산을 홀로 남겨둔 채, 병에 걸린 시라노는 안타까운 죽음을 맞는다. 처음에 시라노가 사랑을 고백하지 못했던 이유는 열등감과 콤플렉스 때문이었지만, 필생의 연적 크리스티앙이 죽은 후에도 사랑을 고백하지 못했던 이유는 먼저 간 친구에 대한 죄책감 때문이 아니었을까. 시라노는 자신의 추악한 외모 때문에 누구에게도 사랑받을 수 없다고 믿어버렸다. 그러나 그의 사랑을 진정으로 가로막은 것은 '못생긴 코'가 아니라 '솔직하지 못한 그 자신'이었다.

쇼데를로 드 라클로,
『위험한 관계』

허영과 체면,
사랑의 치명적 장애물

베르그송은 사건에 직접 뛰어들지 않고 그저 관조하기만 하는 삶의 문제점을 이렇게 지적한다. 하염없이 남을 관찰만 하고 있으면 인간 혐오증에 걸릴 수밖에 없다고. 18세기 프랑스 사교계의 방종과 타락을 풍자한 소설『위험한 관계』의 주인공 메르테유 후작 부인이 바로 그런 캐릭터다. 자신의 표정은 절대로 들키지 않은 채로 타인의 마음을 훔쳐보는 기술의 달인이 된 메르테유 후작 부인. 그녀는 오직 사람들을 관찰하고 분석만 한 나머지 정작 인간을 사랑하는 방법을 알지 못하게 된다. 파리 사교계 최고의 바람둥이 발몽은 그녀와 비슷하면서도 다르다. 발몽은 '허영'이라는 정신의 피부와 '체면'이라는 감정의 장신구 뒤에 감춰진 인간의 맨 얼굴에 대한 호기심으로 가득 찬 인물이다. 그는 남녀 관계의 달인이지만, 정치적인 술수에는 별다른 관심이 없다. 그는 다만 그의 눈에 비친 가장 완벽한 여인 투르벨 부인의 마음을 장난삼아 빼앗아보고 싶어 한다. 미덕의 화신이요, 봉사 정신과 희생정신으로 똘똘 뭉친 투르벨 부인은 인생에 있어 한 번도 딴전을 피워본 적이 없는 천하제일의 모범생이다.

메르테유 후작 부인은 자신을 배신한 제르쿠르 백작이 열다섯 살 소녀 세실과 결혼할 예정이라는 사실을 알고는 제르쿠르 백작을 골탕 먹이고 싶어 하고, 발몽은 세실의 어머니 볼랑주 부인에 대한 해묵은 복수를 실현하려 한다. 순결이 신붓감의 최고 덕목이라 믿는 제르쿠르 백작에게 '처녀가 아닌 신부'를 선사하자는 발칙한 미션을 제안하는 메르테유 후작 부인. 천하의 바람둥이 발몽은 그런 손쉬운 미션은 너무 식상해서 자신의 명성에 걸맞지 않는다며 게임의 위험을 한층 부풀리는 미션을 제안한다. 정조의 화신이자 유혹이라고는 한 번도 경험해본 적이 없는 투르벨 부인을 유혹해 보이겠다는 것. 그들이 각자 연구한 '파리 사교계 초토화 작전'이 무르익어갈 동안, 열다섯 살 소녀 세실은 순수 청년 당스니와 사랑에 빠지고, 투르벨 부인은 자신에게 대놓고 유혹의 편지를 써대며 총공세를 퍼붓는 발몽의 덫에 걸려들고 만다. 여기까지 보면 이 소설은 그저 그런 연애소설과 통속소설의 전형적인 스토리 라인을 답습하는 것만 같다.

그러나 『위험한 관계』의 진정한 매력은 오직 편지로만 이루어진 서간체 소설이라는 것, 나아가 프랑스 혁명 직전 파리 사교계의 방탕과 타락을 목격한 군인 출신의 작가 라클로의 작품이라는 점이다. 오직 편지로만 전해지는 등장인물의 욕망과 갈등은 편지를 쓰는 사람과 받는 사람 사이의 은밀한 소통을 엿보는 비밀스런 쾌감을 선사해준다. 아무에게도 함부로 말할 수 없는 비밀을 전하는 편지를 중간에 가로채어 몰래 펴본 후, 아무 일 없었다는 듯이 수신자에게 천연덕스레 전달해주는 듯한 야릇한 쾌감이 독자의 상상력을 자극하는 것이다. 감정적인 사랑, 육체적인 연애, 합리적인 결혼. 남자들에게는 이 세 가지가 완전히 따로따로 허용될 수 있었던 시절. 정작 사랑하는 사람의 편지에는 마음 놓고 답장조차 할 수 없는 귀족 여인들의 허울 좋은 화려한 일상. 빛나는 이성의 힘으로 인간의 나약해 빠진 감정을 완전히 요리하고 설계하겠다는 야심에 찬 포부를 간직한 메르테유 후작 부인. 그녀는 파리 사교계를 무대로 삼아 모든 사교계 인사들을 인형처럼 조종하여 자기만의 소우주를 개척하려는 것이다.

발몽의 필살기가 누구든 자신의 매력으로 단기간에 유혹할 수 있다는 자신감이라면, 메르테유 후작 부인의 필살기는 바로 자신의 감정을 철저히 숨기고 다른 사람의 감정을 귀신같이 포착하는 기술이었다. 그렇게 되면 순간순간의 상황을 지배할 수 있고, 마침내 내 인생을 마음대로 지휘할 수 있지 않을까. 완벽한 포커페이스를 가진 도박의 제왕과 상대방의 마음을 완벽하게 쥐락펴락할 수 있는 독심술의 달인이 만난다면, 원하는 것을 모두 가지는 것은 시간문제 아닐까. 『위험한 관계』의 메르테유 부인과 발몽은 바로 그런 환상의 팀워크를 자랑한다. 파리 사교계 전체를 오직 자신들의 기지와 매력만으로 마음껏 요리할 수 있는 사람들. 그런 사람들은 과연 행복할까. 그런 재능을 가진다면 과연 원하는 사랑과 세계를 다 얻을 수 있을까.

메르테유 후작 부인과 발몽, 두 사람 모두의 실수는 연애의 테크닉을 과신한 나머지 사랑의 본질을 외면했다는 점이다. 그들은 사랑을 알기 전에 쾌락을 알아버렸다. 사랑이 쾌락을 준다고 모두들 떠벌리지만, 실제로 사랑은 쾌락의 핑계에 지나지 않는다고 생각하는 메르테유. 사랑은 분명 쾌락의 강력한 방아쇠이지만, 쾌락이 넘친다고 해서 모두 사랑은 아니며, 쾌락에 통달했다고 해서 사랑을 안다고는 할 수 없다. 타인의 쾌락을 지배하는 기술을 알게 된 두 사람은 스스로가 사랑의 도박사, 사랑의 전문가라 생각했지만 그들이 알고 있었던 것은 사랑의 극히 일부, 쾌락의 메커니즘이었다. 쾌락은 가끔 사랑을 이기지만, 쾌락이 없는 비극의 자리에도 사랑은 끈덕지게 살아남고, 쾌락과는 전혀 상관없는 황폐한 삶에도 사랑은 도둑처럼 찾아든다.

메르테유 후작 부인과 발몽의 또 하나의 실수는 타인의 열정을 과소평가했다는 점이다. 발몽은 투르벨 부인에게 '격정적인 연애편지'를 씀으로써 자신도 모르게 그 격정의 문법에 중독되어가고 있음을 깨닫지 못했다. 그는 사랑하기도 전에 이미 '고백'해버림으로써 자신도 모르게 사후적으로 그 고백을 실천하게 된다. 투르벨 부인의 순수한 열정은 어느새 발몽을 무장해제 하게 만들고, 발몽이 투르벨 부인과 사랑에 빠졌다는 사실을 눈치챈 메르테유 후작 부인은 발몽을 자극해 '사랑에 빠지는 건 게임의 규칙을 위반하는 일'임을 상기시킨다. 그들은 때로는 턱없는 순수가 교활한 계략도, 대단한 쾌락도 이긴다는 것을 알지 못했다. 통제할 수 없는 사랑만큼 어리석은 감정 낭비는 없다고 생각했던 발몽은, 투르벨 부인과의 사랑 속에서만 진정으로 행복할 수 있었던 자신의 잃어버린 시간을, 죽음 직전에 비로소 찾는다. 발몽과 메르테유 부인은 연애의 달인, 작업의 고수였지만 결코 사랑의 전문가는 되지 못했다. 발몽의 구원은 투르벨 부인과의 사랑을 마지막으로 확인하는 행위를 통해 비로소 완성된다.

　　　발몽은 자신의 뛰어난 연기력에 스스로 속은 나머지 자신이 투르벨 부인 때문에 얼마나 행복했는지를 몰랐다. 사랑 따윈 믿지 않았던 파리 사교계의 돈 후안 발몽의 유언은 역설적으로 '인간은 오직 사랑 속에서만 행복할 수 있다'는 것이었다. 희대의 사기꾼 발몽과 메르테유 후작 부인의 치명적인 실수는 '약속할 수 없는 대상'을 약속했다는 것이었다. 니체는 말한다. 행동은 약속할 수 있지만 감정은 약속할 수 없다고. '당신을 영원히 사랑하겠다'는 약속이 원천적으로 불가능한 것처럼, '당신을 절대로 사랑하지 않겠다'는 약속도 인간에게는 불가능한 영역이었다. 사랑은 나에게서 시작되는 것일지라도 나의 소유물이 될 수는 없으니까. 사랑은 너와 나 사이에서 요동치는 불가해한 에너지의 파동이다. 누구도 그 파동을 소유하거나 통제할 수는 없다.

에밀리 브론테,
『폭풍의 언덕』

'나쁜 남자'를 둘러싼
무한한 신비

사랑한다면 이들처럼?

학창 시절 '사랑한다면 이쯤은 되어야지'라고 생각했던 마음속의 이상
형은 바로 『폭풍의 언덕』의 히스클리프였다. 야성미의 대마왕 히스클
리프와 청순가련하면서도 히스테릭한 캐서린의 운명적인 사랑. 그들
의 사랑은 최고의 모범은 아니지만 거부할 수 없는 아름다움을 보여준

사랑이었다. 주인공이 절망의 수렁에 빠질수록 그 사랑의 비극적인 아름다움은 더 커지는 사랑. 사랑을 직접 경험하긴 어렵고, 사랑에 대한 이상적 모델만을 머릿속에서 그리는 청소년기의 애정관은 매우 극단적이기 쉽다. 나는 이렇게 생각하곤 했다. 히스클리프와 캐서린처럼 사랑할 수 없다면, 사랑 같은 건 아예 처음부터 시작하지 않는 게 낫다고.

그들의 사랑이 철부지 사춘기 소녀에게 그토록 아름다워 보였던 것은, 서로가 서로에게 완벽한 분신이라는 확신이 있었기 때문이다. 상대방이 자신과 '닮았다'고 생각하는 것이 아니라 아예 '똑같다'고 생각하는 것이다. 캐서린은 히스클리프를 자기 자신보다 더 자신다운 존재처럼 느낀다. 나보다 나를 더 닮은, 나보다 더 나다운 존재를 향한 불가피한 열정. 그들은 그것을 사랑이라 불렀다. 시간이 지나고 나니 이 사랑은 처절한 나르시시즘이고, 자기애의 극단화된 형태가 아닐까 싶다. 캐서린에게 히스클리프는 거울에 비친 자기 자신이었다. 도저히 '나 아닌 다른 것'으로는 상상할 수 없는, 그의 존재가 곧 나 자신의 일부인 것이다. 그러나 캐서린은 '거울에 비친 자기 자신'만이 자아의 전부가 아님을 깨닫지 못한다. 거울로는 완벽히 비춰볼 수 없는 자아, 어떤 거울에 비추어봐도 보이지 않는, 시선의 사각지대에 존재하는 뜻밖의 자아. 캐서린은 자신의 타자성을 인정하지 못하는 것처럼 히스클리프의 타자성을 인정하지 못한다. 나 자신에게도 이해할 수 없는 부분이 있듯, 사랑하는 사람에게도 내가 도저히 다가갈 수 없는 욕망의 심연이 있다는 것을.

히스클리프의 비극은 한층 더 심각하다. 히스클리프는 자신의 영혼이자 심장이 곧 캐서린이라 믿는다. 캐서린 없이는 살아갈 수 없기 때문에 캐서린의 주검이 들어 있는 관 뚜껑마저 열어젖히는 충격적인 행동까지 불사한다. 그는 캐서린과의 '분신' 관계를 넘어선 완전한 일치를 추구한다. 캐서린은 린튼과의 결혼을 통해 히스클리프 없는 삶을 경험하고, '타인의 존재'를 이해하려는 경험 속에서 자아의 울타리를 벗어나려는 노력을 한다. 반면에 히스클리프의 삶에는 처음부터 타자란 없다. 그는 캐서린이라는 프리즘을 통해서만 세상을 보고, 느끼고, 만질 수 있다. 그리하여 그의 사랑은 캐서린의 삶 자체를 걱정하기보다는 캐서린 없는 자신의 삶을 걱정하는 데 바쳐지곤 한다.

두 사람은 서로 가장 사랑하는 사람이기에 가장 미워할 수 있는 역설을 온몸으로 보여준다. 캐서린은 세상 누구보다 히스클리프를 걱정하지만 막상 히스클리프가 죽어가는 자신을 만나보려고 하자 온 힘을 다해 증오를 표출한다. "네가 아무리 괴로워한다 해도 난 아랑곳하지 않을 거야. 네 고통에 조금도 마음 쓰지 않을 거야." 히스클리프도 마찬가지다. 자신과의 만남을 거절하는 캐서린을 향해 생각할 수 있는 온갖 치명적인 저주를 퍼붓는다. "나는 어떤 연민도 없어! 벌레가 꿈틀거리면 짓뭉개서 창자가 터져 나오게 하고 싶단 말이야!" "가난도, 신분의 전락도…… 그 어떤 것도 우리를 갈라놓을 수 없었는데, 네가 나서서 그렇게 한 거야. 네가 날 버렸어!" 마치 서로를 더 아프게 할 방법을 필사적으로 찾고 있는 사람들처럼, 그들은 사랑이 깊어질수록 서로의 가슴을 물어뜯고 할퀸다. 가장 사랑하기 때문에 가장 미워할 수 있는 사람들의 비극적인 특권을 온몸으로 누리면서. 다른 사람과의 결혼조차도, 심지어는 죽음마저도 그들을 갈라놓지 못했다.

사랑의 기쁨보다는 사랑의 고통이 그들이 나눈 사랑의 진정성을 증명해준다. 그들은 정작 각자가 가장 고통스러울 때는 서로와 함께해줄 수 없다. 자신에게 버림받고 하루하루 지옥을 견뎌가던 히스클리프를 애써 외면하던 캐서린 못지않게, 캐서린을 지켜주지 못한 히스클리프는 평생 죄책감에 시달린다. 끊임없이 캐서린의 유령과 싸워야 하는 히스클리프의 비극은 삶 자체를 모두 태워 사랑에 올인하려 했던 그의 치명적인 순수 때문이었다. 캐서린은 고백한다. 린튼에 대한 사랑이 숲 속의 잎사귀들처럼 계절에 따라 세월에 따라 변하는 것이라면, 히스클리프에 대한 사랑은 나무 아래 놓인 영원한 바위와 같다고. "내가 바로 히스클리프야. 그는 언제나 내 마음속에 있어. 기쁨으로써가 아니야. 나 자신이 반드시 나의 기쁨이 아닌 것처럼."

히스클리프에게 홀딱 반한 독자의 눈에서 콩깍지를 걷어내고 보면, 히스클리프는 정말 가까이하기엔 너무 꺼림칙한 인간이다. 그가 캐서린을 제외한 모든 사람들을 소름 끼치게 적대시하기 때문이다. 그에겐 신경 쓰고 조심해야 할 타인의 시선이라는 것이 없다. 모든 타인에게 공격적인 히스클리프에게는 돌봐야 할 타인도, 가꾸어야 할 꿈도 없다. 오직 자신과 캐서린과의 사랑을 가로막은 세상을 향한, 자신을 버리고 다른 남자와 결혼한 캐서린에 대한 복수만이 그의 삶을 이끌어나간다. 그리하여 그는 불행을 멈추는 방법을 알지 못한다.

급기야 그는 캐서린에게 복수하기 위해 캐서린의 시누이이자 에드거 린튼의 누이인 이자벨라 린튼과 보란 듯이 결혼한다. 그 끔찍한 복수의 끝은 바로 죽은 캐서린과 너무 닮은 며느리를 얻게 되는 것이다. 캐서린과 너무 닮았지만 절대로 캐서린일 수 없는, 그 끔찍한 타인의 얼굴 앞에서 절규하는 히스클리프.

그는 남은 생을 캐서린의 복제품이지만 결코 캐서린이 될 수 없는 그녀를 바라보고 살아야 한다. 사랑하는 여인 캐서린을 향한 복수는 곧 자기 자신을 향한 형벌이 되어버린다. 혼자 살아남은 히스클리프에게는 이 세상 모든 것이 캐서린의 환영幻影으로 보인다. 바닥을 내려다보기만 해도 깔려 있는 돌마다 그녀의 모습이 떠오르고, 흘러가는 구름송이마다, 나무 한 그루마다, 들이마시는 숨결마다 캐서린의 얼굴이 넘실거린다. 심지어 거울에 비친 자기 자신의 모습에서도 그녀가 보인다. 부지불식간에 캐서린을 닮은 자아의 일부가 튀어나와 히스클리프를 조롱한다. 온 세상에 그녀가 존재한다. 히스클리프에게 온 세상은 그녀를 잃었다는 끔찍한 기억을 모아놓은 거대한 진열장이 되어버린다.

이렇듯 『폭풍의 언덕』은 사랑의 천국 같은 희열과 사랑의 지옥 같은 고통을 동시에 보여주는 소설이다. 그리고 여성이 자신의 뜻대로 살아가는 일이 거의 불가능했던 시대의 슬픈 자화상이기도 하다. 캐서린이 누구에게도 보여줄 수 없었던 진짜 고뇌는 바로 '어떻게 나 자신이 될 것인가'라는 문제였다. 캐서린 언쇼가 될 것이냐, 캐서린 히스클리프가 될 것이냐, 캐서린 린튼이 될 것이냐. 그것은 곧 아버지의 착한 딸이 될 것인가, 사랑하는 사람의 연인이 될 것인가, 모범적인 남편의 현모양처가 될 것인가 사이에서 자신의 인생을 결정해야 하는 고통이었다. 캐서린은 한 번도 자신의 뜻을 온전히 펼쳐보지 못한 채 죽어간다. 아직도 우리 시대의 수많은 캐서린들이, '렛 미 인$^{Let\ me}$ ^{in}!'을 외치며 자신의 생을 안타깝게 탕진하고 있는 것은 아닐까. 밖에서 아무리 두드려도 안에서는 아무것도 보이지 않는, 꽉 막힌 유리벽 너머에서 우리 시대의 버려진 캐서린들이 여전히 찾지 못한 자유를 갈구하고 있는 것은 아닌지.

아리스토파네스,
『리시스트라타』

감히,
'사랑 없는 세상'을 꿈꾸다

이 세상에서 사랑이라는 개념 자체가 사라진다면 어떤 일이 벌어질까.
카라바지오는 「잠든 큐피드」라는 그림에서 큐피드가 쿨쿨 잠든 사이
이 세계가 완전히 끝나버린 것 같은, 그로테스크한 암흑세계를 묘사한
다. 나와 전혀 다른 존재와의 생각지도 못한 연대, 그것이 사랑이라면,

사랑이 끝나는 순간 세계 속에서의 모든 '관계 맺음'도 끝장날 것만 같은 공포는 당연한 반응처럼 보인다. 아리스토파네스의 『리시스트라타』는 '이 세상에 사랑이 사라진다면'이라는 가정을 지독하게 유머러스한 화법으로 풀어낸다. 무려 서기 410년, 그러니까 2,400여 년 전에 창작된 이 희곡은 지금 읽어도 그 생생한 마력을 잃지 않는다.

　　　『리시스트라타』는 펠로폰네소스 전쟁으로 인해 국가에게 남편을 빼앗긴 여성들이 모여 벌이는 사상 초유의 섹스 파업을 그리고 있다. 이 파업은 단 며칠 만에 아테네 사회 전체를 마비시키고 '사랑 없는 세상'에서는 곧 '세상' 자체가 성립될 수 없음을 만천하에 증명한다. 어느 날 갑자기 아무런 예고도 없이, 집에 돌아오니 아내가 사라졌다. 옆집 아내도 사라졌다. 그 옆집 아내도, 그 뒷집 아내도 사라졌다. 세상의 아내들이 사라졌다. 사랑 없는 세상이 이렇게 간단하게(!) 실현될 수 있다니. 남자들은 광분하여 날뛴다. "우리가 먹여 기른 여자들이, 집안의 명백한 악(惡)인 그들이, 신성한 여신상을 차지하고, 우리의 아크로폴리스를 점령하고, 빗장과 자물쇠로 문을 걸어 잠갔다니!" "이번 일을 계획하고 실행한 여자들은 모두 하나의 장작더미 위에서 우리 손으로, 그것도 한마음 한뜻이 되어 불태우도록 하세!" 남자들은 수많은 전쟁을 치러봤지만 이런 해괴한 전쟁은 처음 치러본다. 피를 보는 전쟁에만 익숙한 그들은 대화가 아닌 폭력으로 문제를 해결하려 한다. 이 전대미문의 파업의 주도자는 아름다운 아테네 여인 리시스트라타다. 리시스트라타와 여인들이 이 '가정 안의 총력전'을 맹세하는 장면은 언제 봐도 배꼽 빠지는 익살과 기지로 가득하다.

아리스토파네스
『아리스토파네스
희곡』
(천병희 옮김
단국대학교출판부)
중에서

애인이든 남편이든 어느 누구도, 꼿꼿이 세우고 나에게 접
근하지 못하게 하겠습니다…… 집에서 나는 성적 접촉 없
이 지낼 것이며…… 사프란색 가운을 입고 화장을 하
고…… 남편이 나를 몹시 열망하도록 하겠습니다…… 내가
싫다는데도 그이가 완력으로 강요한다면…… 나는 재미없
게 해주고 요분질도 하지 않겠습니다…… 나는 천장을 향
하여 다리를 들지도 않겠습니다…… 나는 치즈 강판에 새
겨진 암사자처럼 엉덩이를 들고 웅크리지도 않겠습니
다…… 내가 만약 맹세를 지키지 않으면 이 술잔은 물로 가
득 찰지어다!

리시스트라타는 힘겨운 고비마다 이런 식의 거침없는
생존 개그를 아낌없이 구사하며 여성 측의 입장과 남성 측의 입장을
주도면밀하게 조율한다. 그러면서도 그녀는 기본적으로 '여성이기 때
문에' 예민하게 느낄 수밖에 없는 사랑의 근원적 불균형을 '억울한 피
해자의 목소리'가 아니라 '당당한 주최 측의 목소리'로 예리하게 지적
한다. 남성 측과 여성 측은 서로 첨예한 입장 차이를 보이며 한없이 으
르렁거리다가도 어느새 '남녀상열지사'를 논하며 서로의 매력을 탐하
는 남녀 관계의 본능적 파워 게임에 돌입하곤 한다. 이 게임의 최종 목
표는 다른 무엇도 아닌 휴전이다. 남성들이여! 제발 싸움질 좀 그만하

고 가정에 돌아와 알콩달콩 살아보자는 것. 좀 더 제대로, 좀 더 신명나게 서로를 사랑하기 위해 그녀들은 잠시 사랑의 행위를 멈춘 것이다. 나아가 '전쟁'이 메인 테마이고 '일상'은 엑스트라가 되어버린 심각한 주객전도를 해소하기 위해, 여성들은 남성들에게 '전쟁을 끝내라'고 호소한다. 아크로폴리스에서 스크럼을 짜고 며칠째 시위 중인 아내들을 모조리 화형시켜버리겠다고 살의를 불태우던 남편들. 그들은 마침내 아내의 부재는 곧 사랑의 종말이자 세상의 끝임을 깨닫는다.

그러나 남성들의 꼿꼿한 자존심이 그 진실을 결코 인정할 수 없게 한다. 남녀 간의 파워 게임이 교착 상태에 빠지고 섹스 파업이 장기화 조짐을 보이자 리시스트라타는 묘안을 짜낸다. 바로 남성들이 진짜 원하는 것, 아내와의 행복한 밤을 '주는 척'함으로써 남편들의 애가 닳게 하는 전략이다. 키네시아스는 아내 뮈르리네의 유혹에 넘어가 어떻게든 그녀의 몸을 껴안으려 하지만 영리한 뮈르리네는 남편이 가까이 다가올 때마다 향유를 바른다느니 담요를 가져와야 한다느니 갖가지 평계를 대며 '그 순간'을 미룬다. 남편의 기대감이 클라이맥스에 다다랐을 때 아내는 "여보, 휴전하는 데 꼭 찬성 투표 하실 거죠!"라는 '아름다운 망언'을 남겨두고 떠나버린다. 남편은 그제야 자신이 진정 잃어버린 것이 무엇인지 깨닫는다. "아아, 난 어떻게 되는 거지? 가장 예쁜 상대를 빼앗기고 어디서 상대를 구하지? (자신의 남근을 가리키며) 이 고아는 누가 돌보지?" 남자 코러스는 그의 불운을 더욱 유쾌하게 조롱한다. "어느 허리인들, 어느 엉덩이인들 버텨낼 수 있을까, 퉁퉁 불어 있는데도 새벽에 상대가 없다면?"

독수공방에 지친 남자들은 못 이기는 척 여성들의 요구를 들어준다. 아테네와 스파르타가 평화협정을 맺는다. 전쟁이 아닌, 여성들의 섹스 파업으로, 아니, 여성들의 '사랑에 대한 사랑'으로. 남성들은 이 승리가 지금까지 쟁취해온 그 어떤 전쟁의 승리보다 값지다는 것을 깨닫는다. 아내의 몸만큼 아름다운 세상은 없다는 것을, 아내의 목소리만큼 아름다운 사랑의 묘약은 없다는 것을, 그들은 온몸으로 깨닫는다. 게다가 그들은 전쟁이 약속하는 피의 광기에 심취해 있던 자신들의 마비된 이성을 되찾고 비로소 자신들의 진짜 욕망을 깨닫는다. 전쟁이 아닌 일상을, 피비린내 나는 전쟁터가 아닌 자신의 땅을 가꾸고 싶은 삶의 욕망을. "당장 옷을 홀러덩 벗고 맨발로 농사를 짓고 싶구나." "나도 거름부터 뿌려야지!"

『리시스트라타』는 사랑 없는 세상의 공포를 그리면서 동시에 여성성에 대한 예리한 통찰을 담고 있다. 집안에 여성이 사라지자 남자들은 모든 의욕을 잃어버린다. 아이를 제대로 돌볼 줄도 모르고 청소는 물론 빨래나 요리 등 그 어떤 집안일도 할 줄 모르는 자신을 발견하게 되는 것이다. 삶에 온기를 부여해주는 그 어떤 살림의 기술도 남자들은 가지고 있지 않았다. 그들은 오직 전쟁의 기술에만 능통했을 뿐, 매일매일 마치 당연한 듯이 지속되는 일상이 그토록 왁자지껄한 '또 다른 전쟁'으로 가득 찬 줄은 알지 못했다. 아내의 실종은 남성에게도 필요한 여성성, 즉 '아니마'의 상실을 상징하는 것이기도 했던 것이다.

내 안의 가장 밝은 빛을 끌어내는 마법

이 코믹한 섹스 전쟁에서는 여성들이 승자가 될 수밖에 없다. 리시스트라타는 남자들의 마음이 약해진 것을 틈타 평화협정을 주선한다. 그리고 남성들에게 '원한의 목소리'가 아닌 '자비의 목소리'로 호소한다. 이제 그만 전쟁을 끝내고, 각자의 집으로 돌아가자고. 전쟁보다 아름답고 전쟁보다 값진 우리의 삶을 위해, 진짜 아름다운 매일매일의 싸움을 시작하자고. 진정 '쟁취'해야 될 것은 살해된 적들의 시체가 아니라 내 손으로 일군 내 삶의 흔적임을 그들은 이 코믹하지만 자못 심각할 수밖에 없는, 이 전쟁 아닌 전쟁을 통해 깨달은 것이다. 『리시스트라타』는 '사랑 없는 사랑 이야기'이면서 동시에 '이 세상 모든 사랑'에 관한 이야기이기도 하다. 그녀들은 남자들을 향해 전투를 선언하는 것이 아니다. 그녀들은 '사랑 없는 세상'을 향해, '사랑이 없어도 아무 상관없다'고 믿는 인간의 아집을 향해 유쾌한 전투를 선언한 것이다.

서머싯 몸,
『달과 6펜스』

어느 개인주의자의
지독한 사랑

자기애가 지나친 나머지 좀처럼 사랑에 빠지지 않는 사람들이 있다.
『달과 6펜스』의 주인공 스트릭랜드가 바로 그런 사람이다. 예술에 미
치고, 자신에게 미치느라, 타인에게 미칠 여유가 없는 사람. 사랑스런
사람 앞에서 자신도 모르게 기꺼이 작아지고, 때로는 비참해질 수조차

내 안의 가장 밝은 빛을 끌어내는 마법

있는 겸양의 심정이 좀처럼 생기지 않는 사람. 스트릭랜드는 그런 타인을 향한 순수한 몰입의 감정을 가질 수 없었다. 그런 사람들에게도 사랑을 받는 경험은 무한한 축복이다. 불공평하게도(?) 오히려 이런 사람들에게 더욱 선물 같은 사랑이 찾아올 때가 많다. 자신에게밖에 집중할 수 없는 운명을 타고난 사람들은 쉽게 사랑에 빠지는 사람보다 훨씬 매력적으로 보이기 때문이다. 나쁜 남자들을 향한 여성들의 열광은 바로 '자신을 결코 사랑해주지 않는 대상'을 향한 신비감에서 비롯된다. 그리고 '사랑할 수 없는 사람들'이야말로 가장 사랑이 필요한 사람들이기도 하다.

이렇듯 무한이기주의를 철저히 신봉하는 스트릭랜드에게도 드디어 사랑이 찾아온다. 공교롭게도 그 사랑의 주인공은, 스트로브의 부인 블란치였다. 의지할 데 없는 가난뱅이 예술가 지망생 스트릭랜드의 천재성을 발견한 사람, 영양실조로 죽어가는 스트릭랜드를 먹이고 입히고 재워준 스트로브. 스트릭랜드의 실질적 스폰서였던 바로 그 스트로브의 부인 블란치는 자신이 직접 스트릭랜드를 먹이고 입히고 재워주며 사랑에 빠져버린 것이었다. 블란치는 처음에 스트릭랜드에 대한 강한 반감을 보인다. 그 사람이 우리 집에 오면 커다란 재앙이 일어날 것 같다며, 엄청난 적대감을 보이던 블란치. 스트릭랜드를 향한 그녀의 공포는 아마 자신이 사랑에 빠질 것만 같은 대상에 대한 무의식의 예감에서 비롯된 것일지도 모른다. 블란치는 마치 폭격에 맞은 사람처럼 사랑이라는 재난에 온몸을 맡기고, 철저히 상처 입는다.

스트릭랜드는 사랑의 단맛만을 취한 채 사랑의 쓴맛은 철저히 외면하는 사람이었던 것이다.

스트릭랜드는 모든 욕정에서 벗어나 아무런 방해도 받지 않고 예술에 온 마음을 쏟을 수 있기를 바란다. 그러나 그는 욕정에서 자유롭지 못하며, 블란치와 동침하면서도 그녀를 전혀 사랑하지 않는 것에조차 죄책감을 느끼지 않는다. 그는 관능을 믿지만 사랑은 불신한다. 관능이 자연스러움의 일종이라면 사랑은 사회적 구속을 야기하기 때문이라는 것이다. 내조자니, 동반자니, 반려자니 하는 사랑의 의미 부여에 그는 뿌리 깊은 혐오감을 느낀다. 사회적 기준으로 보았을 때 훌륭한 아내와 함께 살았지만, 그녀와 함께하는 동안 어떤 예술적 영감도 발전시킬 수 없었던 것이다. 그는 여자를 동등한 인간으로 대접하지 않을 뿐만 아니라 욕정이라는 무기로, 반려자라는 명분으로, 남성을 구속하는 존재라고 단정한다. "나도 관능은 알지. 그건 정상적이고 건강해요. 하지만 사랑은 병이야. 내게 여자들이란 쾌락을 충족시키는 수단에 지나지 않아." 그가 그렇게 한 여자를 살뜰히 이용하고 착취하는 동안, 사랑에 빠진 그 여자는 대답 없는 사랑에 지쳐 점점 미쳐가고 있었다.

사랑을 거부하는 자에게도 기어코 사랑은 온다. 사랑을 필요로 하지 않는 사람에게 찾아오는 사랑은 오히려 더욱 드라마틱 할 때가 있다. 지나친 에고 때문에, 자신을 향한 극대화된 사랑 때문에 남을 사랑하는 감성의 회로가 고장 나버린 사람들. 스트릭랜드도 바로

그런 사람이었다. 스트릭랜드는 사랑 따위 무시하고 '여자 따위'도 폄하했지만, 사랑으로부터 예술의 에너지를 얻고 여성으로부터 잃어버린 모든 생을 찾는다. 스트릭랜드는 평생 세 여인의 지극한 사랑을 받은 행운아였는데, 그 여성은 하나같이 스트릭랜드에게 자신의 모든 것을 걸었다. 런던에서는 아내의 사랑을, 파리에서는 다른 남자의 아내였던 블란치의 사랑을, 마침내 타히티에서는 원주민 처녀의 사랑을 받게 된 스트릭랜드.

그를 사랑했던 첫 번째 여자, 아내의 사랑은 절대적이면서도 배타적인 사랑이었다. 어느 한쪽에게 배신당하면 지속될 수 없는 사랑, 결혼 제도의 틀 안에서만 성공할 수 있는 사랑. 두 번째 여자 블란치의 사랑은 낭만적이고 격정적인 사랑이긴 하지만 소유와 독점에 의해서만 완성되는 사랑이었다. 세 번째 사랑, 이 순박한 원주민 처녀의 사랑이야말로 스트릭랜드가 필요로 하는 것이었다. 저 사람이 나를 사랑하는지 사랑하지 않는지에 좌우되지 않는 사랑. 대가도 보답도 바라지 않는 사랑. 이 사랑의 품에 안겨서야 스트릭랜드는 자신의 예술 세계를 마음껏 펼칠 수 있게 된다.

데이비드 니콜스,
『원 데이』

20년간 반복된
'단 하루'의 사랑

"우리가 마흔인데도 싱글이라면 너와 결혼하겠어." 수많은 청춘 남녀들이 이런 식으로 베프와 '청혼 보험'에 든다. 너와 나 사이를 흐르는 전류가 불꽃같은 사랑은 아닐지라도, 언젠가 우리가 정말 외로울 땐 서로를 가만히 챙겨주자는. 사랑과 우정 사이의 애매한 관계들, 또는 너무 깊은 우정으로 인해 오히려 사랑으로 발전하지 못하는 관계들. 데이비드 니콜스의 소설을 영화화한 「원 데이」 또한 그러한 청혼 보험의 주인공들, 오랫동안 서로 어긋난 우정을 반복해오던 두 남녀의 20년을 그린다. 어딜 가나 타인에게 주목받는 법을 알고 있는 인기 만점의 남자 덱스터(짐 스터게스). 그런 그를 대학 시절 내내 멀리서 바라만 보던 엠마(앤 해서웨이). 덱스터는 상대를 쉽게 바꿔치기하며 사랑 따위는 진지하게 생각하지 않는다. "누구나 날 좋아하죠. 그게 저한테 내린 저주예요."

대학 졸업 파티가 있던 날 밤, 엠마의 좁은 싱글 침대에서 하룻밤을 보내게 된 두 사람. 1988년 7월 15일부터 2007년 7월 15일까지, 20년간 지속된 어긋난 인연은 그렇게 시작된다. '부르주아=파시스트'라는 공식이 머리에 단단히 박힌 노동당 광팬 엠마에게는 '부르주아가 즐길 수 있는 모든 것'을 아무런 죄책감 없이 즐기는 덱스터의 라이프 스타일이 놀랍기만 하다. 덱스터는 쇼 프로그램의 사회자를 맡아 늘 수많은 여자들에 둘러싸여 술과 약에 찌들어 지낸다. 그는 점점 유명해지고 화려해지지만, 엠마가 대학 시절 덱스터에게서 보았던 순수한 눈빛은 점점 사라져간다. 엠마는 작가 지망생이지만 고된 아르바이트에 시달리며 점점 꿈과 멀어져가는 자신에게 절망한다. 몇 년 사이에 두 사람은 '베프'가 되고, 덱스터도 엠마에게 다른 여자들에게서는 느낄 수 없는 깊은 친밀감을 느끼지만 좀처럼 두 사람은 연인 사이로 발전하지 못한다. 엠마는 덱스터를 이해할 순 있지만 완전히 받아

들일 순 없었던 것이다. "덱스터, 난 널 완벽하게 이해해. 그게 문제긴
하지만."

　　　　덱스터는 뿌리 깊은 속물은 아니지만 각종 유혹에 약하
고, 쾌락에 쉽게 중독되는 남자다. 알코올과 약물도 문제지만, 인기에
중독되는 것 또한 심각한 문제다. 그는 유명하지 않은 삶은 생각하기
도 싫어하며, 명품이 아니면 아예 걸치지도 않고, 의미 없는 관계임을
알면서도 여자 없는 삶은 견디지 못한다. 덱스터가 인기와 약물과 알
코올에 중독되는 동안, 덱스터의 어머니는 아들의 타락을 슬퍼하며 힘
겨운 투병 생활을 한다. 아들은 그냥 '재미로' 보는 프로그램이라고 하
지만, 엄마 눈에 비친 아들의 프로그램은 사람들을 망신 줌으로써 잔
인한 재미를 추구하는 것이다. "'전국에서 제일 못생긴 여자친구를 찾
아라' 이벤트 했잖니. 그게 망신 주는 일이 아니라고?" 덱스터는 엄마
의 질병을 소재 삼아 지독한 농담까지 뇌까린다. "엄마 모르핀 그거 남
는 거 없죠. 있어요?" 아들은 자기 삶에 대한 부끄러움 때문에 오히려
더 허세를 떨며 자기 존재를 부풀려 과시한다.

　　　　어엿한 자신의 길을 찾은 듬직한 모습도 보여드리지 못
한 채, 어머니를 영원히 떠나보낸 덱스터. 그는 마침내 무너져버린다.
그리고 자신을 진정으로 자기답게 만들어줄 여자는 엠마밖에 없음을
뒤늦게 깨닫는다. 그러나 이제 스물아홉 살이 된 엠마 또한 하염없이
덱스터를 기다리기만 할 수는 없었다. 덱스터가 필사적으로 엠마에게
전화를 하는 동안, 엠마는 이언이라는 새 남자친구와 시간을 보내고
있었다. 언제든 다른 여자에게 떠날 준비가 되어 있는 덱스터와 달리,

이언은 언제나 곁에 있어줄 것 같은 남자였던 것이다. 엠마는 이언을 사랑하려고 노력하지만, 덱스터를 향한 그리움까지 끊어내진 못한다. 엠마는 덱스터에게 나쁜 일을 방지해주는 부적처럼 안정감을 주고, 행운을 불러일으키는 마법의 주문처럼 눈부신 존재지만, 정작 엠마는 그런 덱스터의 마음을 모른다. 덱스터의 건들거리는 몸짓, 시니컬한 말투 때문에 엠마는 늘 상처 받곤 했던 것이다. 덱스터는 점점 자신의 일에 흥미를 잃어버린다. 언론에서도 덱스터의 이미지를 깎아내린다. "오늘 밤 TV 화면을 채울 덱스터 메이휴보다 더 밉살쟁이에다 잘난 척하는 얼간이가 또 있을까요?"

엠마는 아이들을 가르치는 교사가 되어 글쓰기를 병행하려 하지만, 이 또한 쉬운 일이 아니다. 어김없이 술에 취해 엠마를 만나러 온 덱스터는 교사 일에 충실한 엠마의 가슴에 비수를 꽂고 만다. "행할 줄 아는 자들이여, 그저 행하라. 행할 줄 모르는 자들이여, 가르치라." 먹고살기 위해, 살아남기 위해, 가르치는 일을 선택하고, 늦은 밤 졸린 눈을 비비며 한 줄 한 줄 소설을 쓰는 엠마의 고통을 덱스터는 이런 식으로 짓밟아버린 것이다. 늘 덱스터의 어리광을 받아주기만 하던 엠마는 처음으로 폭발해버린다. "그래, 가르치기나 하는 내가 한마디 할게. 닥치고 어디 가서 확 뒈져버려!" 그제야 정신을 차린 덱스터는 엠마를 붙잡으러 달려가지만, 이미 마음의 문을 닫아버린 엠마의 대답은 너무도 처연하고 쓸쓸하다. "널 사랑해, 덱스터. 정말 많이. 하지만 이제 더 이상 널 좋아하진 않아I love you, Dexter. So much. I just don't like you anymore." 사랑보다 더 깊은 감정이 '좋아함'일 수도 있다는 것을, 우리는

내 안의 가장 밝은 빛을 끌어내는 마법

오랜 외사랑에 지쳐버린 엠마의 그렁그렁한 눈빛을 통해 새삼 깨닫는다.

　　그렇게 끊어진 줄로만 알았던 두 사람의 인연은 덱스터와 실비의 결혼으로 다시 이어진다. 덱스터가 결혼을 하고, 딸을 낳고, 이혼을 하는 동안, 엠마는 드디어 작가가 되어 수많은 독자들에게 사랑받는 존재가 된다. 불꽃같은 연애를 하고 드라마틱 한 이혼까지 한 후에야 덱스터는 자신의 마음속에서 엠마를 결코 지울 수 없음을 깨닫는다. 파리에서 멋지게 작가 생활 중인 엠마를 찾아간 덱스터는, 15년 만에 사랑을 고백하게 된다. 엠마는 새로운 남자친구가 있다며 거절한다. 엠마는 그를 완전히 지운 줄로만 알았다. 그러나 돌아서는 그의 안쓰러운 뒷모습을 보며, 한 번도 보답받지 못한 자신의 쓸쓸한 외사랑이 아직 끝나지 않았음을 깨닫는다. 드디어 함께하게 된 두 사람. 이제 덱스터는 완전히 딴사람이 되어, 아니, 진정한 자기 자신이 되어, 엠마에게 더할 나위 없이 따뜻한 소울 메이트가 된다. 백만장자와 재혼한 전처 실비마저도 덱스터와 엠마의 행복을 맹렬히 질투할 정도로.

　　그러나 무려 15년 만에 기적처럼 이루어진 엠마의 애절한 사랑은 그리 오래가지 못한다. 유일한 문제가 있다면 아기가 생기지 않는 것이었지만, 두 사람은 함께 있는 동안 더없이 행복했다. 그러던 어느 날 자전거를 타고 골목길에서 큰길로 접어들던 엠마는 트럭에 치여 목숨을 잃고 만다. 몇 년이 지난 후, 엠마를 잃은 충격에서 벗어나지 못한 덱스터에게 이언이 찾아온다. "너랑 있으면 엠마가 환히 빛났거든. 내겐 한 번도 그런 적 없었어. 그래서 더 화가 났지. 엠마는 네게 과분했거든. 엠마는 널 사람으로 만들어줬어. 대신 넌 엠마를 아주 행복하게 해줬지. 정말 행복하게." 덱스터는 이제 더 이상 방송계의 셀러브리티가 아니지만, 조그마한 카페를 경영하며 손님들에게 맛있는 차, 몸에 좋은 음식, 따뜻한 분위기를 선사하는 멋진 중년의 남자가 되었다. 엠마는 죽어서도 덱스터를 '사람으로' 만들어주었던 것이다.

그리고 카메라는 다시 20년 전의 '어느 하루one day', 두 사람이 처음 만났던 1988년 7월 15일로 돌아간다. 이제 막 대학을 졸업한 20대 초반의 엠마와 덱스터로. "세상을 통째로 바꾸는 게 아니라, 네 주변의 일부분부터! 네 열정과 네 전동 타자기를 가지고 세상 속으로 뛰어들어!" '그들은 그 후로 오랫동안 행복하게 살았습니다'로 끝나는 해피 엔딩의 주인공은 아니지만, 엠마와 덱스터는 한 커플이 경험할 수 있는 최고의 행복과 슬픔을 낱낱이 겪어버린 아름다운 커플이다. 덱스터는 엠마의 죽음으로 인해 철저하게 부서져버린 자신의 삶을, 벽돌로 하나하나 집을 쌓아 올리듯 천천히 다시 쌓아 올리기 시작한다. 엠마가 살아 있을 때처럼, 엠마가 늘 곁에 있는 것처럼 그는 생각하고 말하고 행동할 것이다. 그것이 두 사람이 영원히 함께할 수 있는 유일한 길, 유일한 사랑이니까. 다만 돌이킬 수 없는 것은 '조금만 더 일찍, 조금만 더 열심히 사랑할 것을' 하는 후회일 것이다. 사랑에 대한 조바심으로 잠 못 이루는 우리 시대의 젊은이들에게 진정 필요한 것은 '마흔 살에도 싱글이라면 결혼할 친구'가 아니라, 더 이상 망설이고 계산하며 후회하지 않고, 지금 이 순간 달려가 사랑을 고백할 수 있는, 꾸밈없는 용기가 아닐까.

이
별 . . . .

사랑에 내재한
불가피한
트라우마

이
별

알렉상드르 뒤마 피스,
『라 트라비아타』(『춘희』)

당신의 그리움으로,
내 삶은 완성되었습니다

당신의 묘비명을 바로 지금 정해야 한다면? '갈팡질팡하다가 내 이럴
줄 알았지!'라는 버나드 쇼식의 유머도 좋겠지만, 대부분의 사람들은
자신의 죽음 이후를 생각하면 자못 심각해지기 마련이다. 죽음을 준비
하는 것도 죽도록 어렵지만 죽음 이후를 준비하는 것은 더욱 어렵다.

사랑에 내재한 불가피한 트라우마

그것은 우리가 좀처럼 만질 수 없고 닿을 수 없는 시간이기에. 나의 삶이 아니라 남겨진 이들의 삶을 위한 준비이기에. 묘비명이나 유언은 세상을 향한 메시지일 때도 있지만, '세상에 기억되고 싶은 나의 이미지'일 때도 많다. 세상엔 멋들어진 묘비명도 많고 눈물 쏙 빼도록 가슴 아픈 묘비명도 많지만, 내 눈을 가장 깊이 잡아끄는 것은 묘비명조차 없는 삶이다. 죽음 이후를 생각할 여유도 안식도 없는 삶. 고통스런 삶에 푹 빠져 죽음을 향한 의미 부여조차 사치가 되어버리는 그런 삶의 주인공들.

그러한 영화 속 인물 중 하나가 바로 「라 트라비아타」의 여주인공 마르그리트다. 해마다 전 세계에서 수없이 상연되는 오페라 「라 트라비아타」도 좋지만, 나는 그레타 가르보 주연의 오래된 흑백 영화 「라 트라비아타」를 좋아한다. 그녀는 속내를 알 수 없는 미묘한 표정만으로도 어딘지 지적인 느낌을 풍긴다. 무언가 태어날 때부터 고귀한 슬픔을 지니고 태어난 듯한 그녀. 무언가 감출 수밖에 없는 간곡한 비밀을 타고난 여인 같은 마르그리트. 그녀의 창백하고 서늘한 아름다움을 표현하는 데 그레타 가르보의 비극적 아름다움만큼 어울리는 이미지는 없을 것 같다. 묘비명을 만들 여유는커녕 죽기 직전까지도 그녀의 빚쟁이들은 죽어가는 그녀의 집에서 진을 치고 앉아 그녀가 빨리 죽기를 기다리고 있었다. 그녀가 죽고 나면 그녀의 물건들을 경매에 부치려고. 그녀에게 '당신의 묘비명을 써보라'는 기회를 주었다면, 아마 우리의 바보 같은 마르그리트는, 이렇게 말하지 않았을까. 아무도 나를 그리워해주지 않을까, 두려웠습니다. 당신의 그리움으로, 나는 충분합니다. 당신의 그리움으로, 내 삶은 완성되었습니다.

『삼총사』와 『몬테크리스토 백작』을 창조해낸 걸출한 작가 알렉상드르 뒤마의 아들이었던 뒤마 피스가 바로 이 작품의 원작자다. 소설 속에서 화자는 혹시라도 자신의 사랑스러운 여주인공이 비난받을까 봐 이토록 절절한 마음의 바리케이드를 친다. "그녀가 창녀라는 이유만으로, 어머니가 아니고, 누이동생이 아니고, 딸이 아니고, 아내도 아닌 여인을 경멸하지 말자"고. 이 작품은 아무도 슬퍼하지 않은 어느 버려진 창녀의 죽음을 모두가 아파할 수밖에 없는 숭고한 여인의 죽음으로 탈바꿈시킨다. 줄리아 로버츠를 단번에 세계적인 스타로 발돋움시킨 「귀여운 여인」은 할리우드판 '해피 엔딩 라 트라비아타'인 셈이다. 마르그리트는 사랑도 잃고 돈도 잃고 아름다움도 잃은 채 홀로 죽어버렸지만, '귀여운 여인'은 그 모든 것을 살뜰히 거머쥔 채 운명의 굴레를 벗어나는 불가능한 동화의 주인공이 된다.

이 여자에게는 어딘가 맑은 데가 있었습니다. 이런 생활에 막 발을 들여놓았을 뿐, 아직 악습에 물들지 않은 것을 잘 알 수 있었습니다. 침착한 걸음걸이, 가늘고 약한 몸매, 장밋빛의 열린 콧구멍, 어렴풋이 푸르게 물든 커다란 눈, 그와 같은 것들은 육욕의 향기를 뿌려대는 격렬한 성질을 나타내고 있어서, 예를 들어 말하면 아무리 마개를 막아도 그

사랑에 내재한 불가피한 트라우마

알렉상드르 뒤마 피스
『춘희』
(양원달 옮김
신원문화사) 중에서

속의 향기를 발산하는 저 동양의 향수병을 꼭 닮았습니다.
(……) 즉 이 여자 속에는 우연한 계기로 창부가 된 처녀와
그 창부에서 우연한 계기로 정말 가련한, 참으로 청순한 처
녀로 돌아갈지도 모르는 창부가 엿보였습니다.

　　　　　이 작품의 스토리는 더없이 신파적이다. 프랑스 파리
사교계에서 모든 남성들이 한번쯤은 꿈꿔보는 여인 마르그리트는 폐
병에 걸린 채로 방탕한 삶을 살다가 순수한 귀족 청년 아르망을 만난
다. 아르망은 그녀가 매춘부라는 사실을 모른 채 사랑에 빠졌지만, 그
사실을 알고 나서도 변함없이 그녀를 사랑하고, 두 사람은 마침내 사
랑의 도피 행각을 벌인다. 그러나 사교계의 잔인한 입소문을 타고 급
기야 아르망의 아버지에게까지 이 사실이 알려진다. 아르망의 아버지
는 매우 신사적이고 고상한 태도로 마르그리트의 사랑을 단념시키고,
마르그리트는 아르망의 미래를 위해 그에게서 도망치지만 아르망은
질투와 복수의 화신이 되어 그녀를 괴롭히기 시작한다. 다시 다른 남
자의 품 안으로 돌아간 마르그리트를 향한 아르망의 복수로 인해 그녀
의 폐병은 더욱 심각해지고, 마침내 그녀는 누구의 이해도 받지 못한
채 죽어간다. 영화 속에서는 사랑하는 남자의 품 안에서 죽어가는 마
르그리트의 모습이 피날레를 장식하지만, 소설에서 그녀는 빚쟁이들
의 감시 속에서 비참하고 고독하게 죽어간다.
　　　　　스토리는 이토록 신파적이지만, 이 작품이 건드리고 있
는 테마는 거의 잔혹극에 가깝다. 그녀가 가장 아름다운 모습으로 빛

이
별

날 때는 모두가 그녀를 가지지 못해 안달하지만, 그녀가 폐병에 걸려 빚쟁이로 치닫자 모두가 그녀를 외면한다. 죽음을 다루는 방식이야말로 그 사회를 이해하는 정확한 척도가 아닐까. 뒤마 피스는 한 창녀의 죽음을 경매와 장사의 도구로 해치우는 파리 사람들의 추악한 뒷거래를 가감 없이 묘사함으로써 사교계의 스노비즘을 정면으로 폭로한다. 결국 추악한 사교계의 속물근성, 그녀를 소유하려고만 하고 배려할 줄 모르는 수많은 남자들의 탐욕, 그녀의 진심을 꿰뚫어 보지 못하고 그녀에게 복수만을 꿈꾸던 한 남자의 눈먼 열정, 그리고 그 아버지의 아들의 장래를 향한 더없이 이기적인 욕망, 이 모든 것이 거대한 탐욕의 하모니를 이루어 그녀를 살해하는 데 성공하는 것이다. 그녀는 죽어서도 자유로워지지 못한다. 그녀의 유품은 경매로 넘어가 사람들의 시선('아, 이것들은 모두 창녀의 유품이로군!') 앞에 도륙당하고, 그녀를 묻은 몽마르트르 묘지에서 그녀의 시신은 한때 창녀였다는 이유로 쫓겨나기까지 한다. 오페라와 영화는 그녀의 죽음 이후를 잘 다루지 않지만, 뒤마 피스의 원작 소설에서는 그녀의 죽음을 둘러싼 수많은 속물들의 이전투구를 생생하게 그려낸다.

　　고통 속에서 죽어간 마르그리트를 숭고한 슬픔의 여신으로 바꾸어놓은 것은 바로 자신의 삶을 사랑하는 사람에게 온전히 제물로 바친 그녀의 순수였다. 그녀는 자신에게 다가오는 철없는 스물네 살 귀족 청년을 온 힘을 다해 막아보려고 했지만, 일단 그가 자신의 마음속에 들어오자 그녀의 '생업'마저 저버린 채 온 힘을 다해 그를 사랑한다. 그들이 만일 한때의 가벼운 연인 관계로 적당히 사랑했다면, 그녀는 그토록 비참하게 죽지 않았을 것이다. 하지만 방탕과 사치로 얼룩졌던 그녀의 삶을 바꾼 것은 그녀가 마지막에 회개했기 때문이 아니라 자신의 삶 전체를 헌납하여 한 사람의 인생을 '편견의 늪'으로부터 구해냈기 때문이 아닐까. 아르망의 아버지는 아르망의 여동생이 오빠의 스캔들 때문에 정혼자를 잃게 될지도 모른다는 협박까지 했지만, 마르그리트는 아무도 원망하지 않은 채 전도유망한 예비 변호사 아르망을 놓아준다. 아르망도 아르망의 아버지도, 그리고 주변의 모든 사람들도 그녀의 직업 때문에 그녀의 진심을 의심하는 태도를 끝까지 버리지 못했다. 폐병보다 더욱 잔혹한 그 의심이, 그 질투가, 그녀를 죽음에 이르게 한다. 그녀가 변심하여 도망쳤다고 믿었던 아르망은 그녀가 영원히 세상을 떠나고 나서야 그녀의 진심을 이해한다. 그녀의 죽음 뒤에야 비로소 무서움도, 질투도, 분노도 없이 그녀를 사랑할 수 있게 된 것이다.

맹세코 말하지만, 당신에게는 다른 누구보다도 빨리 몸을 맡겼던 거예요. 왜냐고요? 내가 피를 토하는 것을 보고 손을 잡아주셨기 때문이에요. 울어주셨기 때문이에요. 당신만이 나를 동정해주셨기 때문이에요. 바보 같은 말을 하는 것 같지만, 전에 강아지를 한 마리 기른 적이 있었어요. 그개는 내가 기침을 할 때마다 슬픈 듯이 내 얼굴을 쳐다보는 거예요. 그 강아지는 내가 사랑한 단 하나의 존재였어요. 그개가 죽었을 땐 어머니가 돌아가셨을 때보다 더 슬피 울었

이
별

아무리 그녀의 죽음이 아름답게 포장되어도, 그녀의 삶
만큼 아름답지는 않을 것이다. 살아 있는 그녀, 여느 여자들처럼 똑같
이 사랑하고 아파하고 기뻐하는 그녀의 어쩔 수 없는 아름다움이야말
로『라 트라비아타』가 해마다 전 세계에서 리메이크되는 이유가 아닐
까. 그녀는 모든 수단을 동원해서 아르망의 사랑을 거절하다가 마침내
그의 사랑을 받아들이는 이유를 이렇게 멋지게 고백한다. "다른 사람
처럼 오래 살기 전에 빨리 살아버리려고 결심했기 때문이에요." 매일
피를 토하는 그녀의 병세를 걱정하는 아르망이 정색을 하자 그녀는 상
큼하게 웃으며 그의 걱정을 날려버린다. "아무리 짧은 목숨이라 할지
라도 당신의 사랑보다는 오래갈 거예요." 그리고 그녀의 비극적인 예
언은 적중했다. 그녀의 목숨은 아르망의 '공식적' 사랑이 끝나자마자
쇠잔해갔다. 죽음 뒤에 바치는 '비공식적' 사랑은 그녀의 삶을 구원하
는 데 아무런 도움이 되지 않았다.

아르망의 사랑 또한 부족하지 않았다. 모두가 '정부'로
삼기 위해 혈안이 되어 있는 파리 사교계 최고의 미녀를, 마치 중세 로
맨스에서 기사들이 귀부인에게 목숨 바쳐 구애를 하듯이 열정적이면
서도 정중하게 구애하는 아르망의 모습. 그것은 가히 '프로포즈의 교과
서'로 삼을 만하다. 파리에서 제일가는 미녀를 정부로 둔 것에 만족하
라는 주변의 충고를 거절하고, 아르망이 그녀를 평생의 배필로 정하는

장면 또한 이 작품의 백미 중 하나다. 자신 앞에 주어진 창창한 미래와 자기 앞에 주어진 불안하기 그지없는 사랑 사이에서 저울질을 그만두는 순간, 아르망은 깨닫는다. 어떤 공포나 의무감으로도 마음의 한계를 정할 수는 없다는 것을. 마음의 마지노선을 정할 수 있다면, 그건 이미 사랑이 아니라는 것을.

그녀가 떠나고 나서야 아르망은 깨닫는다. 사랑은 내 한 몸이 아니라 나를 둘러싼 가족과 친지를 비롯한, 나라는 존재를 둘러싼 거대한 소우주 전체가 움직여주어야 비로소 이뤄질 수 있다는 것을. 그녀가 자신의 인생 전체를 깨부수어 낱낱이 새로 빚어준 그 작고 아름다운 세상만이 자신이 지키고 싸우고 가꿔야 할 진짜 세상이었다는 것을. 그리고 그 유일한 진짜 세상을 다시는 되찾을 수 없다는 것을. 찢어지게 가난한 농부의 자식으로 태어나 고생만 하던 시골 소녀 마르그리트는 도시로 가출하여 매춘부가 되었다. 그리고 한 청년을 만나기 전까지는, 아무도 사랑하지 않으리라 결심했다. 자신을 진심으로 사랑해준 한 청년을 만난 후, '한 남자의 꿈'이었던 그녀는 '한 남자의 현실'이 되는 것이 유일한 목표가 되었다. 그러나 결코 한 남자의 현실 속으로 틈입할 수 있는 앞문을 발견하지 못한 그녀는 마침내 마지막 비상구를 찾았다. 당신의 현실이 될 수 없더라도, 당신의 영원한 그리움이 되고 싶다는 꿈. 그렇게 그들은 삶을 버리고 사랑을 택했다. 이제 그들의 유일한 연결 고리는 '나만이 아는 당신의 슬픔'이 되었다. 내 슬픔과 당신의 슬픔 사이에 영원히 끊어지지 않는 보이지 않는 고리를 만드는 것, 그것이 사랑 아닐까.

빅토르 위고,
『레 미제라블』

사랑의 큐피드가 된 영웅,
장 발장

'꼭 이 사람이 있어야만 이 커플이 연결될 수 있었을 거야!'라는 믿음
을 주는 사람들이 있다. 살아 있는 큐피드의 역할을 하는 사람들, 자신
이 사랑의 수혜자도 아니면서 기꺼이 사랑의 메신저 역할을 자처하는
사람들. 이런 사람들이 있기에 사랑 이야기는 단지 '두 사람'만의 밀폐

사랑에 내재한 불가피한 트라우마

된 욕망의 공간을 벗어날 수 있다. 사랑 이야기가 '삶의 이야기'로 확장될 수밖에 없는 이유는 바로 수많은 사랑의 메신저들이 없다면 사랑 또한 이루어지기 어렵기 때문이다. 사랑의 메신저는 사랑의 중재자일 뿐 아니라 두 사람의 사랑이 삶의 토대 위에 뿌리박을 수 있도록 돕는 '삶의 중재자'이기도 하다. 『레 미제라블』은 민중과 혁명의 이야기이기도 하지만, 사랑에 빠진 두 남녀를 연결시켜주고 조용히 사라지는 매개자, 장 발장이 뜻밖의 큐피드로 활약하는 이야기이기도 하다.

　　『레 미제라블』에서 장 발장은 자신의 운명을 바꾸어놓을 두 여인을 알게 된다. 한때 성실한 공장 노동자였으나 어려운 생활 형편 때문에 창녀로 전락한 팡틴. 그녀는 딸 코제트의 양육비와 약값을 벌기 위해 온갖 험한 일을 다해보지만, 이제는 더 이상 '팔 것'이 없다. 오직 하나뿐인 비참한 자산, 그녀의 몸마저도 병에 걸려 더 이상 일을 할 수 없게 되었기 때문이다. 곤경에 처한 팡틴을 구해준 것은 다름 아닌 장 발장이었다. 이제 시장이 된 장 발장은 누구든 마음만 먹으면 언제든지 '도와줄 수 있는 사람'이 된 것이다. 장 발장은 팡틴의 비참한 삶을 목격하며, 어쩌면 예전의 자신보다 더욱 비참한 생활을 하고 있는 그녀에게 깊은 연민을 느낀다. 장 발장은 모두가 '창녀'라는 이유로 멸시하는 그녀가 지닌 눈부신 아름다움을 알아본다. 그는 자신에게 '두 번째 인생'의 기회가 주어졌던 것처럼, 팡틴과 코제트에게도 '두 번째 인생'의 기회를 주고 싶어진다. '누구도 나를 돕지 않아'라고 생각하며 세상을 증오하던 장 발장이, '어떻게 하면 남을 도울 수 있을까'를 고민하는 인간으로 거듭난 것이다.

19년 동안 죄수였던 구제 불능의 장 발장은 한 도시의 시장이 되어 수많은 사람들에게 존경받는 정치가가 되었고, 팡틴이라는 이름의 창녀를 구해주고 그녀의 아픔과 죽음을 통해 자신의 고통스러운 운명이 새롭게 담금질되는 것을 느낀다. 팡틴의 딸 코제트를 아동 학대의 지옥으로부터 구해주면서, 장 발장은 또 한 번 인생의 전환기를 맞는다. 그리고 이제 팡틴의 딸은 장 발장의 딸이 되어, 아름다운 처녀로 자라났다. 그러나 코제트는 아버지가 어떤 사람인지 전혀 모르는 채로 자라난다. 장 발장은 자신의 목을 죄어오는 자베르 경관의 추적으로부터, 그리고 자신의 죄로부터, 코제트를 보호하고 싶었던 것이다. 한편 1830년 7월 혁명 이후 프랑스사의 격동 한가운데서 혁명을 꿈꾸는 청년 마리우스를 만나 사랑에 빠진 코제트. 사랑에 빠진 아름다운 숙녀 코제트는 장 발장에게 이제 새로운 고통으로 다가온다.

사실 장 발장은 수도원에서 행복한 생활을 보내고 있었다. 너무 행복한 나머지 오히려 불안을 느낄 정도였다. 코제트를 매일 볼 수 있었고 차츰 부성애가 싹터 자라감에 따라 강한 애정을 느꼈다. 이 아이는 내 아이다. 이 애만은 내게서 뺏어가지 못한다, 언제까지나 이대로 계속되리라. 이렇게 그는 생각했다. 이 아이는 여기서 매일 조용히 교육을 받고 마침내 훌륭한 수녀가 될 것이다. 그러니까 이제 수도원만이 그 애에게나 내게 유일한 세계이고, 나는 여기서 나이가 들고 그 애는 조금씩 자라리라. 이 아이는 여기서 나

사랑에 내재한 불가피한 트라우마

이를 먹고 나는 여기서 죽어갈 것이다. 그러니까 우리 두 사람은 결코 헤어지지 않으리라. 황홀한 희망. 그런 생각을 하고 있는 동안에 문득 그는 곤혹을 느꼈다. 그는 자신에게 물었다. 이 행복은 분명 내 것일까. 사실은 남의 행복, 이 애의 행복을 나 같은 늙은이가 가로채 내 것으로 만들어보려는 것이 아닐까. 그는 마음속으로 물었다. 이것은 도둑질이 아닐까?

빅토르 위고
『래 미제라블』
(송면 옮김
동서문화사) 중에서

어느덧 아름다운 숙녀로 자란 코제트는 젊은 혁명가 마리우스가 보낸 편지를 읽고 가슴이 떨리기 시작한다. 알 수 없는 이유로 숨어 살아야만 하는 장 발장 때문에 코제트는 자신이 정상적인 사랑을 할 수 없음을 알지만, 점점 마리우스에게 깊이 빠져드는 자신을 발견한다. 장 발장은 코제트에게 온몸으로 '보호막'이 되어주고자 했다. 세상의 어떤 어둠도 코제트의 가슴속에 들어오지 못하도록. 어느 날 우연히 감옥으로 끌려가는 비참한 죄수들의 행렬을 발견하고 장 발장은 돌처럼 굳어버린다. 기필코 잊고 싶었던 자신의 과거를 무방비 상태로 마주하게 된 것이다. 코제트는 처음 보는 죄수들의 모습에 당혹스러워 하고, 세상에 저토록 힘겹게 살아가는 사람이 있다는 사실에 엄청난 충격을 받는다. 그러나 장 발장은 차마 말하지 못한다. 자신도 그중에 한 사람이었다고. 그 무서운 세상을 목숨 걸고 도망쳐 나와, 지금 이렇게 네 옆에 서 있는 사람이 바로 장 발장이라고. 차마 말할 수가 없다. 장 발장은 자신을 보호하려는 것이 아니라 코제트를 보호하기 위해, 자신의 어둠을 그녀에게 드러내 보일 수 없었던 것이다.

하지만 장 발장은 코제트의 가슴속으로 문을 두드리는 눈부신 '빛'까지 가로막을 수는 없었다. 그것은 아무리 단단하게 가로막아도 반드시 가슴을 뚫고 들어오는 사랑의 빛이었다. 장 발장이 필사적으로 '세상과의 접촉'을 가로막아도, 마리우스는 빗물이 되어 아름다운 다나에의 침실에 스며든 제우스처럼 코제트의 가슴속에 끝내 스며 들어온다. 마리우스의 편지는 가슴 시린 사랑의 단상으로 가득 차 있다. "우주를 단 한 사람으로 환원시키고 그 사람을 신으로까지 확대시키는 것, 그것이 사랑이다." "사랑이 시작해놓은 일은 신만이 완성시킨다." "그대가 별을 올려다보는 데는 두 가지 이유가 있다. 하나는 그것이 빛나기 때문이고, 또 하나는 그것이 불가해하기 때문이다. 그러나 그대 옆에는 그보다 훨씬 부드러운 광채, 훨씬 신비한 존재가 있다. 그것은 여성이다." 코제트는 이 격렬한 사랑의 문장들을 품에 안은 채 전에는 한 번도 경험해보지 못한 생의 광채를 느낀다. 그리고 마리우스가 자신과 함께하지 못하기 때문에 얼마나 고통스러워 하고 있는지를 깨닫게 된다.

> 코제트는 지금까지 이런 걸 한 번도 읽은 적이 없었다. (……) 수수께끼 같은 글들은 어느 것이나 찬란하게 보였고 마음을 이상한 광채로 휩쌌다. 그녀가 지금까지 받은 교육은 마치 불씨에 대해서는 가르치면서 불길에 대해서는 말하지 않은 것처럼, 영혼에 관해서는 언제나 얘기했으나 사

사랑에 내재한 불가피한 트라우마

랑에 대해 얘기한 일은 한 번도 없었다. (……) 조용히 시들어가는 한 남자가, 금방 죽음 속으로 사라져버릴 것 같은 한 남자가 한 여자에게 운명의 비밀을, 인생의 열쇠를, 사랑을 써 보낸 것이었다. 그것은 한쪽 발을 무덤 속에 넣고 손가락을 하늘에 놓고 쓴 것이다. (……) 그 수첩은 말하자면 마리우스의 영혼이 코제트의 영혼에 뿌린 하나의 불똥 같은 것이었다.

『레 미제라블』
중에서

한편 장 발장에게도 고백의 시간이 다가온다. 혁명의 피바람이 몰아치는 동안, 마리우스와 함께 더 나은 세상을 꿈꾸던 친구들은 모두 적들의 총탄에 맞아 목숨을 잃었다. 마리우스 또한 거의 산송장과 다름없었다. 사경을 헤매는 마리우스를 짊어지고, 장 발장은 정부군과 경찰의 감시를 피해 지하 수로로 도망친다. 한 걸음, 한 걸음이 목숨을 건 모험이었다. 자신도 언제 잡힐지 모르는 상황에서, 장 발장은 딸의 연인을 구하기 위해, 혁명을 꿈꾸는 한 청년의 목숨을 살리기 위해 자신의 목숨을 건다. 죽음 직전의 마리우스는 장 발장으로 인해 목숨을 구하고, 드디어 코제트와 재회하게 된다. 장 발장은 '내가 너를 구했다'고 말하지 않는다. 마리우스는 도대체 자신을 구한 사람이 누군지 모르는 상태에서, 장인이 될 장 발장에게 이 모든 감사의 마음을 털어놓는다. 아직 장 발장은 딸에게도 자신이 누구인지 말하지 않은 상태였다. 그러나 마리우스의 고백을 들으면서, 자신 또한 평생 도망만 쳐왔던 이 가혹한 운명의 사슬로부터 벗어나고 싶은 열망을 느낀다. 영혼의 해방은 먼 곳에 있지 않다. 스스로를 가두는 마음의 감옥. 그 육중한 감옥의 벽돌을 들어 올리는 힘은 가장 아끼는 사람에게 내 모든 아픔을 털어놓을 수 있는 용기에서 우러나온다.

그가 어떤 일을 했는지 아십니까? 그는 천사처럼 전투 속에 뛰어 들어왔습니다. 전투가 한창 벌어진 그 속으로 뛰어들어 지하 수로의 뚜껑을 열고 그 속으로 나를 끌어넣어 나를 매고 가야 했습니다! 무서운 지하의 통로를, 머리 숙이고, 허리를 구부리고, 어둠 속을, 진창 속을, 시오 리 이상이나 시체를 등에 지고 걸어야 했단 말입니다. 그것도 어떤 목적으로? 그 시체를 구한다는, 다만 그 목적뿐이었습니다. 바로 그 시체가 나였습니다. 그 사람은 이렇게 생각한 겁니다. '아직 틀림없이 생명의 빛이 남아 있다. 이 불쌍한 생명의 불을 위해 나는 내 존재를 걸자!' (……) 한 발짝마다 위험이 도사리고 있었습니다. 그 증거로 지하 수로에서 나온 순간에 그는 체포되었습니다. 그 사람이 그만한 일을 했다는 것을 어떻게 생각하십니까? 더욱이 그는 아무런 보수도 바라지 않았습니다. 내가 도대체 무엇이었습니까? 한낱 폭도에 지나지 않았습니다. 정말 무엇이었겠습니까? 한낱 패배자에 지나지 않았습니다.

—
『레 미제라블』
중에서

장 발장은 코제트와 마리우스를 맺어주고, 두 사람의

행복을 빌어주며 종적을 감추어버린다. 그러나 그전에 마리우스에게 자신의 정체를 힘겹게 밝힌다. 자신은 '포슐르방'이 아니라 장 발장이라고. 19년 동안 감옥살이를 했던 한 남자, 평생 자신의 정체를 숨긴 채 살아온 탈옥수라고. 자베르마저 장 발장을 놓아주고 자살해버렸지만, 장 발장은 도저히 자신을 용서할 수 없었던 것이다. 이제 평생 그를 괴롭히던 자베르도 없고, 수색을 당하거나 추적을 당하는 것도 아닌데, 장 발장은 왜 고백을 해버린 것일까. 장 발장은 그 누구도 아닌 바로 자신이 스스로를 가두는 거대한 감옥이었음을 인정한다. 그는 바로 자기 자신으로부터 추적당하고, 자기 자신에게 수사를 받고, 스스로를 체포하고, 스스로를 처형하고 있었던 것이다. 죽을힘을 다해 마리우스를 구해내고, 이제 기력이 쇠하여 죽음만을 기다리고 있던 장 발장에게 코제트와 마리우스 부부가 찾아온다. 마지막으로 코제트를 볼 수 있게 되자 장 발장은 힘을 내어 고백한다. "죽는 것은 아무것도 아니야. 무서운 것은 진정으로 살지 못한 것이야."

장 발장은 처음으로 코제트의 아름다운 어머니 팡틴에 대한 이야기를 들려준다. "네 어머니는 팡틴이라고 했다. 그 이름을 단단히 외워두어라, 팡틴이란다." "지금 네가 행복한 가운데서 가지고 있는 모든 것을 네 어머니는 불행 속에서 가지고 있었다. 그것이 하느님의 섭리라는 거다." "자, 너희들, 나는 이제 가련다. 언제까지나 서로 깊이 사랑해라. 서로 사랑한다는 것, 이 세상에 그 외의 것은 별로 중요하지 않단다." 장 발장의 끔찍한 어둠은 그의 영혼을 파괴했지만, 코제트

이
별   158

는 물론 마리우스, 그리고 가난과 비참으로 죽어가던 수많은 사람들을 구했다. 장 발장은 코제트라는 이름의 아름다운 별을 빛나게 하기 위해, 자기는 처참한 어둠 속으로 사라져간다. 그러는 동안 자신도 모르게 스스로의 영혼 또한 구한 것이다. 장 발장은 위대한 혁명가나 존경받는 성인군자는 아니었지만, 혁명을 꿈꾸며 피 흘리다 죽어간 젊은이들을 구하려 목숨을 바쳤고, 굶주림과 추위로 죽어가는 사람들, 외로움과 절망 속에서 죽어가는 팡틴을 구함으로써 숨은 성자가 되었다. 『레미제라블』이 불멸의 고전으로 남은 이유는, 걷잡을 수 없이 자신의 삶을 망쳐버린 주인공이 '두 번째 인생'만은 제대로 살 수 있는 기회를, 너무도 아름답게 그려냈기 때문은 아닐까. 용서나 구원은 타인으로부터 오지 않는다. 그러나 타인의 아픔이 없다면, 타인의 보살핌과 눈물과 공감이 없다면, 스스로를 용서하고 구원할 수 있는 마지막 기회조차 찾아오지 않는다. 장 발장은 '나보다 더 아픈 사람들, 나 보다 더 고통 받는 사람들'을 통해 스스로를 구원하는 기적을 증명한 불멸의 인간형으로 영원히 기억될 것이다.

사랑에 내재한 불가피한 트라우마

이언 매큐언,
『속죄』

사랑도, 인생도 삼켜버린
거대한 '속죄'

어떤 트라우마는 인생 자체보다도 거대하다. 예컨대 어린 시절에 저지른 잘못이 평생을 지배하는 경우. 그 끔찍한 트라우마는 인생 전체를 삼켜버린다. 어린 시절에 저지른 실수가 평생 그림자처럼 자신의 인생을 따라다닌다면? 그런데 그 실수가 사실은 어쩔 수 없는 오해나 무지 때문이 아니라 내 마음 깊은 곳에서 우러나온 의도였다면? 아주 오랜 시간이 지나서야 그 의도가 얼마나 사악한 것인지 깨달았을 때, 더 이상 속죄의 대상을 찾을 수조차 없다면 어떨까. 아무리 용서를 빌고 싶어도, 용서를 빌 대상조차 살아남아 있지 않다면 어떻게 될까. 『속죄』는 영원히 용서받지 못할 죄를 저지른 한 소녀의 비극적인 사랑 이야기다.

　　　　어린 소녀 브리오니는 친언니 세실리아와 그녀의 남자친구 로비의 사랑을 지켜보며 불같은 질투를 느낀다. 그 질투는 점점 오해와 분노로 얼룩져 지울 수 없는 악의로 변해간다. 언니의 눈부신 젊음과 물오른 지성을 도저히 따라갈 수 없는 어린 소녀 브리오니의 눈에는 어른들의 세계가 매우 불순하고 위험해 보인다. 급기야 로비를 변태성욕자로 오해한 브리오니는 친척 소녀 롤라의 성폭행 사건의 범인으로 로비를 지목하기에 이른다. 진짜 범인은 따로 있었지만, 사람들은 마치 약속이나 한 듯이 '파출부의 아들'인 로비에 대한 멸시의 감정을 숨기지 않는다. 오해에서 비롯된 의심과 질투가 급기야 한 사람의 인생을 도저히 빠져나올 수 없는 함정으로 밀어 넣게 된 것이다.
　　　　파출부의 아들로 태어나 감히 부잣집 아가씨 세실리아를 평등한 연애의 대상으로 생각할 수 없었던 로비에게는 이제 막 피어나기 시작한 사랑이 너무나 눈부셨다. 그러나 이 사랑은 태어나자마자 무참히 짓밟힌다. 로비는 감옥 생활을 하게 되고, 결국 제2차 세계대전에 참전하는 조건으로 죄수 생활을 중단하지만, 감옥보다 더 끔찍한 전쟁의 포화 속으로 몸을 던지게 된다. 세실리아와 로비 사이에는 애절한 연애편지가 오가지만 두 사람은 좀처럼 다시 만날 수 없다. 그렇게 시간이 흐르는 동안 브리오니는 어엿한 숙녀가 되고, 자신의 엄청난 잘못을 깨닫게 된 후에도 좀처럼 두 사람에게 다가가지 못한다. 이 이야기의 화자는 소녀에서 숙녀로, 숙녀에서 대작가로 변신해가는 브리오니다. 그녀의 눈에 비친 세상, 그리고 그녀가 쓰고 있는 소설의 시점에서 이야기는 전개된다.

세실리아의 시점에서 이 이야기는 앙큼한 친동생 때문에 영원한 사랑을 잃어버린 원한의 서사다. 로비의 시점에서 이 이야기는 억울한 누명을 쓴 채 사랑하는 여인을 만나기 위해 온갖 고초를 다 견뎌내는 고행의 서사다. '속죄'라는 제목은 물론 브리오니의 시점에서 비롯된다. 어린 시절의 치명적인 실수로 생 전체를 속죄에 바쳐야 하는 이 소녀의 운명은 끝없는 고백의 서사다. 나는 용기가 없어, 나는 사랑받을 수 없어, 그리고 나는 영원히 용서받을 수 없어……
브리오니는 가장 사랑하는 사람을 가장 끔찍한 범죄의 주인공으로 만들고 나서야 자신의 치명적 실수를 깨닫는다. 그러나 아무리 어린아이라도 실수라 하기에는 너무 의도적이었다. 진짜 더 끔찍한 죄는 최초의 오해보다 이후의 회피에서 일어난다. 그녀는 잘못을 교정할 기회가 있었는데도 그러지 않았던 것이다. 용서를 구할 시간, 잘못된 진술을 번복할 기회가 있었는데도 언니와 로비를 만나는 일을 회피했던 것이다. 영악한 어린이들은 때로 어린이의 면책특권, 즉 어린

이에게만 주어진 달콤한 면죄부의 효과를 알고 있다. 어린 브리오니는 총명한 만큼 사악했다. 내가 정녕 가질 수 없는 남자라면, 차라리 아무도 가지지 못하게 철저히 짓밟아버린 것이다. 그것이 아름다울수록, 그것이 빛날수록 더욱 처절하게 짓밟아버리고 싶은 욕망. 그것이 사소한 오해보다 더 나쁜 브리오니의 치명적 악의였다.

브리오니는 간호사로 일하면서 고통스러운 속죄를 감행한다. 전쟁터에서 갖가지 끔찍한 상처를 입은 부상병들을 치료하면서 자신이 치유하지 못한 로비의 마음을, 평생 동생을 원망하며 오지 않을 연인을 기다릴 언니의 마음을 대신 치유한다. 그 마음은 그들에게 가 닿지 못하지만, 브리오니는 '내가 무슨 일을 저질렀는가'를 점점 선명하게 깨닫게 된다. 죽음을 앞둔 부상병 뢱의 임종을 함께하면서, 브리오니는 비로소 로비와 세실리아의 사랑이 얼마나 아름다운 것이었는지를 깨닫는다.

> 뢱의 머리 한쪽이 날아가고 없었다. 두개골이 사라진 주변은 머리카락을 빡빡 밀어놓았다. 울퉁불퉁하게 이어진 뼈 아래로, 치아머리에서부터 귀 끝까지 닿아 있는 넓이가 3, 4인치는 될 듯한 심홍색 해면질의 뇌가 드러나 보였다. 브리오니는 수건이 땅에 떨어지기 전에 잡아 들고, 울렁거림이 가라앉을 때까지 잠시 그대로 있었다.
> (……) "날 사랑하나요?"
> 브리오니는 잠시 망설였다.

이언 매큐언
『속죄』
(한정아 옮김
문학동네) 중에서

"그럼요."

다른 대답을 할 수는 없었다. 그리고 지금 이 순간에는 분명히 그를 사랑하고 있었다. 그는 가족을 멀리 떠나온 사랑스러운 청년이었고, 곧 죽을 터였다.

아마도 나의 언니 세실리아에게도 로비는 그런 사람이었을 것이다. 로비에게 세실리아도 그런 사람이었을 것이다. 뇌 한쪽이 날아가 뇌수가 다 드러나더라도, 생물학적으로 두뇌가 뭉텅 잘려 나간다 해도 잊을 수 없는 사람, 포기할 수 없는 사람. 브리오니는 속죄를 위해 간호사를 선택했지만 속죄하려 할수록 자신의 죄가 더욱 선연하게 도드라져오는 것을 느낀다. 죄의식을 덜어내려 할수록 죄의 무게는 더욱 잔인하게 그녀의 가슴을 짓누른다. 로비에게 지금 당장 속죄할 수는 없다. 그러나 지금 내 앞에 있는 이 부상병, 뤽의 죽음이 덜 외롭도록 죽어가는 그의 손을 잡아줄 수는 있다. 뤽의 죽음을 바라보며 브리오니는 기꺼이 그의 가짜 연인이 되어준다. 단말마의 고통을 겪고 있는 부상병에게는 눈앞의 낯선 간호사가 그가 오랫동안 사랑하던 연인, 죽어가는 이 순간 가장 보고 싶은 여인으로 보였던 것이다. 이 서글픈 착시 속에서 브리오니는 처음으로 진실한 사랑을 받는 느낌을 이해한다. 로비를 다시 만날 수는 없지만 죽어가는 모든 병사가 로비의 구슬픈 정령처럼 보인다. 로비에게 직접 건넬 수 없는 사랑과 속죄, 치유의 목소리를 이 죽어가는 병사에게 주고 있는 것이었다.

사랑에 내재한 불가피한 트라우마

이제 작가가 된 브리오니의 소설 속에서 이 안타까운 커플은 눈부신 재회를 하고, 로미오와 줄리엣도 질투할 아름다운 로맨스의 주인공이 된다. 그러나 현실은 소설과는 달리 참혹했다. 이 소설의 또 하나의 주인공은 전쟁이다. 전쟁은 인간에게 시간을 주지 않는다. 나중에 참회해야지, 나중에 용서를 빌어야지. 이렇게 생각했던 브리오니는 영원히 용서받을 기회를 잃었다. 로비는 전쟁의 참화 속에 끊임없이 고통 받다가 사랑하는 여인을 가슴에 품은 채 패혈증으로 죽었다. 그리고 같은 해 세실리아는 폭격을 맞아 사망하고 만다. 언젠가는 만날 수 있을 줄 알았는데, 다시 한 번 만나는 것 외에는 아무것도 바라지 않았는데, 두 연인은 그 유일한 소원조차 이루지 못했다. 이 거대한 절망 앞에서 브리오니는 최후의 속죄 방식을 택한다. 그것은 바로 글쓰기였다. 전쟁 박물관에 보관된 두 사람의 연애편지와 각종 기록을 토대로 삼아 이 끔찍한 사랑과 전쟁의 실화를 소설로 쓰기로 한 것이다.

어린 시절 브리오니의 꿈은 희곡을 써서 무대 위에 올리는 것이었다. 세상을 깜찍하게 축소하여 제 손안에 왕창 쓸어 넣는 즐거움. 바로 그것이 세실리아와 로비 커플에게 브리오니가 느낀 쾌감 아니었을까. 한순간의 오해와 편견이 두 사람의 인생, 아니, 세 사람의 인생 전체를 뒤바꿔놓는다. 연극을 연출하고 각색하여 무대에 올리듯, 브리오니는 두 사람은 물론 주변의 모든 사람의 인생까지 연극 무대 위의 등장인물처럼 조종하고 싶었던 것이다. 그러나 작가가 된 브리오니에게 글쓰기는 전혀 다른 의미로 다가온다. 꼭두각시처럼 등장인물을 조종하는 마술사가 아니라, 주인공이 미처 살아내지 못한 안타까운 삶을 복원해내는 메신저의 역할을, 그녀는 해내고 싶어진다.

　　　그녀가 삶에서는 파괴시킨 한 연인을 그녀의 글 속에서만은, 세상에서 가장 아름다운 커플로 부활시킨다. 이제는 살려낼 수 없는 두 사람을 위해 그녀가 할 수 있는 마지막 속죄는 바로 이 글쓰기의 씻김굿이었다. 둘의 죽음으로 영원히 기회를 잃은 용서의 제의를, 소설로써 풀어낸다. 진짜 깨달음은 그제야 찾아온다. 사랑받는 방법을 몰라 차라리 사랑의 대상 자체를 제거하는 방식을 택했던 브리오니. 그녀에게 인생의 클라이맥스는 너무 일찍 찾아왔다. 되돌릴 수 없는 그 사건. '그 일'이 있고 난 후, 그녀의 인생 전체는 '그 일' 이후의 기나긴 에필로그였다. 남은 인생 전체가 사족처럼 무미건조한 에필로그였던 것이다. 그녀가 좀 더 빨리 속죄의 기회를 찾았다면, 언니와 그가 죽기 전에 자신의 잘못을 인정할 용기를 냈다면, 세 사람의 인생은 전혀 달라졌을 것이다.

　　　이제 나는 독자들에게 (……) 로비 터너가 1940년 6월 1일 브레이 듄스에서 패혈증으로 죽었다는 사실을, 혹은 세실리아가 같은 해 9월 밸엄 지하철역 폭격으로 죽었다는 사실을 알려야 할 이유를 알지 못한다. 그해에 내가 그들을 만난 적이 없다는 사실을, 런던을 가로지르는 나의 도보 여행은 클래펌 커먼의 그 교회에서 끝이 났다는 사실을, 겁쟁이 브리오니는 살아갈 희망을 잃어버린 언니를 마주 대할

용기가 없어서 어깨를 축 늘어뜨린 채 병원으로 돌아왔다
는 사실을, 연인들이 주고받은 편지는 지금 모두 전쟁 박물
관 문서 보관소에 있다는 사실을 알려야 할 이유를 알지 못
한다. (……) 그런 일들에서 독자가 희망이나 만족감을 얻을
수 있겠는가? 연인들이 두 번 다시 만나지 못했고, 사랑을
이루지 못했다는 것을 누가 믿고 싶어 할까? (……) 나는 그
들에게 그런 짓까지 할 수는 없었다. 나는 너무 늙었고, 너
무 겁을 먹었고, 내 앞의 남은 삶의 단편들을 너무나도 사
랑한다. 게다가 내게는 망각이라는 파도가 다가오고 있다.
더 이상 비관론을 끝까지 지켜나갈 용기가 없다.

『속죄』 중에서

그녀의 평생은 속죄의 불가능성을 증명하는 기나긴 에
필로그였다. 그러나 그렇게 평생 불가능한 속죄를 글쓰기로 해낸 그녀
의 마지막 진심은 그녀 자신을 구원한다. 그리고 그녀의 글쓰기가 지
어낸 영혼의 집 속에서 죽은 연인은 영원히 함께할 수 있게 된다. 그들
은 죽었지만 그들의 죽지 않은 사랑을 종이 위에 되살리기 위해, 브리
오니는 유명 작가로서의 명성을 기꺼이 포기한 채 자신의 삶에서 가장
치욕스러운 순간을 폭로한다. 가질 수 없었던 사랑, 그리고 평생 동안
속죄 외에는 다른 삶을 꿈꾸지 못했던 그녀의 멈춰버린 시간까지도 만
천하에 공개된다. 어떤 인생은 본문보다 에필로그가 훨씬 길어진다. 하
지만 어떤 에필로그는 본문보다 중요하고, 아름다우며, 눈부실 수도
있다.

이
별

빅토르 위고,
『노트르담 드 파리』(『노트르담의 꼽추』)

자신을 혐오하는 남자의
지독한 사랑

그는 여태껏 모욕과 제 처지에 대한 경멸과 제 몸에 대한 혐
오감밖에 몰랐다. 그러므로 그는 아무리 귀머거리라 할지
라도, 제가 미움 받고 있다고 느끼고 있기에 저 역시 미워
하는 그 군중의 박수갈채를 진짜 교황처럼 즐기고 있었다.

사랑에 내재한 불가피한 트라우마

그의 백성이 미치광이들과 병신들과 도둑들과 비렁뱅이들의 떼거리라 할지라도 무슨 상관이냐! 아무튼 그들은 백성이고 그는 군주인 것이다. 그리하여 그는 그 모든 아이러니컬 한 환호를, 그 모든 우롱 섞인 존경을 진실한 것으로 받아들이고 있었다. 그러나 군중의 존경과 환호 속에는 매우 현실적인 두려움도 약간 섞여 있었다는 것을 말해두지 않으면 안 되겠다. 왜냐하면 이 꼽추는 실패졌으니까. 이 앙가발이는 날쌨으니까. 이 귀머거리는 심술궂었으니까. 이 세 가지 특징이 조롱을 완화시켰던 것이다.

빅토르 위고
『파리의 노트르담』
(정기수 옮김
민음사) 중에서

열등감 때문에 내면의 동굴 속으로 숨어버리는 사람들이 있다. 그들에게 닥치는 최악의 상황은 바로 '나에겐 매력이 없다'는 이유로 타인에게 불친절하고 공격적으로 변해버리는 것이다. 사랑에 실패했다는 이유로 다른 모든 관계까지도 망쳐버리는 것이다. '노트르담의 꼽추', 카지모도가 바로 그런 경우다. 그는 자신의 콤플렉스 때문에 타인에게 더욱 인색해진다. 남들이 자신을 이상하게 쳐다본다는 이유로 더욱 괴팍해지는 것이다. 타인의 따가운 시선을 향해 더욱 괴팍하고, 더욱 심술궂고, 더욱 까다롭게 구는 것으로써 자신의 주위에 보이지 않는 방어막을 치는 것이다. 군중은 그를 조롱하면서도 그를 두려워한다. 노트르담의 종지기 카지모도. 그는 마침내 자신에 대한 깊은 혐오감에 빠져 타인들에게 더욱 다가가기 힘든 존재가 되어버린다.

그렇게 스스로에 대한 확신이 부족하기에, 고백할 수 없는 사랑이 있다. 그런 사랑의 유일한 꿈은 세레나데, 혹은 프로포즈다. 성사되지 않더라도, 고백이라도 시도해보는 것. 사람들은 '고백했을 때의 후폭풍'과 '고백하지 않았을 때의 후회' 사이에서 끊임없이 고민한다. 마음속에서만 생로병사 하는 사랑의 슬픔. 그 끝나지 않는 드라마, 오직 자기 안에서만 태어나고 자라나고 죽어가는 이야기는 인간을 절망시킨다. 하루에도 수없이 마음속의 수많은 목소리들이 높디높은 사랑의 바벨탑을 쌓고, 속절없이 무너진다. 이 고통은 쉽게 숨기기 어려운 것이기에 어이없는 실수로 속마음이 탄로 나기도 한다. 그제야 사람들은 깨닫는다. 어쩔 수 없이 탄로 나는 것보다 용기를 내어 고백하는 것이 훨씬 낫다는 것을. 탄로는 수치심을 유발하지만, 고백은 아무리 거절당해도 고백만이 지니는 쾌감과 감동이 있다. 내 마음의 무늬가 세상 밖으로 드러나는 순간, 자신도 알지 못했던 수많은 감정의 편린들이, 펼쳐질 수 없었던 이야기들이 일제히 기지개를 켠다. 그리하여 고백의 결과와 상관없이 고백은 아름답다.

애꾸눈, 곱사등이, 절름발이, 그리고 귀머거리. 이것은 카지모도가 지닌 육체적 불편함이다. 종소리는 그에게 마지막으로 열려 있던 세상을 향한 창문을 닫아버린다. 노트르담의 종소리는 그의 유일한 기쁨이지만, 그에게 허락된 마지막 비상구마저 앗아 가버린다. 이제 똑바로 걸을 수도, 두 눈으로 볼 수도, 반듯하게 서 있을 수도 없는 카지모도는 소리마저 들을 수 없게 된다. 눈에 보이지 않는 더 큰 불편함은 카지모도의 뿌리 깊은 우울증이다. 소리의 문이 닫히면서, 카지

사랑에 내재한 불가피한 트라우마

모도의 영혼 속을 스며들던 단 한 줄기의 기쁨조차 사라져버린다. 그의 영혼은 깊은 잠 속에 빠져 있었다. 그 어떤 소리도, 빛도, 슬픔도, 기쁨도 그를 깨우지 못했다. 그런 그에게 에스메랄다는 태어나 처음으로 맛보는 햇살 같은 존재로 다가온다.

　　　　에스메랄다는 영원히 닫혀 있을 것만 같은 단 하나의 창문을 그렇게 열어젖힌다. 물론 그녀의 의도는 아니었다. 그녀는 오직 자신이 가진 빛을 자연스럽게 뿜어내고 있을 뿐이었다. 그 빛의 따스한 온기에 감염된 사람들은, 그녀의 사랑스러운 눈빛에서 헤어나지 못한다. 카지모도에게는 영원히 닫혀버린 것만 같았던, 세상을 향한 거대한 창문을, 에스메랄다는 아무렇지도 않은 듯 훌쩍 열어젖힌다. '외부'라곤 없었던 그의 삶에 새롭고 느닷없고 압도적인 창문을 만들어준 것이다. 사실 카지모도뿐만이 아니다. 그녀에게 매료된 남성들은 굳이 절름발이나 곱사등이가 아니라도, 충분히 절뚝거리는 삶을 살아가고 있었다. 어쩌면 카지모도보다 더욱 심각한 영혼의 불구는 프롤로다. 카지모도를 먹이고 입히고 재우긴 했지만, 카지모도를 영원히 세상의 빛과 차단시켜버렸던 프롤로. 그는 '파리의 모든 더러운 것들, 무질서한 것들, 규격에 맞지 않는 것들'을 청소하려는 독재자다. 그는 자신이 그토록 열성적으로 제거하려던 계층인 집시 소녀에게, 마음을 빼앗겨버린 것이다. 에스메랄다를 사랑하는 수많은 남자들 모두 어딘가 건강하지 못하다. 기이한 콤플렉스에 시달리거나 지나친 자만심으로 똘똘 뭉쳐 있다. 그나마 부랑자 시인 그랭구아르가 에스메랄다를 향해 가장 인간적인 세레나데를 펼친다. 그는 가장 평범하고 다정하고 낭만적인 목소리로, 에스메랄다에게 사랑을 고백하지만 보기 좋게 거절당하고 만다.

　　카지모도는 자기에게 갑작스레 다가온 불가해한 감정을 어떻게 처리해야 할지 모른다. 사랑에 빠지는 법, 사랑을 느끼는 법, 사랑을 견디는 법. 그 어느 것도 그의 생존 매뉴얼에 없었던 것이다. 그는 살아간다기보다 단지 생존했다. 노트르담의 종을 울리는 그 순간의 짧은 희열 말고는, 어떤 참다운 기쁨도 없었다. 그는 사랑하는 법뿐 아니라 친구를 사귀는 법, 타인의 호의에 감사하는 법, 세상살이에 필요한 갖가지 관계를 맺는 법도 몰랐다. 그가 파리 사람들에게 집단 구타를 당해 빈사 상태에 이르렀을 때, 그는 단 한 모금의 물만이 자신을 구원해줄 것이라 생각한다. 물, 단 한 모금만, 아니, 단 한 방울만이라도. 흐릿해지는 그의 시야 저편에서 아득하게, 아름다운 한 여인이 나타난다. 자신이 납치하려고 했던 그녀, 자신이 공포에 사로잡히게 했던 바로 그녀, 에스메랄다가 다가와 죽어가는 카지모도에게 물을 먹여준 것이다. 카지모도의 눈에서, 자신도 모르게 뜨거운 눈물이 흘러나온다. 작가 빅토르 위고는 모든 걸 친절하게 설명해준다. 아마 이것은 이 불행한 사나이가 난생처음 흘린 눈물이었을 거라고. 꼽추에 절름발이에 귀머거리에 애꾸눈이었던 카지모도에게, 그녀는 세상을 향해 열린, 단하나의 창문이었던 것이다.

　　그가 흘린 첫 번째 눈물, 그것은 엄마도, 친구도, 연인도 없었던 그가 세상으로부터 처음 선물받은, 순수한 호의 때문이었다. 에

사랑에 내재한 불가피한 트라우마

스메랄다는 자신을 납치하려 했던 괴한에게 복수하지 않고, 오히려 궁지에 빠진 그를 구원해준다. 카지모도는 동화책도 소설책도 읽어본 적이 없지만, 그제야 사람들이 사랑 때문에 울고 웃고 인생조차 바치는 이유를 깨닫지 않았을까. 카지모도는 시인 그랭구아르처럼 아름다운 미사여구를 구사할 줄도 몰랐고, 프롤로처럼 부와 명예와 권력을 한꺼번에 가지지도 못했으며, 페뷔스처럼 완벽한 외모와 카리스마로 여성을 홀릴 수도 없었다. 그러나 카지모도는 그들 모두에게 턱없이 부족한 것, 사랑하는 사람을 위해 자신의 모든 것을 바치고도 전혀 아까워하지 않는, 진정한 용기를 지니고 있었다. 아무도 알아보지 못했던 그의 영웅적 열정이 세상 밖으로 표출될 차례였다.

"저는 지금까지 제 추함을 본 적이 한 번도 없었어요. 저는 저 자신을 아가씨에게 견주어볼 때, 저 자신이 무척 가엾어요. 저는 참으로 가련하고 불쌍한 괴물이에요! 저는 틀림없이 아가씨에게 짐승같이 보일 거예요, 그렇죠. 그런데 아가씨는 한 줄기 햇살이에요. 한 방울 이슬이에요. 새의 노랫소리예요! 저는, 저는 그 어떤 끔찍스러운 것, 사람도 아니고 짐승도 아니고, 조약돌보다도 더 단단하고 발아래 더 짓밟히고 더 보기 흉한, 뭔지 알 수 없는 것이에요!" (……) "아가씨는 저더러, 왜 제가 아가씨를 살려냈느냐고 묻고 계시죠. 아가씨는 잊어버리셨어요. 어느 날 밤 아가씨를 강탈하려고 했던 악당을. 그런데 아가씨는 바로 그 이튿날 그 수치

이
별

·174·

스러운 죄인 공시대 위에서 그 악당에게 구원의 손길을 뻗
처주셨어요. 한 방울의 물과 약간의 동정, 그것은 제 목숨으
로도 다 갚을 수 없을 거예요. 아가씨는 그 악당을 잊어버
리셨어요. 그는 그것을 기억하고 있었는데."
에스메랄다는 몹시 감동하여 그의 말을 듣고 있었다. 한 방
울의 눈물이 종지기의 눈 속에 감돌고 있었으나 떨어지지
는 않았다.

『파리의 노트르담』
중에서

노트르담 성당 앞에 구름처럼 모여든 구경꾼들 앞에서,
죽어가는 그녀를 신출귀몰한 솜씨로 구해내는 순간. 카지모도는 다시
없는 영웅이 된다. 그녀를 구하는 순간, 군중들은 웃고 울고 열광하며
발을 동동 구른다. 그들이 그토록 멸시하고 짓밟고 혐오하던 카지모도
는 그 순간 진정 소름 끼치게 아름다워 보였으니까. 그는 처음으로 자
신이 강하다는 것을 깨닫게 된다. 그는 처음으로 사랑하는 사람의 목
숨을 구했을 뿐 아니라, 그녀를 잔인한 운명의 굴레에서 해방시킨다.
그리고 단지 한 사람을 구하는 것을 넘어, 그들만의 세계로 보였던 파
리의 저잣거리 속으로 드디어 개입한다. 그는 더 이상 얼굴이 보이지
않는, 종소리만 울리고 사라지는 엑스트라가 아니라, 그들만의 세상,
어긋난 세상을 바로잡는 데 결정적 단서를 제공하는 존재로 비약한다.
"그는 아름다웠다. 그는, 이 고아는, 이 업둥이는, 이 허섭스레기는. 그
는 자신이 존엄하고 굳세다는 것을 느끼고 있었다." 카지모도는 추방
당한 자였다. 그러나 이 순간, 그는 자신을 추방시킨 그 사회를 장악하

사랑에 내재한 불가피한 트라우마

고 굽어보며 그들만의 법과 제도를 조롱한다. 그녀를 죽이기 위해 출근한 경관들, 법관들, 망나니들은 모두 국왕의 전령들이었다. 카지모도는 이 순간 한 여자를 구하는 일을 넘어 국왕과 맞서고 있는 것이었다. 그는 한 여자를 구하기 위해 온 세상과 대적하고 있었다.

제3자의 입장에서 바라보면, 진정 다시없는 운명적 인연처럼 보이지만, 정작 본인들은 평생 그걸 깨닫지 못하는 사람들이 있다. 오랫동안 서로의 곁을 떠나지 않으면서도 그것이 사랑인지 모른 채 그저 우정이라 믿는 사람도 있고, 한쪽은 운명적 인연을 알아보고 평생 한 사람만을 바라보지만 다른 한쪽은 그 변함없는 시선에 아랑곳하지 않은 채 늘 엉뚱한 사람만을 바라보는 경우도 있다. 피할 수 없는 사랑의 운명을 깨닫는 것은 어렵다. 자신을 바라보지 않는 상대를 향해 그 사랑의 운명을 실천하는 길은 더욱 어렵다. 카지모도는 세상에서 가장 고통스러운 사랑의 유형을 상징하는 인물이다. 온 힘을 다해 사랑해도 온 힘을 다해 딴청을 피우는 상대. 한사코 자신을 바라보지 않는 상대를 향한 조건 없고, 기약 없고, 희망 없는 사랑. 한 인간을 향한 사랑을 넘어, 차라리 사랑 자체에 대한 사랑으로 승화되는 그런 사랑.

밀란 쿤데라,
『참을 수 없는 존재의 가벼움』

에로틱한 우정의 불가능성

남녀 사이에 에로틱한 우정은 가능할까. 사랑만으로도 벅차고 우정만
으로도 소중한데, 사랑과 우정의 장점 모두를 한입에 털어 넣으려 하
다니. 사랑하면서도 구속하지 않는, 죽마고우처럼 신의를 지키는 에로
틱한 우정. 그것은 어쩌면 아무런 수식어가 필요 없는 사랑에 순수하

사랑에 내재한 불가피한 트라우마

게 올인 할 수 없는 현대인들이 상상해낸 '편리하고 효율적인 사랑'의 판타지인지도 모른다. 에로틱한 우정을 빙자하여 카사노바도 울고 갈 엄청난 바람기를 정당화하는 대표적인 캐릭터, 그가 바로『참을 수 없는 존재의 가벼움』의 토마시다. 에로틱한 우정은, 결혼하고도 계속 버젓이 연애하고 싶은 남자들의 앙큼한 상상력을 응축한 지극히 이기적인 발명품일지도 모른다. 그러나 그것은 밀란 쿤데라의 명작『참을 수 없는 존재의 가벼움』에서 중요한 키워드가 되는, 매우 철학적인 화두이기도 하다. 삶의 가벼움과 무거움 중 한쪽을 선택하지 못하고, 그 무거움과 가벼움의 장점 모두를 향유하고픈 인간의 근원적인 화두, 그것이 바로 에로틱한 우정인 셈이다.

　　　나는 고등학교 때 이 소설을 처음 읽었는데, 그땐 가장 이해되지 않는 캐릭터가 테레자였다. 하지만 지금은 오히려 가장 잘 이해할 수 있는 인물이 테레자 같다. 한 번도 누군가를 실제로 사랑해본 적이 없었던 그때는 테레자처럼 걸핏하면 사랑 때문에 울고 웃는 여자보다는 사비나처럼 쿨 하다 못해 이 세상 그 무엇에도 연연치 않는, 거품처럼 가벼운 존재가 되고 싶었다. 그러나 살아보니 나는 그런 쿨 한 캐릭터와는 거리가 멀었다. 밖에서는 그까짓 사랑 때문에 상처받지 않은 척 온갖 어설픈 연기를 펼치다가도 집에 와선 어김없이 숭숭 구멍 난 가슴을 혼자 꿰매느라 진땀을 뺐다. 사랑 때문에 온 세상이 흔들리는 경험을 지치지도 않고 반복하느라 매번 만신창이가 되는 테레자야말로 쿨 하지 못한 내가 가장 잘 이해할 수 있는 캐릭터였던 것이다. 그녀가 책임졌던 사랑의 무거움, 벗어날 수 없는 운명적 어둠의 이미지는 어쩌면 이 소설의 주인공들 중에서 가장 인간적인 모습이었는지도 모른다.

　　테레자를 만나기 전의 토마시는 삶에 의미를 부여하지 않으려는 집요한 자기부정의 제스처를 보여준다. 그는 삶의 참을 수 없는 가벼움을 습관처럼 되새긴다. "한 번은 중요치 않다. 한 번뿐인 것은 전혀 없었던 것과 같다. 한 번만 살 수 있다는 것은 전혀 살지 않는 것과 마찬가지다." 그에게 삶의 모든 순간은 그저 한 번뿐인, 지나가는 시간일 뿐이므로 그는 소중하게 간직하고 기념해야 할 그 무엇도 남기지 않으려 한다. 누군가를 사랑한다는 일에 스민 모든 책임감과 부담감으로부터 완전히 벗어날 수 있다고 믿는 그는 어떤 여자와도 지속적인 관계를 맺지 않으려 한다. 그러나 테레자를 만난 후 그의 견고한 가벼움의 제국은 흔들리기 시작한다.

　　무거움을 상징하는 모든 사회적 중력으로부터 해방된 자유인 토마시. 굳이 내가 아니라도 될 것 같은 사람, 나의 유일무이함을 인정해주지 않는 사람을 사랑한다는 것은 그 자체가 굴욕적인 경험이다. 나에게는 절대적인 대상인 그가 나를 '수많은 사랑의 후보자들' 중 하나로 여긴다는 것은 끔찍한 고통이다. 토마시가 사랑할지도 모르는 불특정 다수의 여자들을 끊임없이 의식해야 하는 테레자. 그녀의 악몽은 너무 많은 사람들과 언제든지 사랑에 빠질 수 있는 천하의 바람둥이를 사랑해본 모든 여자들의 고통과 연대한다. 그러나 그 뼈아픈 질투가 일상화될 때, 자신이 진정으로 집중하고 있는 감정이 사랑인지 질투인지 구분이 되지 않을 정도로 질투에 탐닉하는 순간, 테레자는

자기감정의 노예가 된다. 사랑하는 사람의 노예가 되는 것은 사랑의 기꺼운 본질이지만, 사랑을 빌미로 질투 그 자체에 사로잡히는 순간 테레자는 사랑의 노예가 아닌 집착의 노예가 된다.

테레자가 내 마음속에 가장 오랫동안 기억에 남았던 이유는 그녀의 나약함 자체가 그 자신의 가장 위협적인 무기였기 때문인 것 같다. 그녀는 너무 나약해서 토마시의 연민을 자극했으며, 너무 나약해서 토마시의 사랑밖에는 기댈 데가 없었다. 그 나약함은 역설적으로 너무나 강력해서 토마시의 평생의 신념마저 허물어버린다. 토마시는 그녀로 인해 그동안의 수많은 여성 편력을 정리하고 '아인말 이스트 카인말Einmal ist keinmal(한 번뿐인 것은 전혀 없었던 것과 같다)'의 세계에서 '에스 무스 자인Es muss sein(그래야만 한다)'의 무거운 세계로 귀환한 것이다. 이 소설은 인간의 피할 수 없는 나약성에 대한 우화이기도 하다. 저마다의 나약함이 토마시에게는 연민으로, 사비나에게는 도피로, 프란츠에게는 선의로, 테레자에게는 질투로 나타난다.

'아인말 이스트 카인말'로 상징되는 가벼움의 세계 대 '에스 무스 자인'으로 상징되는 무거움의 세계. 그 대립은 어쩌면 이분법적인 것만은 아닐지도 모른다. 작품 초반부에서는 토마시의 잔혹한 가벼움이 독자를 매료시킨다. 그러나 그의 돈 후안적 가벼움의 이면에는 한 여자로 인해 자신의 인생 전체를 헌납할 수도 있는 트리스탄적 무거움이 자리 잡고 있었다. 토마시가 죽자 사비나는 자신이 그토록 부정하고 배반하려 했던 아버지를 그제야 진정으로 애도할 수 있게 된다. 모든 권위를 부정하고 모든 가치를 부정하는 사비나가 용감하고 매력적으로 보이기는 하지만, 정작 모든 것을 부정한 뒤에 남은 것은 무無에 대한 잔인한 확인뿐이었으며, 결국 그녀에게는 참을 수 없는 우울증만 남게 된다. 가벼움의 대명사였던 사비나조차도 가벼움만으로는 이 세상을 견딜 수 없었던 것이다.

다시, 에로틱한 우정의 문제로 돌아가자. 에로틱한 우정은 분명 이기적이다. 그러나 우리가 에로틱한 '우정'에 방점을 찍는다면, '에로틱'이라는 말에 지나친 과민 반응을 보이지 않는다면, 남녀 사이에 일어날 수 있는 가장 바람직한(?) 긴장감이 바로 에로틱한 우정 아닐까. 누군가를 에로틱하다고 느끼는 것은 타인의 매력을 전폭적으로 인정하는 태도에서 우러나오기에 서로를 우울증에서 해방시켜줄 것이고, 에로틱함에도 불구하고 서로의 일상을 구속하지 않는 담담한 우정이기에 서로의 존재를 '무거움'의 쇠사슬로 결박할 필요가 없지 않을까. 타인의 에로틱함을 발견하고 존중하는 것은 굳이 연인이나 부부 사이에만 필요한 것은 아니다. 나는 부부 사이에도, 동료 사이에도, 처음 만나는 갑남을녀 사이에도 이렇게 서로의 가치를 존중해주는 에로틱한 우정이 건강하게 흘러넘치기를 바란다. 사람은, 삶은, 사랑은 가벼움만으로도 무거움만으로 지탱되지 않는다. 우리는 '참을 수 없는 존재의 가벼움'과 '참을 수밖에 없는 삶의 무거움' 사이에서 영원히 흔들리며, 그 가벼운 무거움을, 그 무거운 가벼움을 생의 끝까지 함께해줄 사랑과 우정을 찾는다.

윌리엄 셰익스피어,
『오셀로』

사랑을 삼켜버린
질투의 잔혹극

"그녀는 제가 겪어온 위험을 사랑했습니다.
그녀가 제 아픔을 동정해주었기에
저 또한 그녀를 사랑하게 되었습니다."
/ 윌리엄 셰익스피어, 『오셀로』 중에서

위대한 인물의 끔찍한 몰락

셰익스피어의 비극에서는 가장 아름다운 주인공들이 속절없이 죽음을
맞는다. 리어 왕도, 맥베스도, 햄릿도, 그리고 오셀로도 너무도 매혹적
인 주인공들이지만 하나같이 비참하게 죽어간다. 관객들은 극의 초반
부에 주인공의 매력에 흠뻑 빠졌다가, 극이 진행될수록 주인공이 광기

에 사로잡혀 미쳐가고, 타락하고, 타협하고, 마침내 죽어가는 모습을 보며 깊은 슬픔에 빠지게 된다. 셰익스피어는 저 유명한 4대 비극에서 마치 '위대한 영웅도 어쩔 수 없는 인간의 치명적인 모순'을 말하고 있는 것 같다. 그중에서도 『오셀로』는 어쩌면 인간이 가장 쉽게 빠지기 쉬운 비극에 대해 이야기하고 있다. 바로 사랑하는 사람에 대한 의심과 질투다. 질투는 오셀로의 고귀한 영혼을 조금씩 좀먹고, 마침내 돌이킬 수 없는 파국으로 이끌고 만다.

오셀로는 본래 무어인이었지만 베니스 공국을 위해 헌신한 위대한 전사였다. 베니스 공국의 원로 브라반시오에게는 아름다운 딸이 있었는데, 그녀의 이름은 데스데모나였다. 끊임없이 전공을 세워 브라반시오에게 신임을 얻고 있던 오셀로 장군은 마침내 데스데모나와 사랑에 빠지고, '베니스인과 무어인의 결혼'을 반대하는 인종차별적 분위기 속에서 둘은 야반도주를 감행한다. 사람들은 오셀로의 이름을 부르지 않고, '저 몹쓸 무어인', '두터운 입술', '늙어 빠진 검은 숫양', '악마'라는 식으로 그의 인종적 차이를 악의적으로 부각시킨다. 브라반시오는 베니스 사람들이 이방인을 대하는 이중적 태도를 극적으로 보여준다. 오셀로가 베니스를 위해 전공을 세울 때는 그를 위대한 장군으로 추어올려주다가, 막상 그가 자신의 딸과 결혼한다고 하자 태도가 돌변해버린 것이다. 그러나 불굴의 전사 오셀로는 여기서 포기하지 않는다.

브라반시오가 베니스 공국의 원로회를 소집하여 오셀

로를 축출할 계획을 세우자, 오셀로는 용감히 원로회에 출두하여 자신의 존재를 만천하에 드러낸다. 그는 '괴상한 마술을 부려 순진한 내 딸을 유혹했다'고 주장하는 브라반시오의 주장에 맞서, 동요하지 않고 차분하게 자신의 입장을 이야기한다. 내가 부린 마법이 있다면, 내가 살아온 이야기를 있는 그대로 들려주어 이야기에 목마른 그녀에게 진실한 감동을 준 것뿐이라고. 전장에서 사선을 넘나들며 온갖 고난을 견뎌온 그의 진솔한 이야기는 데스데모나를 감동시켰고, 때로는 적국의 포로까지 되어 산전수전 공중전을 다 겪은 그의 노고를 데스데모나는 깊이 이해해주었던 것이다. "그녀는 제가 겪어온 위험을 사랑했습니다. 그녀가 제 아픔을 동정해주었기에 저 또한 그녀를 사랑하게 되었습니다."

　　　　그 순간 험악했던 원로회의 분위기가 돌변한다. 오셀로를 혼쭐내기 위해 모였던 베니스의 원로들이 오히려 오셀로에게 반한 것이다. 오셀로를 인간 이하로 끌어내리려던 재판에서 오히려 오셀로는 베니스의 원로들을 비롯한 수많은 사람들을 자신의 편으로 만들어버린 것이다. 오셀로는 이 기회를 놓치지 않고, 데스데모나와 함께 아름다운 사랑을 만들어갈 것을 만천하에 공표하게 된다. 오셀로는 장인어른의 증오 섞인 눈길을 똑바로 바라보며 좋은 남편이 될 것을 굳게 약속하지만, 브라반시오는 끝까지 무어인의 검은 피부를 증오한다. 자신의 삶을 멋들어진 이야기로 요리함으로써 사랑을 쟁취해낸 오셀로. 게다가 전쟁에서 승승장구한 공로로 사이프러스의 총독에까지 오른 오셀로를 미친 듯이 질투하는 사람이 있다. 바로 오셀로 군대의 기수旗手로 일하고 있던 이아고다. 이아고는 자신이 부사령관으로 임명될 것으로 기대하고 있었지만, 카시오가 부사령관의 자리를 차지하자 오셀로에게 앙심을 품는다. 이때부터 오셀로의 비극은 오셀로의 눈앞에서, 그러나 전혀 예상치 못한 방향에서 시작된다.

이아고: 오셀로의 귀를 오염시켜야지.

이 독을 오셀로의 귀에 불어넣어야겠다.

저 무어 녀석은 내 독으로 벌써 변하고 있어.

위험한 생각은 그 본성이 본래 독과 같아서……

나의 독이여, 약효를 내거라!

월리엄 셰익스피어
『오셀로』
(최종철 옮김
민음사) 중에서

질투와 의심, 삶 전체를 뿌리째 뒤흔드는 시한폭탄

오셀로가 겪어온 수많은 위험은 그를 더욱 매력적으로 만들었고, 그의 고통에 공감해준 데스데모나의 마음씨는 오셀로를 감동시켰다. 그런데 이것은 사랑의 시작이 될 수는 있지만 사랑의 전부가 될 수는 없다. 연애 감정은 사랑의 시작일 뿐, 그것만으로 사랑을 지탱할 수는 없다. 사랑이 오래 지속되기 위해서는 수많은 난관을 극복해야 하고 '사랑 이후의 서사'를 만들 수 있는 끊임없는 노력이 필요하다. 오셀로는 베니스 공국을 지키기 위한 전쟁 영웅으로서는 환영받지만, 막상 그가 베니스의 여인과 결혼하려 하자 주변의 시선이 돌변한다. 무어인과 베니스인, 즉 흑인과 백인의 인종적 결합은 결코 용납될 수 없었던 것이다.

오셀로는 명예를 중시하는 사람이었고, 그 명예가 무너지면 힘들게 쌓아온 자신의 정체성이 무너질 것을 두려워했다. 그는 자신이 무어인이라는 사실에 스스로도 남몰래 열등감을 느끼고 있었던 것이다. 『파우스트』의 메피스토펠레스처럼 교활하기 이를 데 없는 이아고는 오셀로의 이러한 치명적 약점을 꿰뚫어 본다. 그는 오셀로의 가장 커다란 자긍심, 그의 사랑 데스데모나를 공략하기로 결심한다. 이아고는 자신이 넘보던 부사령관 자리를 꿰찬 카시오와 오셀로의 존재 이유인 데스데모나를 동시에 몰락시키기로 한다. 물론 목표는 오셀로를 몰락시키는 것이다. 카시오와 데스데모나의 불륜을 조작하여 오셀로로 하여금 아내의 정절을 의심하게 만들기로 한 것이다. 관객들은 천하의 오셀로가 고작 이러한 간교한 잔꾀에 속아 넘어갈까, 오셀로의 지혜를 믿고 싶어진다. 하지만 태산 같은 거인 오셀로는 자신과 상대도 되지 않는 교활한 간신 이아고의 잔꾀에 꼼짝없이 속아 넘어가고 만다.

오셀로는 전쟁 영웅이긴 했지만 정작 일상적인 관계 맺기에는 미숙했다. 전쟁의 전문가라고 해서 곧바로 사랑의 전문가가 될 수는 없었다. 평생 전쟁터에서 영웅으로 살아왔던 오셀로는 군림하고 승리하고 차지하는 남성성만 알 뿐, 보듬고 이해하고 믿어주는 여성성을 배우지 못했다. 이아고가 데스데모나의 손수건을 카시오의 방에 몰래 떨어뜨려 조작된 증거를 만들고, 그 조작된 불륜의 증거를 믿어버리게 된 오셀로는 절망에 빠지고 만다. 그 절망감의 뒤편에는 '나는 결코 백인들의 사회에 속할 수 없다'는 절망이 깔려 있었던 것은 아닐까.

늘 전쟁터에서 승전고만 울려왔던 그에게, 그토록 사랑했던 데스데모나는 인생에 있어 유일한 실패를 의미하는 존재가 되어버리고 만다. 오셀로는 자신과 아내를 한꺼번에 모욕하는 대사를 고통스럽게 내뱉는다. "달의 여신 다이애나의 얼굴처럼 순결하던 아내의 이름이 내 얼굴처럼 검어져버렸네!" 오셀로는 자신의 어머니가 준 손수건을 아내에게 선물했고, 그 소중한 손수건이 '불륜의 증거'가 되어버렸다는 사실에 더욱 고통스러워 한다. 이제 위대한 전쟁 영웅 오셀로는 온데간데없고, 그는 오직 의처증에 사로잡힌, 오쟁이 진 남편이 되어버리고 만 것이다. 그는 아내에게 '더러운 창녀'라는 식의 입에 담을 수 없는 욕설을 내뱉고, 영문을 모르는 데스데모나는 어쩔 줄 몰라 눈물만 뚝뚝 흘린다.

이아고는 카시오에게 억지로 술을 먹여 그의 정신을 흐리게 만들었고, 오셀로에게는 교묘한 화술로 끊임없이 의심의 씨앗을 뿌려놓아 죄 없는 아내를 증오하게 만들었다. '술'로 카시오라는 영웅을 무너뜨리고, '음해'로 오셀로라는 영웅을 무너뜨린 이아고. 그는 마치 사악한 사탄처럼, 파우스트를 유혹하는 메피스토펠레스처럼, 모든 아름다운 존재들의 가슴속에 본능적으로 도사리고 있는 위험, 즉 '이 행복과 이 아름다움을 잃어버리면 어떡할까'라는 불안을 건드린다. 이아고는 손톱만 한 의심, 머리털만 한 불안이 마침내 한 사람의 삶은 물론 그를 둘러싼 공동체 전체를 파탄 낼 수 있다는 사실을 온몸으로 증명하는 무서운 캐릭터다. 이아고를 제외하고는 모두들 멋진 사람들이었는데, 그 한 사람 때문에 주인공은 목숨을 잃고, 평생 쌓아온 명성은 물론 한 공동체의 평화까지 깨지게 된 것이다.

그러나 이 모든 것이 오직 이아고만의 탓일까. 오셀로가 아내를 믿었다면, 자기혐오와 열등감을 극복해냈더라면, 상황이 이렇게까지 악화되었을까. 오셀로의 결정적인 아킬레스건은 바로 지나친 명예욕이었다. 그는 스스로를 극화하는 데 출중한 재능을 가진 사람이다. 스스로를 흥미진진한 드라마의 주인공으로 만들 줄 아는 사람, 그럼으로써 자신의 명예와 위신을 높이는 데 천부적인 재능을 가진 사람. 그러한 성격을 가진 오셀로는 의심과 질투에 취약할 수밖에 없었고, 자신이 상황을 전적으로 통제하지 못하는 상태를 참을 수 없었던 것이다. 스스로를 언제든 주인공으로 만들고 싶은 그의 명예욕 때문에, 그 주인공의 자리가 위협받을 때, 그는 그만 인생 자체가 끝나버린 것처럼 쉽게 절망하게 된다. 오셀로의 명예욕은 그를 전쟁 영웅으로 만들기도 했지만, 오히려 그 지나친 명예욕 때문에 스스로를 파멸시키기도 한다. 전쟁터에서 공을 세운 명예가 그를 빛나게 했지만, 아내의 부정 의혹이라는 치명적인 위협 앞에서 그의 모든 명예는 모래 위의 성처럼 무너져 내려버린 것이다. 명예 하나로만 정체성의 성곽을 지은 그는, 명예의 벽돌 하나만 무너지면 마치 도미노가 쓰러지듯 모든 것을 잃게 되는, 오직 명예만으로 축조된 허약한 자긍심을 가지고 있었던 것이다.

사랑에 내재한 불가피한 트라우마

오셀로: 그 샘을 저 더러운 두꺼비 알을 까는 웅덩이로 만들다니······

데스데모나: 제발 저의 진심을 믿어주세요.

오셀로: 믿고말고. 도살장의 여름철 쇠파리가 알을 낳기만 하면 눈 깜짝 할 사이에 이 세상에 태어나는 것처럼 말이야. 에이, 독초 같은 것. 예쁘고 아름답고 향긋한 냄새를 풍겨 사람들의 감각을 마비시키는 당신은 차라리 이 세상에 태어나지 않았어야 했어!

『오셀로』 중에서

우리가 믿는 세계는 정말 '보이는 그대로'인가

카시오를 파멸시킨 것이 이아고가 억지로 마시게 한 '술'이었다면, 오셀로를 파멸시킨 것은 이아고가 함부로 놀린 '세 치 혀' 때문이었다. 술이 남성의 판단력과 고귀함을 무너뜨린다면, 언어는 영웅의 명예와 자긍심까지 온통 날려버리는 무서운 잠재력을 지니고 있었던 것이다. 이아고가 오셀로의 귀를 오염시켰다면, 오셀로는 데스데모나의 자존심을 오염시켜버린다. 의심할 준비가 되어 있는 오셀로에게 데스데모나는 이미 '오염된 아내'로 비쳐지는 것이다. 험준한 바위처럼 단단했던 오셀로의 이미지는 온데간데없이 사라져버리고, 그는 의심 때문에 고통 받으며 끔찍한 환영까지 보는 나약한 인간이 되어버리고 만다. 그는 어떤 전쟁의 승리보다 자랑스러워 했던, 아내와의 결혼을 마침내 후회한다. "혹시 내 살빛이 검어서일까? 아니면 여자를 사로잡는 남자들 같은 은근한 말솜씨가 없어서인 건 아닐까? 어쩌면 너무 나이가 많아서일지도 모르지. 사실 그리 많은 것도 아닌데. 그래서 그녀가 내게서 멀어진 것일까?"

지금까지 저는 이 작은 팔과 이런 훌륭한 칼 하나로 여러분이 막아서고 있는 것보다 스무 배가 넘는 적군 틈을 뚫고 여기까지 싸워왔습니다. 아, 그러나 이 모두가 얼마나 헛된 자랑입니까? 누가 자기 운명을 조정할 수 있단 말입니까? 이젠 난 아무것도 할 수 없습니다…… 오셀로는 이제 어디로 가야 합니까?

『오셀로』 중에서

자신에 대한 확신에 차 있던 오셀로는 그 명예의 가치가 조금씩 흔들리자 마침내 자긍심마저 잃어버리게 된 것이다. 오셀로가 쉽게 이아고의 조작된 증거와 화려한 언변을 믿지 않고, 끝까지 아내를 믿었다면 어떨까. 진실은 왜 이토록 쉽게 조작되는 것일까. 과연 '진실'은 어떻게 만들어지는 것일까. 어쩌면 진실은 합리적으로 분석되거나 해석될 수 없는 것이 아닐까. 진실을 논리적으로 밝힐 수가 없고, 단지 믿어주는 것밖에는 그 어떤 방법도 없을 때가 많다. 남자들은 알까. 어떤 심각한 상황에서도 사랑하는 여자를 끝까지 믿어주는 남자야말로, 세상에서 가장 섹시한 남자라는 것을. 남자들이 끝까지 믿어준다면, 돌아섰던 여자의 마음까지도 언젠가는 다시 되돌아올 것이다. 그토

사랑에 내재한 불가피한 트라우마

록 위대한 영웅으로 군림했던 오셀로는 진실을 간신의 세 치 혀에 팔아 넘긴 채 돌아오지 못할 강물을 건너고 만다. 그의 눈에는 '내 생명의 강물이 흐르는 곳'이었던 데스데모나가 '저 더러운 두꺼비 알을 까는 웅덩이'로 변해버린 것이다. 그것은 데스데모나의 잘못이 아니라 오셀로의 질투 어린 시선 때문이었다. 세상은 바뀐 것이 없는데, 내 눈이 바뀌자 그토록 아름답던 세상이 증오와 분노와 원한으로 가득한 무간지옥으로 바뀌어버린 것이다. "이아고, 독약을 구해 오너라. 오늘 밤이다. 변명을 듣지 않을 것이다. 아름다운 육체를 보면 내 결심이 무너질지 모른다. 오늘 밤이다. 이아고!"

그는 마치 전쟁 중의 적들에게 앙갚음을 하듯, 사랑하는 사람에게 무차별한 복수를 감행하려 한다. "피에 굶주린 내 복수심도 일단 결심한 이상 두 번 다시 뒤를 돌아보지 않는다. 비굴한 사랑으로 뒷걸음질은 안 해. 시원하고 후련하게 복수가 모든 것을 삼킬 때까지는." 오셀로와 이아고는 아름다운 데스데모나를 끊임없이 '창녀'라고 매도하지만, 그럴수록 관객의 눈에 비친 데스데모나는 더욱 결백하고 성스럽게 빛난다. 마치 수많은 사람들이 오셀로를 끊임없이 '저 몹쓸 무어인'이라고 매도하지만, 오셀로는 스스로 빛나는 영웅적인 인간이었던 것처럼. 『오셀로』는 이렇게 진실의 표면이 얼마나 다양한 언어적 폭력으로 오염되어 있는지를 여실히 보여준다. 증오와 편견의 언어를 벗겨내고 진실에 다가가는 것은 영웅에게조차도 힘겨운 투쟁인 것이다.

이
별

자신이 그토록 찾아 헤매던 진실이 죽기 직전에야 밝혀진다면 그 기분이 어떨까. 오셀로는 사랑하는 아내를 죽이고 난 뒤에야, 그녀의 결백을 깨닫게 된다. 데스데모나의 하녀였던 에밀리가 그녀의 결백을 밝혀준 것이다. 사랑하는 남편의 손에 무참하게 죽어간 데스데모나에게 마지막 키스를 하며, 오셀로 또한 더 이상 살아갈 이유를 찾지 못하고 자결하고 만다. "난 당신을 죽이기 전에 당신께 키스를 했소. 지금 내겐 이 길밖에 없소. 스스로 목숨을 끊고 당신 입술에 내 입술을 포개면서 죽겠소." 오셀로의 비극은 한 개인의 비극을 넘어, 베니스에서 살아가는 이방인의 비극이기도 하다. 베니스의 모든 남자들을 능가하는 전공을 세웠음에도 불구하고, 끝내 '그들만의 리그'에 편입될 수 없었던 무어인 오셀로는 베니스의 여인과의 결혼을 통해 자신의 신분적 결함을 보상받고자 했지만, 결국 그들의 결혼은 참혹한 실패로 끝나고 말았던 것이다.

　　가장 사랑하는 대상을 가장 증오하게 되는 비극. 거기에는 사랑조차 전쟁으로 생각했던 오셀로의 전쟁광적인 본성이 연루되어 있는 것은 아닐까. 그는 전쟁 영웅으로서는 빛났지만 한 여자의 사랑하는 남편으로서는 결코 빛날 수 없었다. 사랑은 쟁취하고 승리해야 할 대상이 아니라 차라리 매일 물을 주고 매일 햇빛을 받아야만 자라나고 살아남을 수 있는 연약한 식물이 아닐까. 전쟁 기계였던 오셀로는, 훌륭한 용병이었지만 결코 베니스 사람으로 인정받지 못한 오셀로는, '전쟁의 진실'은 알았지만, '삶의 진실'은 깨닫지 못했던 것이 아닐까. 관객들은 오셸로의 비극을 통해 다시 한 번 깨닫게 된다. 진실은 분석이 아니라 진심 어린 믿음으로 완성된다는 것을. 사랑은 흠 없는 완벽이 아니라 흠조차 기꺼이 끌어안는 너른 마음으로 완성된다는 것을.

장아이링,
「색, 계」

나는 연기한다,
고로 존재한다

"인생은 연극이다. 온 세상은 무대이고 모든 여자와 남자는 배우일 뿐
이다." 셰익스피어의 말이지만, 어쩐지 점점 속마음을 숨기기에 바빠지
는 현대인의 가슴을 아프게 찌른다. 집 밖을 나서는 순간, '가장 자기다
운 무엇'을 숨겨야만 무난한 사회생활을 할 수 있는 현대인들. 배우들

사랑에 내재한 불가피한 트라우마

이 무대 위에서 연기를 하듯이, 사람들은 인생이라는 극장에서 연기를 한다. 직업이라는 이름으로, 명분이라는 이름으로, 대의라는 이름으로. 그러나 연기는 꼭 나다운 것을 숨기는 행위에 그치지 않는다. 어떤 이들은 연기 속에서 비로소 새로운 자아를 찾는다. 사이버 세상에서 자신이 원하는 캐릭터를 연기하는 사람들, 여러 개의 직업을 가지며 다양한 인격을 실험하는 사람들, 지금까지와는 전혀 다른 삶을 시작하는 사람들 모두에게 연기는 진정 살아 있음을 느끼는 영혼의 오아시스다.

연극이 곧 일상이자 인생 자체가 되어버리는 이도 있다. 영화 「색, 계」의 주인공, 여대생 왕지아즈(탕웨이)가 바로 그렇다. 가족의 따스함도, 사랑의 달콤함도 느껴본 적이 없는 그녀는 늘 외로움에 지쳐 있다. 우연히 참가한 연극 무대에서 비로소 그녀는 한 번도 경험해보지 못한 해방감을 느낀다. 홍콩의 한 대학에서 펼쳐진 연극 무대는 일본의 제국주의를 비판하는 내용이었고, 당시 유행하던 비분강개형 역사극이었다. 그녀는 바로 그 연극 속에서, 주인공인 자신을 향해 쏟아지는 박수 속에서 오랫동안 억눌린 자아가 해방되는 것을 느낀다. 그녀는 죽음처럼 깊은 고독 속에서 살아가는 일상보다 연극이라는 고양된 시공간 속에서 진정 살아 있음을 느끼는 것이다.

그녀는 더욱 스릴과 서스펜스가 넘치는 '살아 있는 연극 무대'에 투입된다. 연극부에서 만난 동료들은 애국 단체와 연동해 친일 관료 이 선생(량차오웨이)을 암살하기로 계획하고, 왕지아즈를 이용해 미인계를 쓰기로 한다. 한 번도 제대로 된 소속감이나 친밀감을 느껴본 적이 없는 왕지아즈는 그들의 어설픈 논리에 쉽게 설득당한다. 그녀의 가슴속 깊숙이 잠자고 있는 열정을 시험할 수 있는 곳은 오직 연극뿐이었기 때문일까. 그녀는 미인계를 통해 스파이로 잠입하는 고난이도의 연기를 의외로 훌륭하게 치러낸다. 장사꾼의 아내 막 부인으로 위장해 이 선생의 아내에게 접근하는 데 성공한 것이다. 심지어 그녀는 자신의 '첫 경험'마저도 연기처럼 치러내고 만다. 막 부인의 신분으로 이 선생에게 접근하기 위해서는, 처녀인 채로 다가갈 수는 없었기 때문이다. 공교롭게도 여자와 잠자리를 해본 사람은 량룬성 한 사람뿐이었으므로, 그녀는 아무런 감정이 없는 량룬성과 관계한다. 원작 소설「색, 계」는 그녀의 어처구니없는 첫 경험을 이렇게 무덤덤하게 묘사한다. "그들은 계속 연극을 진행했다"고. 그러나 이 선생이 급히 상하이로 떠남에 따라 그들의 어설픈 스파이 작전은 처참하게 실패하고 만다. 각종 돌발 변수에 대한 예비책이 전혀 없었던, 가슴만 뜨거운 오합지졸들. 그들의 화려한 연극 리허설은 그렇게 끝나고 만다.

4년 후 왕지아즈와 동료들은 좀 더 성숙한 모습으로 작전에 돌입하게 된다. 상하이에서 활동하고 있는 이 선생의 본거지를 알아내어 실패한 미인계를 다시 시작하게 된 것이다. 우 선생이라는 전문 공작원의 지도 아래 왕지아즈와 그의 동료들은 더욱 주도면밀하게 매국노 이 선생 암살 작전에 돌입한다. 홍콩에서 리허설을 마친 초짜 배우들이 이제는 상하이에서 진짜 큰 무대 위에 서게 된 것이다. 더욱 성숙한 아름다움으로 무장한 채 자신에게 다가온 막 부인의 눈부신

사랑에 내재한 불가피한 트라우마

매력 앞에 이 선생은 흔들린다. 이 선생은 그녀에게 사로잡혔지만, 결코 내색하지 않는다. 이 선생은 막 부인과 그의 일당보다 한 수 위에서 노니는, 불세출의 연기자였던 것이다. 이 선생은 끊임없이 자신을 암살하기 위해 접근하는 세력들을 경계하느라 누구에게도 자신의 진심을 보여주지 않는다.

이제는 막 부인이 되어버린 왕지아즈가 자신의 전화번호를 슬쩍 남기며 이 선생의 마음을 얻어내는 데 성공한 날. 그녀는 상상할 수 없는 위대한 연극의 주인공이 된 듯 도취감에 한껏 사로잡힌다. 그녀는 점점 더 자신의 연기에 심취되어, 일상을 위해 연극을 수행하는 것이 아니라 연극을 위해 일상을 망각하는 지경에 이른다. 이 선생과의 관계가 깊어질수록, 그녀는 점점 자신이 진짜 막 부인이 아닐까 의심하게 되는 것이다. 그녀는 마침내 연극 속에서 더욱 행복해져버린 자기 자신을 발견한다.

—
『색, 계』 중에서   "사실, 이 선생과의 밀회는 매번 뜨거운 물로 샤워를 한 것처럼 그녀 안에 쌓인 우울함을 씻어주었다."

「색, 계」의 인물들은 왜 그토록 위험한 연기를 통해서만 살아 있음을 증명할 수 있을까. '현실'이라는 진짜 무대가 그들에게 견딜 수 없는 고통이자 절망의 근원이기 때문은 아닐까. 절망적인 현실 속에서 간신히 살아 있음을 연기하기 위해 그들은 각자의 '롤 플레이'를 택한다. 홍콩에서의 그녀는 완전한 막 부인이 되지 못했다. 이제 진정한 배우가 된 그녀는 이 선생의 욕망을 능수능란하게 조종할 수 있게 된다. 그녀는 미인계를 이용해 이 선생을 암살한다는 특명을 잊지 않았다. 그러나 이 선생과 관계가 깊어질수록 점점 '자신의 임무가 끝나는 그 순간'을 두려워하고 있는 자신을 발견하게 된다. 두 사람이 사랑을 나누고 있는 동안, 공작원들이 습격하여 이 선생의 머리를 쏘는 장면을 상상하며 그녀는 패닉 상태에 빠진다. 그녀는 이 선생에게 발각되어 목숨을 잃을지도 모르는 자신의 안위를 걱정하는 것이 아니라, 자신으로 인해 죽음을 맞이하게 될 이 선생의 미래를 걱정하고 있었던 것이다. 처음에는 그녀를 단순한 사냥감처럼 생각하던 이 선생도, 점점 그녀를 욕망의 대상이 아닌 감정의 주체로 생각하기 시작한다. 두 사람 사이에는 연극 그 이상의 감정이 흐르기 시작한다.

왕지아즈는 막 부인이 됨으로써, 즉 진정한 배우가 되어 자기 연기에 완전히 몰입함으로써 오히려 진정한 자기 자신을 찾는다. 왕지아즈라는 본연의 정체성은 점점 희미해지고, 매국노 이 선생을 사랑하는 막 부인의 날조된 정체성은 점점 더 강력해진다. 어느 순간 연극과 현실의 위상이 뒤바뀌어버리는 것이 아닐까, 그녀 자신도 두렵다. 연극이 끝난 후 돌아올 편안한 안식처가 없는 그녀였기에 연극이 곧 진짜 삶으로 역전되어버린 것일지도 모른다. 절대로 속지 않으려는 남자 대 필사적으로 속이려는 여자 사이의 돌이킬 수 없는 사랑은 그렇게 시작된다.

사람들은 말한다. 금지가 욕망을 일깨운다고. 금기가 없

사랑에 내재한 불가피한 트라우마

다면 욕망 또한 존재하지 않을 거라고. 이 작품의 제목처럼 '색色, lust'과 '계戒, caution'는 서로가 서로를 충동질하는 관계다. 작전의 대상과 사랑에 빠져서는 안 된다는 계율이 그녀를 더욱 치명적인 사랑에 빠뜨리고, 그에게 접근하는 어떤 여성도 믿어서는 안 된다는 계율이 그로 하여금 처음으로 누군가를 진심으로 신뢰하게 만든 것일까. 하지만 어느 순간 '계'가 '색'을 지배하는 것이 아니라, '색'이 '계'를 뛰어넘는 순간이 찾아온다. '계'는 '색'을 억압하지만, '색'은 끝내 '계'의 철책을 뛰어넘는 것이다.

이 선생은 가학적 성행위를 통해 자신의 존재를 절박하게 재확인하지만, 그것이 얼마나 공허한 일인지를 알고 있다. 이 선생은 처음에는 막 부인을 일방적인 욕망의 대상으로 취급하지만, 그녀와 나눌 수 있는 것이 육체적 관계 이상임을 깨닫게 된다. 늘 막 부인을 하염없이 기다리게 만들던 그가 입장을 바꿔 막 부인을 기다리게 된 날. 그는 막 부인을 애잔한 눈길로 바라보며 미소 짓는다. "당신을 기다리는 일로 나를 고문하고 있었어." 그날 막 부인은 아름다운 옷을 입고 그에게 구슬픈 사랑 노래를 불러준다. 그녀가 그에게 노래를 불러주고 그의 눈가가 촉촉해지는 그 순간이 그들에게 가장 행복했던 교감의 순간이다. 그녀의 노래를 어떤 저항도 없이 조용히 들으며 그녀를 물끄러미 바라보고 있는 그의 꾸밈없는 미소. 이 순간만이 꾸밈없는 '색'의 분출에 '계'라는 경찰차가 출동하지 않는 유일한 순간이 아닐까.

그의 시선은 아래를 향해 있었는데 그의 속눈썹은 나방의 미색 날개처럼 여윈 그의 두 뺨 위에서 휴식을 취하고 있었다.

'이 사람 나를 진심으로 사랑하고 있구나!'

갑자기 몰려든 생각에 뭔가를 잃어버린 듯 심란해진 그녀의 심장이 쿵쾅거리며 미친 듯이 뛰었다.

(……) 그녀가 소곤거리듯 외쳤다.

"어서 가요!"

잠시 어리둥절하던 그가 곧 그녀가 한 말의 의미를 알아차렸다. 자리에서 발떡 일어나 출입문을 향해 쏜살같이 내달렸다.

장아이링
『색, 계』
(김은신 옮김
알에이치코리아)
중에서

마침내 이 선생을 제거하는 거사 당일. 이 선생이 막 부인에게 반지를 선물하기로 한 바로 그 보석 가게에서, 공작원들은 이 선생을 살해하려 한다. 막 부인의 연기에 심취해 있는 왕지아즈는 이제 마지막으로 그를 물끄러미 바라본다. 이 선생은 그녀의 예상을 뛰어넘는 엄청난 고가의 반지를 선물하고, 그녀는 단지 그 반지의 가격이나 찬란한 광채 때문이 아니라, 반지를 낀 그녀를 바라보는 이 선생의 눈빛에서 그의 안타까운 진심을 읽어낸다. 그녀는 어떤 공간에서도 이토록 따스한 친밀감과 소속감을 느껴본 적이 없었다. 그 순간, 막 부인이 된 왕지아즈는, 아니, 이미 막 부인 그 자체가 된 그녀는 깨닫는다. 어떤 금지도, 어떤 금기도 자신이 선택한 삶을 짓밟을 수는 없음을. 그녀는 더 이상 계율의 노예가 되지 않는다. 자신의 목숨을 걸어서라

이
별

도 지켜야 할 그 무엇을 이제야 발견한 것이다. 두 사람의 눈길은 날카롭게 부딪힌다. 그녀는 속삭인다. 자신의 마지막 언어를. "어서 가요!" 어리둥절한 이 선생은 처음에는 그녀의 사인^{sign}을 알아채지 못하다가 곧바로 그녀의 눈빛에 함축된 메시지를 읽어낸다. 이 선생은 미친 듯이 도망치고, 그녀를 비롯한 항일운동 조직 일당은 일망타진된다. 이 선생은 자신의 '계'를 지키기 위해 그녀와 동료들을 죽였지만, 그녀가 남긴 '색'의 그림자가 평생 자신의 곁을 떠나지 않을 것임을 알고 있다. 그들은 그렇게 엄중한 '계'를 뛰어넘어 눈부신 '색'을 이룬다.

그는 위험을 벗어나기 무섭게 전화를 걸어 그 일대를 봉쇄했다. 조직원들을 일망타진하고는 밤 10시경 모두 사살했다. 그녀는 죽으며 자신을 분명 원망했을 것이다. 하지만 '독하지 않으면 남자가 아니었다'. 자신이 그런 남자가 아니었다면 그녀 역시 자신을 사랑하지 않았을 것이었다. (……) 그는 현재 국면이 일본에게 점점 불리해져가는 것을 알고 있었으며 자신이 향후 어떻게 될 것인가도 알고 있었다. 지기^{知己}를 한 명 얻었으니 죽어도 여한은 없었다. 그는 그녀의 그림자가 평생 영원토록 자신의 곁에 머무르며 자신을 위로할 것임을 알았다. (……) 그들은 원시시대 사냥꾼과 먹잇감의 관계였고, 매국노와 매국노를 위해 결국 앞잡이가 된 관계였으며 가장 마지막에 서로를 점한 관계였다. 그녀는 살아서는 그의 사람이었고 죽어서는 그의 귀신이 되었다.

— 『색, 계』 중에서

사랑에 내재한 불가피한 트라우마

많은 사람들은 '계'를 지키기 위해 '색'을 포기한다. 계율의 그물망을 뚫고 욕망을 택한 사람들은, 욕망의 대가를 철저히 치러내야 한다. 그러나 어떤 사람들은 계율의 물샐 틈 없는 수비를 뚫고, 기어이 자신만의 '색'을 이루어낸다. 그 '색'은 사랑일 수도, 신념일 수도, 공동체일 수도 있다. 계율이 가로막는 모든 금지된 길들 위에 인간의 '색'이 꿈꾸는 피 묻은 이정표가 세워진다. 막 부인과 이 선생, 그들은 죽음을 넘어서 '색'을 이룬다. 그녀가 죽은 후, 이 선생은 아직 그녀의 온기가 남아 있는 그녀의 방 안에 홀로 앉아 그녀를 기억한다. 생을 걸고 자신을 사랑한 한 여인을 죽인 후, 그는 비로소 깨닫는다. 그가 꿈꾸고 있는지조차 몰랐던, 마지막 온전한 꿈이 바로 그녀였음을. 그가 꿈꾸었던 평생의 지기를 얻었으니, 이제 죽어도 여한이 없음을.

그녀의 손에 이 선생의 반지가 끼워지는 순간은 그들의 사랑이 완성되는 순간인 동시에 그들의 마지막 만남의 시간이 되어버린다. 그녀가 연기의 가면을 벗어던진 순간, 그리하여 두 사람이 처음으로 완전한 남과 여로, 사람 대 사람으로 맨 얼굴을 맞대는 순간, 두 사람의 사랑은 끝난다. 사랑이 완성되는 순간 깨어지는 것이다. 그들의 사랑은 금지(스파이와 작업 대상의 관계, 먹이와 사냥꾼의 관계)로 인해 촉발되었지만, 그들의 진정한 색은 계의 속박조차 벗어나 계의 존재 자체를 무색하게 만들었다. 그녀는 그렇게 맞바꾼다. 자신이 그제야 찾은 무대 뒤편의 진실과 자신의 목숨을.

연기는 단순히 '나 아닌 그 무엇'을 가장하는 것이 아니다. 연기는 우리도 몰랐던 우리 자신의 진실을 끌어내는 것이다. 진정한 연기는 자신의 감정을 은폐하는 기교가 아니라 자신도 몰랐던 자신의 무의식을 끌어내는 힘이다. 연기에 완전히 몰입하는 순간, 우리는 자아를 잃는 것이 아니라 또 다른 눈부신 자아를 건져 올리는 것이다. 사랑이야말로 우리의 잠든 무의식에서 이 경이로운 연기력을 이끌어내는 마법이 아닐까.

사랑에 내재한 불가피한 트라우마

레프 톨스토이,
『안나 카레니나』

나의 사랑이
온 세상을 향한 전투가 되다

행복한 가정은 모두 고만고만하지만
무릇 불행한 가정은 나름나름으로 불행하다.
/ 레프 톨스토이, 『안나 카레니나』 중에서

흔들리는 사랑, 흔들리는 정체성

영화 「안나 카레니나」는 결혼과 사랑에 대한 전통적 가치관이 이제 막
흔들리기 시작하는 순간의 혼돈을 섬세하게 그려낸다. 그 속에서 안나
는 자신의 열망에 가장 정직한 사람이었고, 그리하여 가장 가혹하게
처벌받는다. 안나 카레니나(키이라 나이틀리)는 한 개인에게서 '결혼의

이
별,

안정성'이라는 행복의 기준이 '사랑 그 자체를 위한 사랑'으로 바뀌어 가는 과정을 생생하게 그려낸다. 안나는 원래 결혼의 가치를 수호하는 사람이었다. 안나는 영화 초반부에서 친오빠인 스티바 부부의 흔들리는 결혼을 바로잡아주는 평화의 사절 역할을 해낸다. 안나는 아무것도 부족해 보이는 것이 없었다. 오직 그녀만을 사랑하는 착실한 남편 알렉세이(주드 로)와 사랑스러운 아들과 함께, 단란한 가정을 꾸리고 있었다.

타인의 결혼을 바로잡아주기 위해 길고 험난한 기차 여행을 떠난 안나는 아이러니하게도 자신의 결혼에 치명적인 위기를 맞게 된다. 스티바를 만나기 위해 페테르부르크에서 모스크바로 온 안나에게서 특별한 그 무엇을 발견해낸 것은 바로 아름다운 청년 브론스키(애런 존슨)였다. 안나가 기차역에서 브론스키를 지나쳤을 때, 브론스키는 귀염성 있는 안나의 얼굴에서 무언가 유달리 정답고 부드러운 기운을 느낀다. 마치 그를 알고 있기라도 하듯이 다정하고 주의 깊게 그의 얼굴을 바라보는 시선. 브론스키가 안나의 얼굴에서 읽어낸 매혹적인 비밀, 그것은 바로 '짓눌린 생기'였다. 그녀의 의지는 모범적인 생활을 향해 있었지만, 그녀가 자신도 모르게 보여주는 엷은 미소 속에는 '과잉된 무언가'가 꿈틀대고 있었던 것이다.

레프 톨스토이
『안나 카레니나』
(박형규 옮김
문학동네) 중에서

마치 과잉된 뭔가가 그녀의 몸속에 넘쳐흐르다가 그녀의 의지에 반해서 때론 그 눈의 반짝임 속에, 때론 그 미소 가운데 나타나는 것만 같았다. 그녀는 일부러 눈 속의 빛을

사랑에 내재한 불가피한 트라우마

꺼뜨리려 했다. 그러나 그 빛은 그녀의 의지를 거슬러 그 엷은 미소 속에서 반짝반짝 빛을 냈다.

훤칠한 미남이며 재산도 많고, 발도 넓은 시종무관인데 다가 성격까지 좋은 브론스키. 그는 원래 안나의 올케 돌리의 여동생, 키티와 염문을 뿌리고 있었다. 키티를 사랑하는 또 다른 남자 레빈은 사랑과 결혼과 신념의 완벽한 일치를 추구하는 인간이며, 톨스토이의 이상향을 대변하는 인물이기도 하다. 레빈은 유부남인 스티바가 다른 여자에게 한눈을 파는 자신을 정당화하자 그를 이해하지 못한다. "그 것은 마치 내가 지금 배가 부르면서도 빵집 앞을 지나가다가 빵을 훔 친다는 것과 같은 얘기니까 말이야." 그러자 스티바는 능청맞게 웃으 며 말한다. "왜 그래? 때로는 빵이 못 견딜 만큼 좋은 냄새를 풍기는 수 도 있을 거 아냐." 레빈은 아무리 빵 냄새가 유혹적일지라도 '빵을 훔쳐 서는 안 된다'고 생각하는 사람이다. 그는 평온한 시골 생활에 만족하 고, 농부들과 함께 땅을 일구며 살아가는 소박한 공동체적 삶에 진심 으로 보람을 느끼는 사람이다. 모스크바 사교계 사람들은 그런 레빈을 은근히 경멸한다.

사교계를 거북스러워 하는 레빈의 오만한 태도, "가축 과 농부를 상대로 시골에서 지내는 거친 생활"도 마음에 들지 않는다. 그러나 사교계의 떠들썩한 흥분, 걸핏하면 타인의 사생활을 스캔들 삼 아 입방아를 찧어대는 소문의 광기에 일희일비하지 않는 유일한 사람 이 바로 레빈이다. 레빈에게는 바로 이 소설의 어떤 인물에게서도 찾아보기 힘든 '내면의 평온'이 있다. 그는 유혹이 없는 세계, 유혹이 있더라도 그것에 흔들리지 않는 세계를 추구한다. 키티는 사교계 사람들과 어울리지 못하는 레빈을 바라보며 연민을 느끼지만 이미 모든 것이 완벽해 보이는 화려한 남자 브론스키에게 마음을 빼앗긴 상태다. 레빈의 편안함과 담백함, 순수함이 그녀의 마음을 끌지 않는 것은 아니다. 하지만 브론스키의 화려함, 당당함, 전도양양한 미래가 그녀를 매혹시킨다. 레빈은 키티에게 청혼하지만 일언지하에 거절당하고 상처 받은 마음을 안은 채 시골로 떠난다.

> 딸의 운명은 부모가 결정지어주어야 한다는 프랑스의 관습은 배척당하고 비난받았다. 딸에게 완전한 자유를 줘야 한다는 영국의 관습도 역시 받아들여지지 않았고 러시아 사회에서는 불가능한 것이었다. 중매쟁이를 고용한다는 러시아식 관습은 뭔가 상스러운 것 같은 생각이 들어서 남들처럼 부인(키티의 어머니) 자신도 그것을 비웃었다. 그러나 그렇다면 어떻게 시집을 가야 하고 시집을 보내야 하는가는 아무도 몰랐다.

『안나 카레니나』
중에서

결혼에 대한 서로 다른 입장들

안나가 미소를 지으면 그 미소는 브론스키에게 옮아갔다.

안나가 생각에 잠기면 그도 진지해졌다. 그 어떤 초자연적인 힘이 키티의 눈을 끊임없이 안나의 얼굴로 이끌었다. 단순한 검은 의상을 걸친 안나의 모습은 정말 매력적이었다. 팔찌가 반짝이는 포동포동한 팔이 아름다웠다. 진주 목걸이를 건 우아한 목이 아름다웠다. 머리단장이 헝클어져 물결치고 있는 머리칼이 아름다웠다. 조그마한 발과 손의 우아하고 경쾌한 동작이 아름다웠다. 생기를 띤 해사한 얼굴이 아름다웠다. 그러나 그녀의 이러한 매력 속에는 뭔가 무섭고 잔인한 것이 있었다.

　　한편, 안나는 자신에게 점점 가까이 다가오는 브론스키의 유혹에 저항한다. 키티는 안나와 브론스키 사이에 흐르고 있는 은밀한 소통의 기류를 직감한다. 무엇엔가 도취된 듯한 안나의 매혹적이고도 위험한 표정을, 키티는 예민하게 감지한다. "그녀를 취하게 하고 있는 것은 여러 사람들의 찬사가 아니라 단 한 사람의 찬사다. 그리고 그 한 사람은, 설마 그이가?" 키티는 안나와 브론스키가 춤을 출 때, 자신이 완전히 버려진 듯한 느낌에 사로잡힌다. 키티는 자신의 드높은 자존심이 짓밟히는 느낌에 괴로워한다. 키티는 안나에게 뭔가 기괴하고 악마적인 힘이 있어 사람을 끌어당긴다고 생각한다. 그리고 자신의 풋사랑이 단 한 번의 무도회로 처참하게 끝장나고 있음을 깨닫는다.

　　안나는 브론스키를 생각하는 것만으로도 깊은 동요를 느꼈기에 예정보다 빨리 모스크바를 떠나려고 한다. 그녀는 자신이 '가정교사와 바람을 피우는 스티바 오빠와는 다르다'고 생각한다. 배우자를 배신하는 사람이 되고 싶지는 않았던 것이다. 그녀는 도망치듯 모스크바를 떠나지만, 그 기차에는 브론스키도 타고 있었다. 오직 그녀를 따라가야 한다는 일념만으로 앞뒤 재지 않고 그녀를 따라온 브론스키. 그를 보자 안나는 자신도 모르게 기쁨과 자부심을 느낀다. 하지만 이내 이성을 챙긴다. 돌아가라고, 모든 것을 잊으라고 말한다. 그러나 브론스키는 속삭인다. "당신의 말 한마디 한마디, 당신의 동작 하나하나도 난 영원히 잊지 않겠습니다. 잊을 수 없습니다." 안나는 자신의 존재를 잊으라고, 자신을 향한 감정을 잊으라고, 훈계하듯 말한다. 하지만 브론스키는 더 강력한 무기로 그녀를 공격한다. 당신의 몸짓, 표정, 목소리를 어떻게 잊겠느냐고. 그녀는 도망치듯 객실로 들어오지만, 본능적으로 1분도 못 되는 그 대화가 두 사람 사이를 단번에 가깝게 만들어버렸다는 것을 깨닫는다.

이제 막 시작된 그들의 은밀한 사랑을 기다리고 있는 시선은 바로 페테르부르크의 상류사회였다. 모두가 서로의 일거수일투족을 다 알고 있는, 철저히 밀착된 소문의 공동체. 안나는 페테르부르크의 귀족들이 브론스키와 자신을 예의 주시하고 있다는 것을 알고 있고, 브론스키가 자신을 미행하듯 따라다니는 것이 불쾌하다고 생각한다. 아니, 그렇게 믿고 있다. 그러나 어느 날 파티에서 기대했던 그의 모습이 보이지 않았을 때 그녀는 난데없는 슬픔에 빠지고 만다. 집요하게 안나의 행적을 따라다니는 한 남자의 추적. 그것은 불쾌한 것이 아니라 삶의 커다란 기쁨이 되고 있다는 것을 또렷하게 깨달은 것이다.

사랑에 내재한 불가피한 트라우마

안나의 남편 알렉세이는 평생 일밖에 모르는 사람이었고 아내를 한 번도 의심해본 일도 없었다. 그리고 일을 제외한 삶의 문제가 고민이 될 때마다 한 발 옆으로 비켜서곤 했다. 아내가 다른 사람을 사랑할 수도 있다는 가능성을 생각하자 알렉세이는 그것만으로도 깊은 충격을 받는다. 질투는 아내를 모욕하는 감정이라고 생각할 정도로. 그러나 '무엇인가 내가 모르는 것이 있다'는 느낌을 지울 수 없다. 알렉세이는 '당신을 사랑한다'고 말하지만, 안나는 속으로 '당신은 사랑 따윈 모른다'고 생각한다. 그리고 이제는 늦어버렸다고 생각한다. 브론스키에게 걷잡을 수 없이 빠져든 것이다. 안나와 브론스키의 관계는 점점 깊어지고, 이제 두 사람 사이는 사교계에서 언제 터질지 모르는 시한폭탄이 되어버린다.

급기야 안나는 브론스키의 아이를 임신하게 된다. 그리고 이 갑작스런 임신 선언은 브론스키에게 안나를 완전히 남편 알렉세이로부터 '떼어놓아야 한다'는 신호로 작용한다. 안나는 "그분은 없는 거나 마찬가지예요"라고 말하지만, 브론스키는 알렉세이를 경계한다. "당신은 자신을 속이고 있군요. 난 당신을 알아요. 당신은 그분에 대해서도 괴로워하고 있어요." "그 사람에게 모든 것을 얘기하고 그 사람을 버리라는 거예요." 안나는 아무리 진심을 다해 고백해도 남편은 자신을 놓아주지 않을 것이라고 말한다. 어디까지나 '스쳐 가는 스캔들'로 만들어버릴 것이라고. "바로 이것이 내 고백의 결과예요. 그분은 인간이 아니고 기계니까. 그리고 한번 성이 나는 날이면, 무서운 기계니까요."

알렉세이는 아내의 부정을 눈치채지만, 차마 그녀에게 말을 하지 못한다. 지난 8년간 아내와 행복한 결혼 생활을 하는 동안, 그는 세상의 부정한 아내들과 배신당한 남편들을 볼 때마다 그들을 한심하게 바라보았다. '어째서 저렇게 될 때까지 내버려둘까? 어째서 저런 추악한 상황을 해결하려고 하지 않을까?' 하고. 그러나 막상 그 불행이 자기 머리 위에 떨어지자 그는 이 상황을 어찌해야 할지 몰랐다. 심지어 그 사실을 인정조차 하려고 하지 않았다. 그러나 더 이상 두 사람의 사랑을 숨길 수 없는 상황이 닥쳐오고 만다. 경마를 즐기던 브론스키가 경주 도중 낙마하며 말의 등뼈가 부러지는 사고가 일어나자, 안나는 털썩 주저앉으며 눈물을 참지 못하고 격렬하게 흐느끼는 모습을 수많은 관중 앞에서 만천하에 드러내고 만 것이다. 알렉세이는 자신의 몸으로 그녀를 가리고 정신을 가다듬을 기회를 준다. 그리고 그녀를 간신히 부축하여 마차에 태우고는 처음으로 아내를 향해 직접적으로 경고를 한다. "난 당신한테 오늘 당신의 몸가짐이 점잖지 않았다는 것을 말하지 않으면 안 되겠소."

안나는 지지 않는다. "당신은 무엇을 점잖지 않다고 하는 거죠?" 알렉세이는 이 순간에도 교양을 잃지 않으며 침착하게 말을 이어나간다. "기수 한 사람이 떨어졌을 때, 당신이 숨기지 못했던 그 절망 말이오." 알렉세이는 두 번 다시 그런 모습을 보이지 말라고 열심히 충고하지만, 안나는 오직 '브론스키가 다치지 않았을까, 죽지 않았을까'만 걱정하느라 남편의 진심 어린 충고가 들리지 않는다. 알렉세이는 이 순간에도 아내에 대한 예의를 지키려 한다. "혹은 내가 잘못 알고 있

사랑에 내재한 불가피한 트라우마

는지도 모르겠소. 만약 그렇다면 사과하겠소." 그러나 안나는 마치 기회라도 잡았다는 듯이 고백하고 만다. "아녜요, 당신은 잘못 알지 않았어요. 난 그분을 사랑하고 있어요. 난 그분의 애인이에요. 난 당신을 견딜 수가 없어요. 난 당신을 두려워하고 있어요. 미워하고 있어요. 당신이 하고 싶은 대로 해주세요."

결혼이 아니라, '변치 않는 사랑'을 원하다

알렉세이가 가장 싫어하는 것은 변수다. 그가 견딜 수 없는 것은 바로 예측 불가능성이다. 안나는 항상 내일을 예측 가능했던 삶, 남편의 원칙으로 통제된 일상에서 벗어나 예측 불가능한 유혹과 관능의 세계로 옮겨 갔다. 남편 알렉세이의 키워드가 법칙, 제도, 규율이라면, 연인 브론스키의 키워드는 유혹, 열망, 육체다. 승마를 즐기고 속도를 즐기고 낙마를 두려워하지 않는 것이 브론스키의 매력이라면, 무슨 일이 있어도 아내를 배신하지 않는 철옹성 같은 든든함은 남편의 매력이었다. 안나의 키워드는 마음, 자유, 사랑이었다. 안나는 마음이 이끄는 삶, 자유를 꿈꿀 수 있는 삶, 사랑의 길을 따라가는 삶을 원했다. 그것이 브론스키가 일깨운 안나의 '짓눌린 생기'였다. 그러나 안나를 기다리고 있는 것은 절대로 이혼해주지 않겠다고 버티는 남편의 원칙주의, 그리고 안나를 사랑하긴 하지만 보다 남성적이고 활기차고 매력적인 군인으로서의 삶을 그리워하는 브론스키의 불안한 일상이었다. 안나가 병에 걸려 생사의 갈림길을 오갈 때, 남편은 그녀의 모든 것을 용서해주려 했다. 그녀가 살아나기만 한다면, 그녀가 남긴 모든 상처를 잊어주려 했다. 하지만 안나는 천신만고 끝에 생을 되찾자마자, 다시 브론스키를 찾는다. 그녀에게 남편은 '마지막 순간 용서를 빌고 싶은 대상'이긴 했지만, 살아남을 수만 있다면 반드시 함께하고 싶은 사랑의 대상은 아니었던 것이다.

안나가 사랑을 지키기 위해 존재를 걸고 싸우는 동안, 키티는 레빈의 진정한 사랑을 깨닫고 그와 결혼하여 행복하게 살아가고, 스티바 부부는 사랑보다는 생활을 선택하여 안정을 찾아간다. 이제 페테르부르크의 사교계는 완전히 안나에게 등을 돌린다. 모든 것을 용서해주겠다는 남편을 버린 안나가 브론스키와 함께 사랑의 도피 행각까지 벌였던 것이다. 브론스키는 이혼만이 안나를 자유롭게 하리라고 생각하지만, 안나의 생각은 다르다. 남편이 결코 이혼을 허락하지 않을 것을 알고 있었고, 무엇보다도 그녀에게 이제 이혼보다 중요한 것은 '어떤 상황에서도 변치 않을 사랑'이었기 때문이다. 하지만 브론스키에게도 삶이 있었다. 브론스키가 원하는 늠름하고 열정적인 군인의 삶은 안나와의 배타적인 사랑과 공존할 수 없었다.

그이는 나에게서 취할 수 있는 것은 모두 취해버렸다. 그리고 이제 나는 그이에게 무용지물이 되어버린 것이다. 그이는 나를 무거운 짐으로 느끼고 있다. 그리고 나와의 관계 때문에 불명예스런 인간이 되지 않으려고 애쓰고 있는 것

사랑에 내재한 불가피한 트라우마

이다. 그이는 어제 이렇게 말했다. 자기는 자기의 앞날을 포기할 각오로 이혼과 결혼을 바라고 있는 것이라고. 그이는 나를 사랑하고 있다. 하지만 어떤 식인가? 맛이 없어져버린 것이다. (……) 그래, 그이는 내게서 이제 아무런 맛도 느끼지 못하게 된 것이다. (……) 내 사랑은 차츰 열정적이고 이기적으로 되어가는데 그이의 사랑은 점점 식어가고 있다.

사교계에서는 완전히 버림받은 채, 매일 브론스키만을 기다리느라 사랑을 제외한 삶의 영역이 사라져버린 안나. 그녀는 이혼과 결혼이라는 제도의 구속에서 벗어난, 시공간의 모든 제약에서 벗어난 완전한 사랑을 원했던 것이다. 흠결 없는 사랑, 시들지 않는 사랑, 오직 사랑 그 자체만을 향해 복무하는 절대적인 사랑. 그것은 인간의 힘으로는 닿지 못할 이상이기도 했다. 그녀의 열정은 타협을 몰랐고, 사교계의 집단적 보이콧과 남편의 냉대는 그녀의 자존을 완전히 짓밟고 말았다. 이제 남은 것은 브론스키의 사랑뿐이었지만, '모든 것을 버리고 당신과 결혼하겠다'는 브론스키의 눈빛에서 그녀는 자신을 향한 '무거운 부담'을 읽어낸다. 그리고 그 식어버린 사랑 앞에서 그녀는 완전한 절망을 느낀다. 그녀는 남편을 향한 증오, 브론스키를 향한 원망, 이제는 '간절한 열망의 대상'이 되지 못하는 자신을 향한 분노로 완전히 절망에 빠져버린다. 모든 것을 버리고 사랑 하나만을 위해 달려온 그녀에게 남은 것은 이제 죽음뿐이었다.

'저기로, 저 한가운데로. 그리고 나는 그이를 벌하고 모든 사람들과 나 자신으로부터 벗어나자.'

(⋯⋯) 그녀는 성호를 그었다. 성호를 긋는 이 익숙한 동작이 그녀의 마음에 처녀 시절과 어렸을 때의 일련의 추억을 온전하게 불러일으켰다. 그러자 갑자기 그녀를 위해서 삼라만상을 뒤덮고 있던 어둠이 걷히고 한순간, 생이 그 모든 빛나는 과거의 환희와 더불어 그녀 앞에 나타났다. (⋯⋯) '나는 어디에 있는 것일까? 나는 무슨 짓을 하고 있는 것일까? 무엇 때문에?' 그녀는 몸을 일으켜 뛰어나오려고 했다. 그러나 무언가 거대하고 무자비한 것이 그녀의 머리를 쾅하고 떠받고 그 등을 할퀴어 질질 끌어갔다. '하느님, 저의 모든 것을 용서해주소서!' 그녀는 이미 저항하기엔 늦었음을 느끼면서 중얼거렸다.

『안나 카레니나』
중에서

안나 카레니나의 죽음은 자신을 향한 징벌이기도 했지만, 그녀의 진실을 받아주지 않는 세상을 향한 공격적 자살이기도 했다. 자신에게 '사랑하지 않는 사람을 떠날 수 있는 권리'를 주지 않은 남편으로부터, 사랑을 약속했지만 삶의 풍파를 견디지 못했던 브론스키로부터, 그녀를 '부도덕한 인간'으로 단죄하는 사교계의 모든 사람들로부터 그녀는 그렇게 벗어났다. 그녀는 무엇보다도 자기로부터 벗어나고 싶었을 것이다. 오직 사랑밖에는 지킬 것이 없어진 자신의 맹목적인 삶으로부터. 많은 사람들은 여전히 그녀를 연민의 시선으로 바라

사랑에 내재한 불가피한 트라우마

본다. 잘못된 길을 걸어 인생을 망쳐버린 인간으로 단죄하기도 한다. 하지만 내 눈에 비친 안나 카레니나는 모두가 '무리의 삶'을, 규범적 삶을 선택하라고 강요할 때, '내가 원하는 것'이 무엇인지를 깨닫고, 그 길을 끝까지 걸어간 고독한 인간으로 보인다. 그녀는 시대가 원하는 것, 주변 사람들이 원하는 것, 남편이 원하는 것이 아니라 오직 자신이 원하는 삶의 주인공이 되기를 원했다. 그 대가가 참혹한 고통뿐일지라도. 그녀는 거짓으로 가득한 달콤한 희망이 아니라 오직 진실로만 이루어진 쓰라린 폐허를 원했던 것이 아닐까.

가와바타 야스나리,
『설국』

가질 수 없기에
더욱 아름다운 그녀

차창 너머로 보이는 낯선 여인, 다른 남자의 품에 안긴 여인, 이역만리에서 단 한 번 스쳐 지나간 여인. 이들은 관계 맺기의 불가능성 때문에 더욱 아름다워 보이는 여인들이다. 영원히 소유할 수 없고, 영원히 정착할 수 없다는 불가능성으로써만 유지되는 사랑의 환상. 가와바타 야

사랑에 내재한 불가피한 트라우마

스나리의 『설국』은 바로 '사랑의 불가능성'으로 유지되는 영원한 사랑의 환상을 그려낸다. 남자 주인공 시마무라는 눈 덮인 니가타 지방의 아득한 풍경 속에서 밤하늘의 별처럼 빛나는 한 여인의 모습을 보고 생애 최고의 풍경화를 본 듯한 감동을 느낀다. 기차의 창문 너머로 엿보이는 한 여인의 아름다움은 그녀가 '다른 남자의 연인'이라는 이유로 더욱 배가된다. 그녀, 요코는 마치 자연이라는 거대한 스크린 위에 투사된 영화 속 주인공처럼 불가능한 아름다움으로 반짝인다.

사랑의 대상이 영원히 멀리 있음으로써 온전한 환상으로 남아주기를 바라는 마음. 사랑의 환상을 생활의 현실 속으로 끌어들여 사랑을 망치고 싶지 않은 마음을 슬프도록 아름답게 그려낸 작품 중 하나가 바로 『설국』이다. 여행 중 열차 안에서 우연히 만난 여인 요코에게 알 수 없는 매혹을 느낀 시마무라. 그는 유리창에 비친 요코가 곁에 앉은 아픈 남자를 정성껏 보살피는 모습을 바라보며 모종의 따뜻함을 느낀다. 실례가 될까 봐 똑바로 바라볼 순 없지만, 유리창을 통해 간접적으로 반대편에 앉은 그녀의 모습을 엿보는 시마무라. 그의 눈에 비친 요코는 한없이 연약한 겉모습과 한없이 강인한 내면을 동시에 갖춘 신비로 다가온다. 자기 자신조차 제대로 지킬 수 없을 것 같은 가녀린 외모와 달리, 그녀는 온 세상이 그녀를 가로막아도 한 남자만은 지키겠다는 의지를 온몸으로 보여준다. 아픈 남자를 지극 정성으로 돌보는 요코의 눈물겨운 모습을 보며 시마무라는 연민과 매혹을 동시에 느낀다. 기차 유리창을 통해 희미하게 비치는 그녀의 안타까운 실루엣은

이
별

결코 이루어질 수 없는 사랑, 또는 영원히 가질 수 없는 아름다운 예술 작품처럼 아스라이 빛난다.

시마무라는 그토록 신비로운 요코에게 섣불리 다가가지 못한다. 그는 고마코를 통해 드문드문 마치 탐색전을 펼치듯 요코의 소식을 간접적으로 물어보지만, 그것은 요코를 가지기 위해서가 아니다. 그는 요코의 내면을 이해하고 싶어 하지만 요코의 육체를 소유하려 하지는 않는다. 그 감정은 사랑에 가깝지만 연애나 결혼을 목표로 하지 않는다.

'무위도식하는 남자'의 전형인 시마무라. 그는 '그녀(요코)는 가질 수 없기 때문에 더욱 아름답다'라는 차원을 넘어서, 자신의 불가능한 사랑을 보존시키기 위해 능동적으로 '그녀와의 거리'를 유지하기까지 한다. 시마무라에게는 세 여자가 있다. 아내, 고마코, 그리고 요코. 그는 아내를 버리지는 않았지만 아내의 영향권을 벗어나 끊임없이 여행을 떠남으로써 가정이라는 울타리로부터 도망친다. 게이샤가 된 고마코는 여행지에서 만난 연인이며, 요코는 항상 마음속에서 떠나보내지 못하는 환상의 대상이다. 요코가 환상의 여인이라면 아내는 현실의 여인이고 고마코는 환상과 현실 사이에서 흔들리는 여인처럼 보인다.

그는 세 여인에게 동시에 거리를 두는데, 그 거리의 보존 방식이 각각 다르다. 아내를 향한 거리는 가장의 책무와 다정한 남편이라는 역할 플레이로부터 벗어나기 위한 것이다. 고마코를 향한 거

리는 한 여자를 '내 것'으로도, '내 것이 아닌 것'으로도 고정하지 않으려는 모호한 태도다. 이 거리는 '너는 나의 비공식 연인이 될 수는 있지만 공식적 연인이 될 수는 없다'는 것을 무언으로 암시하는 냉혹함이기도 하다. 요코를 향한 거리는 말 그대로 미학적 거리다. 화가가 아름다운 풍경을 바라보는 가장 적절한 거리를 찾는 심정처럼, 요코를 향한 시마무라의 태도는 '그녀가 가장 아름답게 보이는 각도'를 찾기 위한 미학적 열정에 가깝다. 그는 '사랑'을 말하고 있지만, 사실은 사랑밖에는 기댈 곳이 없는 인간의 본질적 허약성을 말하고 있는 것인지도 모른다.

그는 '양심의 가책 없이 가벼운 마음으로 끝낼 수 있는 여자'를 원하면서도, 너무 동경하는 나머지 절대로 '좋아한다'는 표현조차 할 수 없는 환상 속의 여인을 그리워한다. 여성을 향한 이러한 이중적 태도는 그의 라이프 스타일에서도 드러난다. 그는 직접 볼 수 없는 것, 보지 않은 것에 대한 무한한 동경을 느끼고, 그렇게 경험할 수 없는 대상에 대한 노스탤지어를 팔아먹는 비평가였던 것이다. "서양의 인쇄물에 의지하여 서양 무용에 대해 글을 쓰는 것만큼 편한 일은 없었다. 보지 못한 무용은 이 세상에 존재하지 않는 이야기나 마찬가지다. 이보다 더한 탁상공론이 없고 거의 천국의 시詩에 가깝다. (……) 제멋대로의 상상으로 서양의 언어나 사진에서 떠오르는 그 자신의 공상이 춤추는 환영을 감상하는 것이다." 이런 대목에서 볼 수 있듯, 그는 자신의 글쓰기가 '겪어보지 못한 사랑에 동경심을 품는 것'과 다름없다는 사실을 알고 있다. 시마무라는 자신도 모르게 여성이라는 존재를 '직접 경험할 수 없기에 아름다운' 서양 무용처럼 취급하고 있었던 것인지도 모른다.

시마무라의 욕망이 이렇듯 왜곡되고 도착된 방식으로 작동하는 것에 비해, 그가 바라보는 여성들은 한결 투명하고 산뜻하다. 어느 날 술에 취해 시마무라를 찾아온 고마코는 아무 예고도 없이 돌연 시마무라의 팔꿈치를 덥석 문다. 그의 팔에 새겨진 그녀의 이빨 자국은 에로틱하면서도 그로테스크하다. 그러더니 아무 일도 없었다는 듯이 천진한 표정으로 그의 품에 안겨 시마무라의 손바닥에 좋아하는 사람들의 이름을 쓴다. 연극배우나 영화배우들의 이름을 이삼십 개 남짓 늘어놓더니 비로소 '시마무라, 시마무라'라고 무수히 적어나가기 시작한 것이다. 술에 취해서야 비로소 나오는 그녀의 진심. 꼬깃꼬깃해진 여러 이름들 속에서 비로소 맨 마지막에 시마무라를 발화하는. 그녀는 '아무도 날 진정한 연인으로 생각하지 않는다'는 것을 쿨 하게 인정하는 척하면서도, 누군가의 애틋한 사랑의 기억으로 남고 싶은 순수한 욕망을 숨기지 못하는 것이다. 이 일이 있고 난 후 시마무라는 도망치듯 도쿄로 떠나버렸고, 또 시간이 한참 흐르자 마치 아무 일도 없었던 듯 천연덕스럽게 고마코를 다시 찾아온 것이다.

시마무라는 애초부터 원했던 대상을 의도적으로 기피, 연기하는 욕망의 기괴한 본성을 보여준다. 고마코를 원하면서도 고마코에게 '가볍게 즐길 수 있는 다른 게이샤를 소개해달라'고 부탁하는 악취미 또한 사랑을 앞에 두고도 그 사랑을 지연시키는 인간의 미묘한

사랑에 내재한 불가피한 트라우마

심리를 잔인하게 보여준다. 애당초 '바로 너'를 원하면서도, 왜 '너 아닌 모든 것'을 향해 가능성을 타진하는 것일까. 너무도 행복한 사랑에 빠져 있을 때, 왜 인간은 대상과의 진정한 결합을 은근히 가로막는 것일까. 불가능한 대상을 추구하는 것, 가장 사랑하는 존재를 파멸시키는 것, 그것 또한 인간의 치명적인 본성일까. 우리가 누군가를 '원한다'는 것은 그를 도저히 손에 넣을 수 없다는 무의식의 판단 때문일까. 욕망을 '계속 생생하게 살아 있게' 하려면 욕망의 최종적인 실현을 방해해야만 하는 것일까. 『설국』은 사랑 앞에 선 인간의 두려움을 그려냄으로써, 우리에게 이런 사랑을 향한 본질적인 화두를 던져준다.

윌리엄 셰익스피어,
『로미오와 줄리엣』

불가능한 사랑의 파괴적 매혹

가장 오래 지속되는 사랑은 다시는 돌아오지 않는 사랑이다.
/ 서머싯 몸

사랑은 깨닫지 못하는 사이에 찾아든다.
우리들은 다만 그것이 사라져가는 것을 볼 뿐이다.
/ 오스틴 돕슨

아, 저 여인은 횃불에게 더 밝게 타는 법을 가르치고 있구나!
/ 로미오가 줄리엣을 처음 본 순간, 『로미오와 줄리엣』 중에서

사춘기 시절, 내가 가장 오래 좋아했던 대상은 살아 있는 인간이 아니
라 미켈란젤로가 만든 다비드상이었다. 그것도 실물이 아닌 교과서에
나온 담뱃갑 크기의 작은 사진 하나에 나는 넋을 잃곤 했다. 사춘기 시
절 나는 가까이 살아 있는 사물에 무관심했고 멀리서 아련히, 간신히

사랑에 내재한 불가피한 트라우마

느낄 수 있는 타자의 존재에 목말랐던 것 같다. 친구도 곁에 있어 매일 볼 수 있는 친구보다 이제는 연락조차 할 수 없는 곳으로 떠나버린 친구를 더욱 좋아했다. 다비드 또한 그런 이유로 좋았던 것 같다. 다비드와 연락하거나 만날 수는 없으니까. 살아 있는 구체적인 대상이 아니라 절대로 닿을 수 없는 대상을 향해 내 헛된 사랑은 빛났다.

　　　　결코 이루어질 수 없고 이루어져서도 안 되는, 끝나지 않는 갈망이 곧 사랑이라 믿었다. 어린 시절 사랑은 이루어질 수 없는 그 무엇과 동의어였다. 아득히 먼 대상에 대한 대책 없고 속절없고 목적 없는 그리움을 나는 사랑이라 불렀다. 그것이 편견임은 알고 있었지만, 버리고 싶지 않은 소중한 편견이었다. 다가갈 수 없는 것에 대한 그리움을 사랑이라 믿게 한 비극의 대명사는 바로『로미오와 줄리엣』이었다. 그들의 사랑을 더욱 빛나게 만드는 것은 철천지원수의 인연으로 맺어진 가문의 역사 때문이었으니.

　　　　먼 곳을 향한 그리움이 지닌 소름 끼치는 아름다움을 두 팔 벌려 예찬하는 버릇은 꽤 오래 지속되었다. 먼 곳을 향한 그리움, 다가갈수록 멀어지는 존재에 대한 그리움에 집착하는 것. 그것은 어쩌면 영원히 내가 진정으로 원하는 것을 하지 않기 위한 알리바이였을지도 모른다. 이루어질 수 없는 사랑의 아름다움을 예찬하던 미적 허영 또한 마찬가지다. 끝내 이룰 수 없는 사랑을 향해 돌진하는 용기를 가지지 못한 사람의 변명이 아니었을까. 이룰 수도 있을 사랑을 지레 이룰 수 없다고 단정하고는 혼자 아파하는 일에 중독된 것은 아니었는지. 맹목적인 대상을 향한 덧없는 열정은 아름다운만큼 허망하다. 그리고 무엇보다도 그런 사랑은 철저히 자기중심적일 수밖에 없다. 타인에 대한 진정한 관심이 아니라 나의 이상향을 살아 있는 인간에게 투사하는 낭만적 열정이기 때문이다. 내가 사랑하는 대상은 내가 그리는 그 이상적 이미지와 다르다. 그 다름은 내 사랑의 이상형을 타인에게 덮어씌우기 때문이지 그 사람의 탓, 그 대상의 탓이 아니다.

'지금은 잘 안되지만, 나이가 들면서 점점 나아지겠지' 하는 막연한 상상이 결코 통하지 않는 것이 바로 '사랑'이다. 아무리 나이가 들어도, 사랑에 관해서는 좀처럼 쉽게 지혜로워지지 않는 것 같다. 나이의 많고 적음에 상관없이, 새로운 사랑에 빠지는 것은 막을 수 없다. 또한 아직 사랑에 빠질 수 있다는 것은 여전히 늙지 않은 싱그러운 영혼을 지녔다는 멋진 증거이기도 하다. 멋진 사랑은 있지만 올바른 사랑은 없다. 그리하여 사람들은 이 정답 없는 사랑의 방정식을 풀기 위해 저마다 오늘도 고군분투한다. 사랑에 빠지는 것은 본능이기에 노력을 필요로 하지 않지만, 사랑하는 사람을 제대로 이해하기 위해서는 엄청난 노력을 필요로 한다. 남녀는 영원한 평행선처럼 서로의 내면을 완전히 이해할 수 없지만, 서로를 버릴 수 없다. 사랑은 '필요'에서 출발한다기보다는 '멈출 수 없는 열정, 불가피한 매혹'으로 시작된다. 사랑이 '필요'에 그친다면 많은 사람들은 사랑 자체를 절제할 수 있을 것이다.

그러나 사랑의 그 멈출 수 없음, 피할 수 없음 때문에 사람들은 끊임없이 사랑에 절망하면서도 다시 사랑의 자리로 되돌아

사랑에 내재한 불가피한 트라우마

온다. 사랑에 관해서는 어떤 명언이나 철학적 개념보다도 '남들의 사랑 이야기'를 엿들으며 깨우치는 지혜가 훨씬 커다란 도움이 되지 않을까. 『로미오와 줄리엣』은 모든 사랑 이야기의 원형이면서도, 끊임없이 패러디 되면서 매번 새로운 사랑의 울림으로 피어난다. 이 이야기는 '사랑의 위대함'을 말하면서도 '사랑의 위대함에도 불구하고 인간이 버릴 수 없는 탐욕'을 이야기한다. 그리하여 인간의 아름다움과 인간의 추악함을 동시에 폭로한다. 로미오와 줄리엣은 저마다 자기 입장을 생각하느라 자신들의 사랑을 진심으로 응원해주지 않는 사람들 속에서 절망한다. 두 사람은 아직 생활의 고초, 일상의 고단함을 알지 못하는 어린 나이에 가장 완전한 사랑을 경험했고, 한 번도 영혼을 더럽히지 않은 채 순수한 사랑의 열망 속에서 죽는다. 그들은 사랑의 아픔을 피하지 않고 오히려 사랑의 아픔 속으로 온몸을 던짐으로써, 사랑의 중심이 아닌 사랑의 언저리에서 늘 주춤거리고 망설이는 보통 사람들을 부끄럽게 만든다.

> 영혼은 자아라는 갑옷에 뚫려 있는 커다란 틈새를 통해 우리 삶 속으로 파고든다. 로맨틱 러브가 바로 그 틈새이다.
> —— 로버트 존슨, 『WE: 로맨틱 러브의
> 융 심리학적 이해』 중에서

아픔을 피하지 않고 도리어 아픔을 추구하는 것. 고통이 마치 사랑의 의무이기라도 한 듯 고통을 적극적으로 견디는 것. 그 또한 낭만적 사랑에 빠진 이들의 주된 특기다. 사랑에 빠졌을 때 우리는 일종의 자발적 최면 상태에 빠져 자신이 모르는 자신의 또 다른 모습과 마주치곤 한다. 평소에는 '유치하다, 촌스럽다, 멍청하다'라고 믿었던 모든 행동들을, 사랑에 빠졌을 때는 거리낌 없이, 오히려 더욱 큰 기쁨으로 해낼 수 있다. '사랑에 눈멀다'라는 표현은 바로 사랑 말고는 아무것도 보지 못하는 아름다운 혹은 파괴적인 맹목을 표현하는 만국 공통어다.

열정^{passion}이란 단어는 본래 '고통을 받다'라는 뜻을 포함하고 있다. 열정과 고난은 같은 힘의 다른 표현이기도 하다. 열정에 집착할 때 우리는 스스로 고난을 자초하고 고난조차 즐기며 고난이 스스로 원하는 궁극의 이상에 다다르는 길이라 믿기도 한다. 로미오와 줄리엣이 이 죽음보다 더한 고통을 견디는 이유는 언젠가는 그들의 사랑이 이루어지는 '꿈의 시간'이, '환상의 공간'이 가능할 것이라는 믿음 때문이다. '여기'가 아닌 '저곳'에는 분명 우리의 사랑이 굳이 '허락'을 구하지 않아도 되는 그런 꿈의 세계가 존재하지 않을까. 사랑은 그런 꿈의 세계를 발명하거나 발견하는 실천이 아닐까. 로미오와 줄리엣은 이제 그 어떤 방법으로도 자신들을 막을 수 없음을 알게 된다. 그러나 고통의 극한에 다다라서야 로미오와 줄리엣은 깨닫게 된다. 지상에 그들의 사랑이 거처할 공간은 없다는 것을. 그녀가 가장 원하는 곳이 자신의 곁임을 알지만, 그녀가 가장 고통스럽고 가장 위험한 곳도 바로 자신의 곁이라는 것을.

사랑에 내재한 불가피한 트라우마

찜통 같은 더위에도 혼자 추워 죽겠다는 너를, 샌드위치 하나 주문하는데도 한 시간이 걸리는 너를, 사랑해. 날 바보 취급하며 쳐다볼 때 코가에 작은 주름이 생기는 네 모습을, 너와 헤어져서 돌아올 때 내 옷에 묻은 네 향수 냄새를, 사랑해. 내가 잠들기 전에 마지막으로 이야기하고 싶은 사람이 바로 너이기에, 사랑해.

— 영화 「해리가 샐리를 만났을 때」 중에서

우리는 그렇게 오래 만나면서도 사랑한다는 말을 한 번도 안 했어. 키미가 그러는데 누군가를 사랑하면 꼭 사랑한다고 말을 하래. 그 순간 크게 소리치라고…… 아니면 그 순간은 영원히 사라져버리니까……

— 영화 「내 남자친구의 결혼식」 중에서

이
별

매튜 퀵,
『실버라이닝 플레이북』

구름 뒤의 햇살을 찾아서
떠나는 힐링 여행

"춤을 출 때는
나를 만져도 좋아요."
/ 영화 「실버라이닝 플레이북」 중에서

사람들은 말한다. 사랑으로 생긴 상처는 사랑으로 치유해야 한다고. 그
것은 말처럼 쉽지 않다. 사랑으로 생긴 상처는 또 다른 사랑으로 덧날
수도 있다. 무엇보다도 사랑으로 상처 입은 사람은 새로운 사랑에 빠
지기가 더욱 어렵다. 아직 옛사랑을 떠나보낼 마음의 준비가 되지 않

사랑에 내재한 불가피한 트라우마

왔을 경우에는 더더욱. 사회학자 앤서니 기든스는 현대인의 사랑을 '플라스틱 러브plastic love'라고 했다. 플라스틱 러브는 절대적인 사랑의 반대말이다. 각종 피임 기술의 발명과 잦은 이혼으로 인해, 이제 더 이상 오직 한 사람과 평생 금실 좋은 부부로 사는 사람들은 평범한 커플이 아닌 세상. 언제든지 헤어질 수 있고 언제든지 멀어질 수 있는, 또 그만큼 언제든지 새로운 관계를 시작할 수 있는 것이 바로 플라스틱 러브라는 것이다. 사랑의 현실은 그토록 예측 불가능하게 변해버렸지만, 모두가 그런 사랑을 원하는 것은 아니다. 여전히 많은 사람들은 평생 지속할 수 있는 사랑, 자신의 인생을 온전히 바칠 수 있는 열정적 사랑을 갈구한다.

매튜 퀵의 소설이 원작인 영화 「실버라이닝 플레이북」은 이 험난한 '플라스틱 러브'의 세상에서 진실한 사랑을 꿈꾸는 두 남녀의 이야기다. 방금 정신병원에서 출소한 팻(브래들리 쿠퍼)은 해피 엔딩 신봉자다. 그는 병원에 오랫동안 감금되어 있는 동안 일자리도 잃고, 아내도 잃었다. 팻은 정상적인 삶을 살 수 있는 모든 원동력을 잃었다. 하지만 그의 표정은 이상하게도 밝다. 그는 아직 모든 것이 잘될 거라 믿는다. 다른 남자에게 가버린 아내 니키도 언젠가는 당연히 돌아올 거라고 믿는다. 스스로는 완전히 다른 사람이 되었다고 주장하지만, 주변 사람들은 아직 그를 경계한다. 부모마저도 그를 믿지 않는다. 그의 멀쩡함은 그가 주장한다고 증명되는 것이 아니라 삶을 통해 증명되어야 한다. 이 과격한 해피 엔딩 신봉자의 위험은 불행한 결말을 아예

이
별

인정하지 않는다는 점이다. 그는 문제를 해결하는 과정의 고통을 해피엔딩으로 무마하려 한다. 어떤 인연은 새드 엔딩으로 끝날 수도 있다는 가능성도 열어두지 않는다. 결국 슬픈 결말을 용납하지 못하고 인생의 모든 난관을 적대시하게 된다. 그가 해피 엔딩을 신봉하는 이유는, 현재의 고통을 회피하고 싶기 때문이다. 끝이 좋으면 다 좋지 않을까, 부질없이 기대해보는 것이다.

팻은 거의 금치산자 신세가 되어 부모님 집에 더부살이하지만, 그를 아끼는 주변 사람들은 그의 회복을 믿으며 시간을 주기로 한다. 이때 그의 친구 로니의 처제 티파니(제니퍼 로렌스)가 접근한다. 티파니 역시 큰 상처를 안고 살아가지만 팻과는 달리 좋았던 옛 시절로 돌아갈 수 없다는 현실을 인식하고 있다. 어쩌면 팻보다 티파니가 훨씬 힘든 상황이다. 남편 토미가 자신과 말다툼을 한 날 교통사고로 죽고, 그 상실감을 이기지 못하고 회사의 모든 사람들과 섹스를 한 후 실직당한 것이다. 티파니는 팻에게 적극적으로 다가가지만, 팻의 마음속에는 오직 니키뿐이다. 그는 잠시 요양을 다녀왔을 뿐인데 세상은 너무 많이 변해버렸다. 사실 그에게는 잠시였지만, 그는 무려 4년이나 정신병원에 갇혀 있었다. 그는 자신이 4년 동안이나 제정신이 아니었다는 것을, 그 시간을 모두 망각한 것이나 다름없다는 것을 처음에는 인정하지 못한다. 그가 가장 좋아했던 이글스 선수들도 모두 교체되어 버렸고, 그의 어린 시절 추억이 담긴 베테랑스 스타디움도 완전히 사라져버렸다. 무엇보다도 단 하나의 사랑이라 믿었던 니키가 접근 금지 명령으로 그를 가로막는다. 그는 직장으로 돌아갈 수 없고 옛 친구들

사랑에 내재한 불가피한 트라우마

도 그를 꺼린다. 그는 단지 4년을 잃어버린 것이 아니라 인생 자체를 통째로 잃어버린 듯한 아픔을 느낀다.

티파니가 팻에게 다가온 후 조금씩 변화가 시작된다. 티파니는 그와 함께 조깅을 하고, 그의 이야기를 들어주고, 자신의 이야기를 들려준다. 팻은 니키를 위해 더 좋은 남자가 되려 한다. 니키가 아이들에게 가르치는 문학작품들을 이해하기 위해 생전 펼쳐보지도 않던 소설책을 탐독한다. 『무기여 잘 있거라』, 『주홍 글씨』, 『호밀밭의 파수꾼』 등을 정독하며 그의 해피 엔딩 애호증은 커다란 상처를 입는다. 왜 아내는 이렇게 어둡고 슬프고 우울한 이야기들을 아이들에게 가르친단 말인가. 하지만 신기하게도 그 비극적인 이야기들은 조금씩 그의 아픔을 다독이기 시작한다. 게다가 티파니의 획기적인 제안은 팻의 인생을 뒤흔든다. 티파니는 자신이 우울증 치료를 위해 참여하고 있는 댄스 경연 대회에서 파트너가 되어달라고 부탁한다. 당신이 파트너가 되어만 준다면, 당신과 니키 사이에서 편지를 전해주는 메신저가 되어주겠다며. 팻은 자신의 상담을 맡은 의사에게 티파니가 '밝히는 여자'라고 폄하하지만, 정신병원에서 나온 이후로 처음으로 그가 마음을 열어준 낯선 사람이 바로 티파니라는 것을 뒤늦게 깨닫는다.

팻은 우울증 치유를 위한 댄스 경연 대회에 나간다는 것을 바보짓이라고 생각하지만, 티파니와 함께하는 댄스 타임은 자신도 모르게 스스로를 더 멋진 인간으로 바꾸어준다. 무엇보다도 자신감을 완전히 잃어버린 팻을 멋진 남자로 바라봐주는 티파니의 시선이 그

사랑에 내재한 불가피한 트라우마

를 바꾼다. 구름으로 가득했던 팻의 삶은 춤의 빛으로, 아니, 티파니의 빛으로 충만해진다. 태양의 하루를 표현하는 춤을 가르치면서, 그녀는 팻에게 속삭인다. "당신은 두 팔로 태양을 만들고 있어요." "당신 근육들이 무대 위에서 태양처럼 빛났으면 좋겠어요." 팻은 무대 위를 새처럼 훨훨 날아다니는 티파니를 자신의 두 팔로 공기처럼 떠받들어주면서, 티파니가 얼마나 빛나는 존재인지를 깨닫게 된다. 춤으로 친밀감을 쌓아가며 서로의 상처를 치유하던 두 사람 사이에도 엄청난 위기가 찾아온다. 니키의 편지를 전달한다고 믿었던 티파니의 거짓말이 드러난 것이다. 티파니는 팻이 춤을 시작할 수 있도록, 아니, 팻을 사랑하기에, 자신이 쓴 편지를 니키의 편지로 위장했던 것이다. 팻이 니키의 새로운 출발을 현실로 받아들이고, 이제 팻 스스로 또 다른 삶을 시작해야 한다는 것을 깨닫게 하고 싶었던 것이다.

처음에 팻은 티파니를 보며 '나보다 더 미친 여자'라고 생각한다. 왠지 티파니 옆에 있으면 그가 더 정상인처럼 느껴진 것이다. 좋았던 옛 시절로 억지스럽게 돌아가려고만 하는 팻과 달리, 티파니는 피할 수 없는 현실을 받아들이고, 자신을 사랑하는 법을 배웠다. 팻은 아내가 몰래 다른 남자와 불륜을 저지르는 것을 발견하고 광기에 사로잡혀 그를 미친 듯이 폭행했던 과거를 기억해낸다. 그리고 니키가 자신을 완전히 버렸다는 사실도 인정하기 시작한다. 해피 엔딩이 반드시 아내와의 재결합은 아니라는 것도 인정한다. 티파니의 하얀 거짓말이 팻을 살린 것이다. 그는 '나보다 더 미친 그녀'의 매력을 깨닫기 시

이
별

작한다. 팻은 깨닫는다. 매일 구름처럼, 햇살처럼, 바람처럼 움직이는 그녀의 마음이 정상이라는 것을. 꼼짝 못하고 아내라는 한 점에 머무르고 있었던 자신의 마음이 병든 것이었음을 깨닫는다. 마침내 팻은 긍정한다. 모든 구름 뒤에는 빛이 숨어 있다는 것을 깨닫게 하는 존재, 그것이 바로 변함없는 사랑의 힘임을. 우리는 이렇게 언제든지 깨질 수 있는 플라스틱 러브 때문에 고통 받지만, 마음 깊은 곳에서 구름 뒤의 태양처럼 언제든 희망을 줄 수 있는 영원한 사랑을 꿈꾼다.

플라톤의 『향연』에는 수많은 철학자들의 '에로스 예찬론'이 등장한다. 소크라테스를 중심으로 모인 젊은 철학자들은 밤새도록 신명나게 술판을 벌이며 사랑 이야기로 꽃을 피운다. 사랑이야말로 세상에서 가장 중요한 감정이라는 것, 사랑이야말로 세상을 좀 더 아름답게 만드는 가장 큰 힘임을. 그리스의 철학자들에게 사랑은 진정한 소통에 방해가 되는 모든 것, 열등감이나 질투나 두려움 같은 감정으로부터 해방되는 것이다. 연인이 있을 때나 없을 때나, 우리를 세상에서 가장 멋진 모습으로 빛날 수 있게 해주는 힘. 그것이 바로 에로스의 힘이다.

사랑에 내재한 불가피한 트라우마

인
연

서로의 결핍으로
오히려
완전해지는

인
연

제인 오스틴,
『오만과 편견』

나의 편견과 당신의 오만, 그럼에도 깊어가는 사랑

숙녀답지 못한 소녀 vs 여성 혐오증에 걸린 신사의 사랑

누군가에게 반하는 순간 곧 자존감에 상처를 입는 사람들이 있다. '반한다'는 것은 주도권을 상대방에게 넘겨주는 것이라고 믿는 것이다. 처음부터 다아시가 엘리자베스에게 투명하게 호감을 보였다면 『오만과 편견』이라는 세기의 로맨스는 탄생할 수 없었을 것이다. 다아시의 오

서로의 결핍으로 오히려 완전해지는

만과 엘리자베스의 편견은 어처구니없게도, 그토록 비이성적인 사랑이라는 감정에 빠질까 봐 두려운, 평생 제 잘난 맛에 살아온 선남선녀들의 유쾌한 오해가 빚어낸 로맨스였던 것이다. 사랑이라는 감정에 익숙하지 않고, 여자의 마음을 얻는 노하우도 없는 순진한 다아시는 자기 인생에서 처음으로 불합리한 선택을 하는데, 그것이 바로 엘리자베스를 향한 사랑이었다. 그는 자신을 대책 없이 떠받들거나 무턱대고 어려워하는 수많은 여성들과 달리, 유독 자기에게만 무시무시하게 적대적인 엘리자베스에게 아이러니한 호감을 느낀다.

외모나 몸가짐을 통해 '우아함'을 판단하려는 사람들은 엘리자베스의 '숙녀답지 못함'이 더없이 눈에 거슬린다. 아픈 언니를 간호하기 위해 3마일이나 되는 거리를 뛰어서 달려온 엘리자베스. 빙리의 여동생 캐롤라인은 머리는 산발하고 옷에는 진흙탕이 잔뜩 묻은 엘리자베스의 모습을 경멸한다. 그녀에게는 발목이 빠지는 진흙탕을 3마일씩이나 혼자서 걸어온 엘리자베스의 진심이 보이지 않는 것이다. "나한테는 자립심을 과시하는 지독한 여자로밖에는 안 보이네. 시골에는 예법도 없는지, 원!" 카드놀이를 거부하고 책을 읽으러 가겠다는 엘리자베스를 허스트 씨도 이해하지 못한다. "카드보다 책을 좋아해요? 거참 특이하네." 요조숙녀의 모범 답안처럼 고상하게 행동하는 빙리의 여동생 캐롤라인은 엘리자베스에게 사사건건 시비를 건다. "엘리자베스 베넷 양은 카드놀이를 경멸하시지요. 책을 엄청나게 많이 읽으시고요. 오직 책에서만 즐거움을 찾으신답니다."

산발을 하고 진흙투성이가 된 엘리자베스가 빙리 씨의

집에 도착했을 때, 다아시도 그녀가 그 먼 길을 혼자 걸어온 일이 과연 분별 있는 행동이었는지 의심하지만, 빙리의 여동생 캐롤라인이 결코 알아보지 못했던 것을 발견한다. 그것은 언니의 안부를 걱정하며 진흙탕을 마다하지 않고 걸어온 엘리자베스의 열기로 가득한 얼굴, 홍조 띤 얼굴이 무척 아름답다는 사실이다. 무도회에서 처음 엘리자베스를 봤을 때는 "내가 관심 가질 만큼 예쁘지는 않아"라고 단언했던 다아시. 그는 지금까지 보아온 우아한 숙녀들과는 전혀 다른 매력을 엘리자베스에게서 발견하기 시작한다. 그것은 '숙녀의 요건'이라는 외부적 규율에 따라 행동하는 것이 아니라, 있는 그대로의 자기 자신을 사랑하는 여성에게서만 우러나올 수 있는 아름다움이었다. 엘리자베스의 자부심은 아버지의 재산이나 화려한 드레스가 아니라 자기 자신의 '개성'에서 우러나온다. 그녀는 남자나 결혼 따위에는 관심이 없는 자신의 상태에 자부심을 느낀다. 그녀는 다른 누구도 아닌 자기 자신의 개성과 사랑에 빠져 있는 것이다.

—
제인 오스틴
『오만과 편견』
(김정아 옮김
펭귄클래식코리아)
중에서

교만할 만하니까 교만한 거 아니니. 다아시는 멋있는 청년인데다가 집안 좋지, 재산 많지, 없는 게 없는데, 자기를 대단한 사람이라고 생각하는 것도 당연하지. 이런 표현 써도 될지 모르지만, 그 남자에게는 교만하게 살아갈 권리가 있어.

누군가에 대한 뒷말만큼 낯선 사람을 빨리 친하게 만드

는 촉매가 있을까. 공통의 적敵을 갖고 있다는 사실을 알게 되는 순간, 우리는 쉽게 '같은 편'이라는 환상에 빠지곤 한다. 아, 맞아요, 그 사람 정말 이상하죠? 그 사람이 당신에게도 그랬나요? 이런 흥미로운 뒷말은 적들에 대한 대화이긴 하지만 실은 대화하고 있는 우리, 당사자들의 인생과 성격을 증언하는 대화이기도 하다. 우연히 마주친 다아시와 위컴 사이에 오가는 험악한 분위기를 눈치챈 엘리자베스는 위컴에 대해 급속도로 호기심을 느끼게 된다. 위컴은 어떤 사람이기에 저토록 침착한 다아시를 한 방에 무너뜨릴 수 있는 걸까. 이런 호기심은 위컴의 잘생긴 외모와 시너지를 일으켜 호감으로 바뀌고, 위컴의 현란한 화술은 그녀의 호감을 신뢰로 바꾸어버린다. 위컴은 멋진 외모와 요란한 화술로 멀쩡한 다아시를 얼간이로 만드는 데 성공했고, 덕분에 엘리자베스는 다아시에 대한 비호감을 나쁜 편견으로 고착시켜버린다. 그래, 다아시는 내 예상대로 불쾌한 인간이었던 거야.

　　사랑이라는 영혼의 모험에 참여하기 위해서는 자신을 둘러싼 수많은 정체성의 갑옷을 벗어던져야 한다. 다아시는 자신을 과잉 보호해온 너무 화려한 조건들의 보호막을 벗어던져야 했다. 다아시는 자신의 뿌리 깊은 오만을 폭로하는 제인의 무차별 인신공격을 통해 자신이 미처 되돌아보지 못한 타인의 고통을 깨닫게 된다. 다아시는 제인의 오해를 풀기 위해 절절한 진심이 우러나오는 장문의 편지를 쓰고, 그의 고고한 스타일을 무너뜨리는 위험을 감수하며 제인을 돕기 위한 온갖 궂은일도 도맡아 하게 된다. 사랑하는 이의 마음을 얻기 위해 '내 스타일'이라 믿었던 모든 것을 벗어던지는 용기, 다아시는 그렇게 엘리자베스를 사랑함으로써 스스로의 오만을 벗어던지고 진정한 성숙에 이르게 된다. 나의 편견과 당신의 오만이 속수무책으로 무너지는 순간, 그 순간이야말로 사랑이 시작되는 순간, 사랑을 위해 온갖 체면의 액세서리를 벗어던지는 멋진 순간이다.

"사랑은 종교 이후의 종교이며, 모든 믿음의 종말 이후의 궁극적 믿음이다." 사회학자 울리히 벡이 지적하듯이 현대인에게 사랑은 종교의 힘으로도 치유할 수 없는 고통을 어루만지는 마지막 안식처가 되었다. 그만큼 개인의 행복 추구권이 손쉽게 위협당하는 '위험사회'가 도래했기 때문일까. 사랑마저 없다면 이 세상은 얼마나 각박할까. 제인 오스틴의 『오만과 편견』은 이렇듯 사랑의 인류학적 가치를 되새길 때마다 어김없이 호출되는 고전이다. 제인 오스틴은 로맨틱 코미디의 문학적 시조로 추앙받는 작가다. 로맨틱 코미디를 표방하는 영화들은 흔히 '결국 해피 엔딩이 빤한 신데렐라 스토리가 아닌가'라는 비난을 받는다. 그러나 로맨틱 코미디는 그리 만만한 장르가 아니다. 로맨틱 코미디는 남성과 동등하게 논쟁할 수 있는 여성의 사회적 지위가 보장되고 나서야 가능했던 장르다. 영화 「모나리자 스마일」에서처럼 알파 걸들이 기를 쓰고 명문대 졸업장을 따도 여전히 여성의 가치는 '현모양처'에 제한되던 시대가 끝난 지는 50년도 채 되지 않았다.

『오만과 편견』은 낭만적 사랑보다 합리적 결혼이 추앙받던 시대의 이야기다. 이 소설은 사랑이라는 프리즘을 통과해야만 비로소 투명하게 드러나는 우리 자신의 오만과 편견을 통쾌하게 그려낸다. 제인 오스틴의 시대는 철없는 여주인공이 현명한 남성의 도움으로 순종적이고 우아한 여성으로 '교화'되는 이야기의 전통이 막강하던 시대였다. 그런 상황에서 작가는 남성에게 계몽당하는 여성이 아니라 남성의 오만을 폭로하고 자신의 편견 또한 스스로 부너뜨리는 강력한 여주인공 엘리자베스를 탄생시켰다. 18세기 영국 남녀뿐 아니라 오늘날의 남녀에게도 오만과 편견은 유쾌한 사랑을 가로막는 고질적 장애물이 아닐까. 상대방의 진정한 장점을 인정하지 않으려는 '오만'과 상대방의 나쁜 첫인상을 결코 수정하지 않으려는 '편견' 말이다. 『오만과 편견』은 가난하지만 똑똑한 아가씨가 전략적 기지로 백마 탄 왕자와 결혼에 골인 하는 이야기가 아니라, 여성이 그 누구의 시선에도 얽매이지 않고 스스로의 행복을 찾아가는 이야기라는 점에서 여전히 혁명적으로 읽힌다.

이 소설은 단지 두 남녀의 러브 스토리가 아니라, 타인의 진심보다 타인의 '조건'을 향해 눈을 흘기던 마을 사람들이 그동안 겹겹이 껴입은 '에티켓의 의상'과 '자존심의 액세서리'를 집어던지고 인생의 진정한 희로애락을 찾아가는 이야기이기도 하다. 그 육중한 감정의 의상과 치렁치렁한 체면의 액세서리 중 가장 벗겨내기 힘든 것이 바로 다아시의 오만과 엘리자베스의 편견이었다. 이 소설은 여주인공 엘리자베스의 웃음과 풍자, 재치와 유머가 바꾸어낸 공동체의 이야기다. 그녀는 계급을 뛰어넘어 소통할 수 있는 가장 멋진 감정의 폭탄이 유머임을 일찍이 간파한다. 쩨쩨하고 옹졸하게 타인의 조건만을 따지며 마음의 주판알을 튕기던 사람들은, 이제 좀처럼 꺼내 보일 수도 없는 속마음이 아니라 대화와 소통만이 진정 갈등을 푸는 열쇠임을 깨닫게 된다. 엘리자베스는 훌륭한 결혼 조건을 갖춘 콜린스의 청혼을 일언지하에 거절하고, 측천무후 못지않은 독설을 뿜내는 캐서린 부인의 결혼 반대 협박을 오직 '세 치 혀'로 물리쳐낸다. 그녀의 당돌한 거절은 계급과 에티켓의 철옹성으로 이루어진 공동체의 보수성을 향해 날린 직격탄이었다. 불합리에 대한 당찬 저항이야말로 다아시를 매혹시킨 그녀의 진정한 매력이었던 것이다.

　　　『오만과 편견』은 저마다의 '혼사 장애'로 괴로워하던 마을 사람들이 엘리자베스의 편견과 다아시의 오만을 극복하는 과정에서 모두가 행복해지는 카니발적 이야기다. 엘리자베스의 신념은 눈살을 잔뜩 찌푸린 채 남성에게 '우리의 권리를 달라'고 윽박지르는, 남성을 '그들'로 여성을 '우리'로 선 긋는 페미니즘이 아니다. 엘리자베스는 웃음과 풍자로 모든 이의 마음속에 웅크린 차별과 갈등의 씨앗을 날려버리는 '웃는 페미니즘'의 전도사다. 사랑과 결혼을 위해 너무 많은 조건들을 따져보며 고민하는 현대인의 우울한 표정을 본다면 아마 엘리자베스는 이렇게 말하지 않을까. '당신은 내 철학을 배워야 한다니까요. 즐거운 것만 기억하도록 하세요!' 엘리자베스의 진정한 매력은 바로 지금 여기에서 우리가 행복을 미뤄야 할 타당한 이유는 전혀 없음을, 우리가 행복해지는 것을 방해하는 결격 사유는 누구도 인위적으로 만들 수 없음을 발견하는 능력이었다. '결혼이 가난을 피하는 가장 쾌적한 방법'이라는 믿음이 팽배하던 시대에 엘리자베스는 당돌하게도 여성의 행복 추구권을 주장했다. 명랑 소녀 엘리자베스가 발명해낸 최고의 호신술은 불행을 피하는 기교가 아니라 행복을 창조하는 지혜였던 것이다.

서로의 결핍으로 오히려 완전해지는

토마스 만,
「베니스에서의 죽음」

말하지 못한 사랑에
생을 걸다

낯선 여행지에서 평생의 인연을 만난다면, 우리는 용기를 내어 그 사랑을 고백할 수 있을까. 「베니스에서의 죽음」은 차마 고백하지 못한 사랑에 전 생애를 바친 한 천재 예술가의 이야기다. 유명해지기 위한 일이라면 무엇이든 척척 해냈던 천재 예술가 아셴바하. 철저한 자기 관리의 달인이었던 그에게 어처구니없는 사랑이 찾아온다. 그는 휴식을 위해 베니스로 여행을 갔지만, 그곳이 자신에게 적당한 휴양지가 아님을 깨닫는다. 몸이 약했던 그에게는 베니스의 더운 날씨와 습한 공기가 치명적이었고, 그는 어쩔 수 없이 베니스를 떠나려 한다. 그러나 그는 왠지 이번이 마지막 베니스 여행일 것 같은 불길한 예감에 사로잡힌다. 그는 며칠 머물지도 않았던 베니스가 마치 영원한 마음의 안식처인 듯한, 절박한 향수를 느낀다. 건강상의 이유로 어쩔 수 없이 베니스를 떠나며 그는 끔찍한 고통을 느낀다. 자기 안의 소중한 그 무엇이 무참히 잘려 나가는 듯한 아픔. 그는 그 슬픔의 기원을 비로소 인정하기 시작한다. 그는 자신이 베니스를 그토록 떠나기 싫었던 이유가, 호텔에서 만난 미소년 타치오 때문임을 깨닫는다. 그것이 얼마나 큰 재난인지 그는 알고 있다. 그러나 그는 마음속으로 생각한다. 이것은 분명 엄청난 불행이지만, 비할 바 없이 내 마음에 드는 불행이라고. 자신의 아들뻘밖에 안 되는 소년을 사랑하게 되어버린 중년 남자의 슬픔. 그 슬픔도 그가 진정한 사랑을 찾은 기쁨에 비하면 아무것도 아닐 정도로, 그는 그 끔찍한 불행마저 달콤하다고 느낀다. 그는 알고 있다. 그 사람이 아니라면 결코 선택하지 않았을 위험천만한 모험을 기꺼이 선택하게 만드는 것. 그것이 사랑임을.

> 방금 전 깊은 비탄에 잠겨 영원히 작별을 고한 곳을, 운명적으로 방향을 돌려 되돌아와서 한 시간도 채 지나지 않은 시점에 다시 보게 되다니! 그것은 묘하게 믿어지지 않는 창

피하면서도 우스꽝스럽고 꿈같은 모험이었다. (……) 정오
쯤에 그는, 타치오가 빨간 리본이 달린 줄무늬 아마직 정장
을 입고 바다 쪽에서 해변 개폐문을 통과하여 (……) 되돌
아오고 있는 것을 보았다. 아셴바하는 사실 그 아이의 모습
을 눈으로 정확하게 파악하기도 전에 그 키만으로도 바로
그 애를 알아보고는 마음속으로 다음과 같이 생각했다.

보아라, 타치오, 너도 역시 다시 여기에 있구나!

그러나 바로 그 순간 그는 그 느슨한 인사말이 그의 마음의
진실 앞에 무릎을 꿇고 쑥 들어가버리는 것을 느꼈다. 그는
피가 끓는 듯한 감동, 기쁨, 영혼의 고통을 느꼈다. 그러고
는, 그에게 그 이별이 그다지도 어려웠던 것이 바로 타치오
때문임을 알았다.

토마스 만
『토니오 크뢰거·
트리스탄·
베니스에서의 죽음』
(안삼환 외 옮김
민음사) 중에서

아무것에도 얽매일 줄 모르던 그가 처음으로 무언가에
능동적으로 얽매이게 된 것이다. 바로 한 소년에 대한 걷잡을 수 없는
사랑이었다.

그의 합리적 이성은 그에게 가녀린 목소리로 속삭인다.
베니스 당국에서는 전염병을 철저히 숨기고 있으니, 타치오 가족에게
도 이 사실을 알려야지. 그리고 나도 타치오 가족에게 신사적으로 작
별을 고하고 미련 없이 베니스를 떠나는 게 옳아. 하지만 그는 시시각
각 다가오는 죽음의 그림자를 느끼면서도 죽음을 회피할 계획을 세우

지 않는다. '나 자신을 보호해야 한다'는 최소한의 이성마저 점점 마비되어가는 것이다. 그리고 마침내 그는 철옹성처럼 지켜온 자신의 정체성을 바꾸기 시작한다. 더 이상 타인의 시선에도 연연하지 않고, 그 아름다운 소년에 비해 너무도 늙고 초라해 보이기 시작한 자신의 외모를 가꾸기 시작한 것이다. 하루에도 여러 번, 좀 더 젊고 생기 있고 아름다워 보이기 위해 정교하게 메이크업을 고치고, 기능성 화장품을 발라 눈가와 뺨과 입 주위에 깊게 패인 주름살까지 없앤다. 그의 메이크업을 담당하던 이발사는 아셴바하의 분장을 마친 후 이렇게 속삭인다. "이제 선생님은 아무 염려 없이 사랑에 빠지셔도 됩니다!" 전염병으로 점점 시들어가는 도시의 끔찍한 분위기와 달리 아셴바하의 얼굴은 점점 더 젊고 생기 있고 화려해지기 시작한다.

아셴바하에게 예고 없이 찾아온 뜻밖의 사랑은 타인의 시선에는 재난이겠지만, 그의 내면에서는 구원이었다. 그의 마음속에서 베니스는 이미 아무리 사람이 많아도 무인도다. 다른 이의 미심쩍은 시선을 전혀 개의치 않은 채 그는 타치오를 바라볼 수 있는 곳, 그곳만이 진정한 세상이라 느낀다. 그는 타치오의 동선을 집요하게 추적하며, 죽음의 공포마저 삼켜버린 에로스와 디오니소스의 광기를 느낀다. 그에게 타치오는 살아 있는 에로스였고, 그가 창작할 수 없는 영원한 시였으며, 사랑하지만 가져서는 안 될 불가능한 대상이었다. 베니스에 몰아친 치명적인 전염병의 광풍. 그것은 그의 열정에 오히려 불을 붙인다. 그토록 붐비던 관광도시 베니스가 그의 마음속에서는 이제 두 사람만 남긴 채 무인도가 되어버린 것이다. 전염병 때문에 사람들이 모두 떠나버린 베니스에 오직 소년과 자신만이 남는 것을 상상하며 아셴바하는 무한한 행복을 느낀다. 죽음의 공포가 엄습하는 와중에도 소년에게 사랑스럽게 보이기 위해 갖은 치장을 하며, 그는 자신의 영혼이 해방됨을 느낀다.

아셴바하는 급기야 베니스에서 급작스럽게 창궐하던 콜레라에 걸려 생을 마감하게 된다. 그에게는 도망칠 기회가 있었지만, 타치오를 하루만이라도 더 보고 싶은 마음 때문에 차마 베니스를 떠나지 못한다. 그는 그렇게 영원히 고백하지 못한 마음을 홀로 품은 채 세상을 떠난다. 이 이야기를 지극히 객관적인 신문 기사로 쓴다면, 얼마나 삭막하고 재미없는 기사가 될까. 한 소년을 남몰래 사랑한다는 흔적을 어디에도 남기지 않은 중년 남자에 대해, 남겨진 사람들은 도대체 무엇을 알 수 있을까. 이 사건은 그저 관광객으로 베니스에 유람을 간 한 예술가의 전염병 감염으로 인한 사망 정도로 축소되어버릴 것이다. 하지만 그의 죽음은 그렇게 간단히 요약될 수 없다. 그렇게 몇 줄의 기사로 요약될 수 없는 한 사람의 마음, 함부로 정의될 수 없는 한 사람의 절실함을 그려내는 것이 문학의 힘일 것이다. 어쩌면 사람들은 아셴바하를 '지극히 운 나쁜 남자'로 생각할지도 모른다. 베니스에 가지 않았더라면, 그렇게 터무니없는 사랑에 빠지지 않았더라면, 전염병에 걸리지 않았더라면. 그 세 가지 악재가 겹치지 않았더라면 그는 여전히 승승장구하는 예술가로 살아남았을 것이다.

하지만 사랑에 빠진 아셴바하에게 최악의 불운은 전염병이나 죽음이 아니라 '사랑 자체에 빠지지 않는 것'이 아니었을까. 그에게 최고의 불행은 타치오를 모른 채 삶을 마감하는 것이 아니었을까. 그의 인생에서 가장 아름다운 축복은 바로 타치오를 알고, 바라보고, 마침내 사랑하게 된 것이다. 내 눈에 비친 아셴바하는 희망 없는 사랑을 위해 자신의 모든 것을 기꺼이 던진 아름다운 사람이다. 그가 죽어가는 순간, 그의 마음속에서는 지금까지 결코 쓸 수 없었던 최고의 시가 태어나지 않았을까. 종이로 쓸 수는 없지만, 세상에 남길 수는 없지만, 오직 내 마음 속에서는 완전한 진실인, 너. 그가 마지막 순간까지 아픔에 타들어가던 두 눈 속에 담아두려 하던 아름다운 예술품은 바로 햇살 속에서 눈부시게 웃고 있는 타치오의 얼굴이었다. 당신의 마음에 문을 두드릴 수 있는 자유와 권리가 내게 없을지라도, 당신을 만나고 홀로 사랑하게 된 것을 결코 후회하지 않는 것. 이런 마음은 보답 없는 사랑에 몸을 던져본 사람만이 느낄 수 있는 영혼의 존엄이다.

앨리스 먼로,
「곰이 산을 넘어오다」

억압된 기억의 반란

「이터널 선샤인」, 「첫 키스만 50번째」, 「노트북」, 「내 머릿속의 지우
개」…… 이런 영화들의 공통점은 무엇일까. 바로 사랑하는 사람이 기
억을 잃어버리는 이야기라는 점에서 관객의 상상력을 자극한다는 것
이다. 기억을 잃어버린다는 것은 곧 나다운 것을, 내가 살아온 모든 흔

적을 부정하는 것처럼 보인다. 이토록 연인이나 배우자의 기억상실증이나 알츠하이머에 대한 영화가 많은 까닭은 무엇일까. 아마도 사랑하는 사람의 배신이나 증오보다도, 그 무엇보다 가슴 아픈 것은 사랑하는 사람이 나라는 존재 자체를 깡그리 망각하는 것이기 때문이 아닐까.

배신은 아프다. 실연도 아프다. 증오도 아프다. 하지만 망각은 그 모든 것을 넘어선 끔찍한 고통이다. 우리가 사랑하고 미워하고 웃고 울던 그 모든 기억을 살뜰히 지워버린다는 것. 그것은 단지 사랑을 부정하는 것을 넘어, 삶 자체를 부정하는 것이고, '우리'라는 관계가 만들어왔던 모든 인연의 네트워크를 삭제하는 천형이다. 50년 동안 함께 살던 부인이 치매에 걸려 남편을 기억하지 못한다면, 그 남편은 어떻게 해야 할까. 앨리스 먼로의 소설 「곰이 산을 넘어오다」가 원작인 영화 「어웨이 프롬 허 Away from her」의 주인공 그랜트와 피오나가 바로 그런 커플이다. 게다가 그녀, 피오나에게는 애인까지 생겼다. 남편이 있다는 사실 자체를 망각한 그녀는, 치매 환자들을 위한 요양원에서 정말 '그녀의 스타일이 절대 아닌', 재미없고 소심한 남자를 거침없이 만나고 있다. 그리고 매일 남편이 요양원을 찾아올 때마다 마치 '왜 또 절 찾아오셨죠?' 하는 표정으로 남편을 밀어낸다.

그녀의 질병은 남편으로 하여금 '그녀로부터 멀어지게' 하는 폭력으로 작용한다. 남편은 정말로 그녀가 자신을 밀어낼까 봐 진정 궁금한 것조차 물어보지 못한다. 당신 정말 내가 기억 안 나느냐고. 당신 정말 나와 50년 동안 살아온 모든 기억을 잃어버린 거냐고. 낯선 남자 오브리에게 거침없이 달링, 허니라 부르며, 아이를 어르듯 새로운 연인을 달래주는 그녀의 모습은 낯설기만 한다. 사실 피오나와 오브리가 연인이라기보다는 오랫동안 함께 살아온 부부처럼 보인다는 것이, 그랜트에게는 더 쓰라린 상처로 다가온다. 피오나는 그녀에게 전혀 어울리지 않는 옷을 입기도 하고 헤어스타일을 급작스레 바꾸기도 한다. 당신이 그렇게 촌스러운 옷을 입을 리가 없어, 당신이 머리를 그 따위로 자를 리가 없어, 당신이 나를 잊을 리가 없어. 그는 이건 아니라고, 정말 아니라고, 홀로 절규해보지만, 그녀에게 다가가려 할수록 그녀는 멀어진다. 그녀에 대한 소유권을 주장하는 순간, 그녀는 방문 자체를 거절할지도 모른다. 아이러니하게도, 그녀를 곁에 두는 방법은 오직 그녀에게서 멀리 떨어져 있는 것이다.

—

앨리스 먼로
『미움, 우정, 구애,
사랑, 결혼』
(서정은 옮김
뿔) 중에서

그랜트는 스스로가 가망 없는 짝사랑을 하는 고집 센 소년이나 언젠가 한 번은 뒤돌아서서 자신의 사랑을 알아줄 거라고 믿으며 유명 여배우를 쫓아다니는 이상한 사람처럼 여겨지기도 했다.

평생 '내 여자'라고 생각했던 그녀를 멀리 떨어져서 바라보자, 비로소 내가 몰랐던 그녀의 색다른 측면이 보이기 시작한다. 그녀는 저렇게 웃을 수도 있구나, 그녀는 타인에게 저토록 친절한 사람이었구나, 그녀는 내가 없는 곳에서도 저토록 빛나는 존재였구나. 자신에게는 항상 '돌봄의 대상'이었던 아내가, 무력한 오브리에게는 '돌봄의 주체'가 되어 있다. 마치 살아갈 이유를 다시 찾은 듯 활기 넘치고 더욱 아름다워진 그녀. 치매 초기에는 그토록 혼란스러워 하던 그녀가 요양원에 들어와 오브리라는 낯선 남자를 사귀자 더없이 평화로워 보이다니. 요양원에 매일 출근하다시피 하던 그랜트는 멀리서 그녀를 바라만 보다가, 어느 날 그녀에게 질문한다. 오브리가 왜 그렇게 좋냐고. 오브리의 무엇이 당신에게 그토록 매력적이냐고. 잔인하면서도 매혹적인 미소를 상큼하게 날리며, 그녀가 대답한다. "그는 날 혼란스럽게 하지 않아요.He doesn't confuse me at all." 마치 내가 그녀에게 줄 수 있는 것은 끔찍한 혼란뿐이라는 듯, 그녀의 미소는 잔인하게 폐부를 찌른다.

그랜트는 젊은 시절 바람을 피운 적이 있었다. 그는 아내를 사랑했지만, 그녀에게 완전히 충실한 남편은 아니었다. 그랜트는 그 불륜 때문에 교수직을 그만두었을 정도로, 자신은 물론 아내에게 큰 상처를 주었다. 알츠하이머 때문에 점점 기억을 잃어가면서도 20년 전 그 사건만큼은 또렷이 기억했던 피오나. 그는 요양원의 간호사에게 이렇게 고백한다. "가끔은 아내가 날 속이는 게 아닌가 싶어요. 아내가 마치 연기를 하는 것 같아요. 나에게 벌을 주려고." 20년 전에는 그토록 아내를 아프게 찔렀던 그 사건이, 이제는 부메랑이 되어 남편의 가슴을 찌른다. 그는 이제 아내에게 기회를 주기로 한다. 요양원을 방문한 한 소녀가 그에게 왜 아내와 같이 있지 않느냐고 묻자, 그는 대답한다. "아내에게 인생을 주려고." 소녀의 놀란 표정을 바라보며 그랜트는 쓸쓸하게 미소 짓는다. "아내가 저 영감이랑 사랑에 빠졌거든. 그래서 방해하지 않고 바라만 보는 중이란다."

아내는 그의 사랑을 모른 척하고, 그는 아내의 불륜을 모른 척한다. 아내의 표정만으로는 이것이 정말 남편을 향한 징벌인지, 진짜 알츠하이머 때문인지, 알 수 없다. '치매 걸린 두 노인이 바람났다'는 소문이 퍼지기 시작하자, 오브리의 부인이 사태를 수습하기 위해 오브리를 집으로 데려간다. 오브리의 부인 메리언이 남편의 오랜 치매병력 때문에 자신의 인생을 헌납하고 괴로워하는 모습을 보자 그랜트 또한 동병상련의 감정을 느낀다. 메리언과 그랜트의 다른 점이 있다면, 그랜트는 아내의 사랑을 되찾고 싶어 한다는 것이다. 메리언이 오브리를 대하는 태도는 인내와 연민을 넘어 체념이나 포기에 가깝다. 메리언은 오히려 남편의 사랑보다는 자신의 삶을 되찾고 싶어 한다. 메리언이 어쩔 수 없이 오브리를 집으로 데려가자 피오나는 극심한 우울증에 걸린다. 오브리를 돌보고 챙기고 아끼는 행동만으로도 새로운 활력소를 찾았던 피오나의 활기찬 모습은 온데간데없다. 피오나의 근육이 경직되어 걷지 못할 수도 있다는 진단이 나오자, 피오나는 중증 환자들의 병동으로 옮겨진다. 50년 동안 행복하게 살아온 아내가 나에게 이럴 수 있을까. 아무리 불치병이라지만, 그럼 그동안 정성들여 가꾸어 살아온 우리의 인생은 어떻게 되는 건가. 내가 사랑했던 그 여자는 어디 갔을까. 마치 피크닉에라도 가자는 듯 가벼운 미소로 나에게 먼저 청혼했던, 그녀는 어디로 갔을까. 50년 동안 함께 살아온 아내가, 다른 남자와 함께 있기에 더욱 매력적인, 그러나 좀처럼 붙잡을 수 없는 팜파탈이 되어버린 것이다.

그랜트: 우린 별다른 사건 없이 무난히 살았거든. 나이 들어 겪는 이 고통 말고는, 거의 기억나는 게 없어요.

간호사: 전 그렇다고 생각하지 않아요. 솔직히 말씀드리면 누군가가 꾸준히 참았겠죠. 선생님은 헌신적인 남편만은 아니었어요. 이런 말 하신 적 있으시죠. 부인께서 선생님을 벌주는 것 같다고. 분명 그럴 만한 사건이 있었을 거라 생각해요. 남편들은 부인한테 잘했다고 믿지만 부인들 생각은 다르다는 거죠.

『미움, 우정, 구애, 사랑, 결혼』 중에서

가장 사랑하는 존재를 가장 낯선 타인으로 바라봐야 하는 순간. 그 고통을 그랜트는 뼈저리게 깨닫는다. 그러나 바로 그 '놓음'의 시간이야말로, 새로운 만남의 시작이 된다. 내 여자, 내 아내, 내 가족이라는 시선을 걷어내고, 내가 친절하게 대해주고 싶은 아름다운 타인으로 대하자, 그제야 그녀가 반응을 보이기 시작한다. 그랜트는 이제 그녀를 아내로 대하지 않고, 낯선 여인으로 대하기 시작한다. 그는 우울증에 걸린 아내에게 잃어버린 사랑을 되찾아주기로 결심한다. 나의 사랑이 아니라 그녀의 사랑을. 그는 힘겹게 결심한다. 집에 돌아간 오브리를, 그녀에게 데려다주기로 결심한 것이다. 가장 사랑하는 것을 놓아줌으로써, 자신의 마지막 사랑을 완성하고 싶었던 것일까.

마치 소중한 선물 꾸러미를 배달하듯, 그녀가 사랑했던 남자 오브리를 피오나에게 데려다주는 그랜트. 그는 필사적으로 아내의 기억을 되찾아주려던 노력을 포기하고, 이제 나의 추억이 아니라 아내의 추억을 배달하는 남자가 된다. 아내에게 삶을, 다른 사랑을, 자신과 함께가 아닌 다른 사람과 함께하는 시간을 선물하는 남자. 그는 오브리를 잠깐 밖에서 기다리게 하고, 아내에게 상황을 설명해주기 위해 병실로 들어간다. 그런데 그 순간, 그녀가 어딘가 달라졌다. 그랜트를 낯선 방문자가 아니라 '내 남자'로 바라보는 듯한 친밀한 시선. 나의 착각일까. 그녀를 되찾고 싶어 하는 내 마음이 날조해낸 환상일까. 피오나는 아무 일 없었다는 듯 편안하게 말을 건넨다. 자신의 옷이 너무 이상하다며. "세탁실에서 옷을 착각했나 봐. 난 노란색 옷 없잖아." 드디어 그녀의 눈빛이다. 유혹하는 듯하면서도 새침하게 노려보는 눈빛. 카리스마 있게 지배하려 하면서도 다가서려 하지 않는 눈빛. 남을 읽으려고 하면서도 자신은 결코 읽히지 않는 눈빛. 이제, 그녀가 돌아온 것이다. 그녀를 완전히 놓아주려던 순간, 비로소 그녀가 다시 내게 돌아온 것이다.

피오나는 그랜트를 다정하게 바라보며 속삭인다. "당신은 항상 노력했지. 당신은 자상한 남편이고 난 운 좋은 여자야. 그런데 왜 이렇게 오랜만에 왔어? 무슨 일 있어?" 그랜트는 기쁨을 감추고 피오나를 살짝 떠본다. "깜짝 선물이 있어. 오브리 기억하지?" 그 순간 그녀의 표정이 일그러진다. 수치스러운 상처를 대면하듯 고통스러운 표정을 짓는 그녀. 그녀는 시치미를 뚝 뗀다. "잘 모르겠는데." 그녀의 치매는 분명 생물학적 질병이었다. 그러나 그녀의 치매는 로맨틱한 연기일지도 모른다. 그녀는 기억을 잃어버린 자신 때문에 남편이 겪었을 고통을 이해한다. 그리고 남편이 도망치고 싶었을 거라는 것도 이해한다. 당신의 불륜은 아팠지만, 당신이 돌아오지 않았더라면 더더욱 아팠을 것이다. 당신은 내게 돌이킬 수 없는 상처를 주었다. 하지만 당신이 그 여자가 아니라 내게 다시 돌아온 것이야말로, 당신과 결혼한 것 다음으로, 내게는 축복이었다. 그녀의 따스한 표정은 마치 그렇게 속삭이는 듯하다. "당신은 안 올 수도 있었지. 날 여기 맡겨놓고 그냥 떠나서 잊을 수도 있었는데. 당신은 잊을 수도 있었는데." 피오나는 다시 돌아온 남편을 위해 세상에서 가장 매력적인 아내의 미소를 지어준다.

솔직한 듯하면서도 속을 알 수 없는. 친절한 듯하면서도 신경질적인. 지켜보는 사람이 피곤하도록 아름다운, 내 아내여서 더욱 아름다운 그녀가 이렇게 돌아온다. 마치 20년 전에 바람피운 남편에게 복수의 칼날을 제대로 날린 듯, 그녀는 회심의 미소를 지으며 '내 아내'를 넘어 '그녀 자신'으로 되돌아온다. 이 영화는 상처 받은 무의식의 복수극이기도 하고 눈물겹게 아스라한 멜로이기도 하다. 아내의 비자발적인 기억은 무의식의 복수를 꿈꾼 것일까. 치매의 와중에도, 무의식의 혼란 속에서도 그녀는 남편의 20년 전의 외도에 복수하고 싶었던 것일까. 오브리라는 이름을 듣자 그녀의 표정은 한순간 일그러진다. 수치일까, 후회일까, 혹은 통쾌함일까. 그녀의 표정을 스쳐 간 일순간의 혼란과 뒤따른 안도의 기미는, 이제 '쇼 타임'이 끝났음을 알려준다. 기억상실은 사랑을 부정하는 폭력이다. 그러나 기억상실은 그토록 집착해온 과거로부터 자유로워지는, 뜻밖의 구원이기도 하다. 우리가 억지로 망각의 창고에 구겨 넣었던 모든 기억들은 우리의 무의식 속에서 SOS를 청하며 절규하고 있는 것인지도 모른다.

서로의 결핍으로 오히려 완전해지는

버나드 쇼,
『피그말리온』

내가 창조한 것은
나의 것일까

피그말리온의 일시적 승리

사랑과 지배욕을 혼동하는 이들이 있다. 그들은 타인에 대한 지배욕이 너무 강한 나머지, 생을 뒤흔드는 사랑이 찾아왔을 때도 그것이 사랑인지조차 알아보지 못하곤 한다. 아무리 멋진 상대가 나타나도, 익숙한 지배욕으로 관계를 규정하고 시작하기 때문이다. 『피그말리온』이 원작

인
연

인 영화 「마이 페어 레이디」의 음성학자 헨리 히긴스가 바로 그런 사람이다. 그는 어머니를 제외한 모든 여성들을 평등하게 무시한다. 버나드 쇼는 『피그말리온』에서 헨리 히긴스의 성격을 이렇게 요약한다. 히긴스는 꽃 파는 처녀와 공작부인을 얼마든지 똑같이 대할 수 있는 사람이라고. 공작부인만큼 꽃 파는 처녀를 존중하는 것이 아니라, 공작부인조차 꽃 파는 처녀처럼 무시하는 그는, 심각한 여성 혐오증을 앓고 있다.

　　　　　그리스 신화에서 피그말리온은 자신이 창조한 아름다운 조각상 갈라테이아와 달콤한 해피엔드를 맞이한다. 주변의 모든 여성들에게 만족하지 못하는 피그말리온은 오직 자신이 창조한 조각상 갈라테이아를 통해서만 사랑의 이상을 충족시킬 수 있다. 피그말리온의 지독한 사랑을 아름답게 그려낸 그리스 신화에는 결정적인 틈새가 있다. '갈라테이아는 과연 피그말리온을 진심으로 좋아했을까'라는 질문이 빠져 있는 것이다. 버나드 쇼는 이 질문을 시종일관 날카롭게 해부한다. 피그말리온의 현신으로 그려지는 음성학자 헨리 히긴스는 말투와 억양만으로도 그 사람의 출신지는 물론 이사 경로까지 파악할 수 있다. '심각한 사투리'와 '저급한 영어'를 구사하는, 거리에서 꽃을 파는 처녀 일라이자 두리틀을 보자마자 그는 이 아가씨의 출신 성분을 간파한다. 일라이자는 꽃집 점원으로 취직하는 것이 소원이지만 번번이 억양 때문에 거절당한다. 음성학자 히긴스와 피커링은 '음성학의 가능성'을 놓고 토론을 벌이다가 기막힌 내기를 제안한다. 평생 빈민가를 벗어나기 힘들 것으로 보이는 일라이자에게 6개월 안에 바람직한 영어 발음을 주입시켜 사교계의 여왕으로 데뷔시켜보자고. 히긴스와 피커

링 대령의 대화를 듣던 일라이자는 정말 자신도 언어 습관을 교정하는
것만으로 숙녀가 될 수 있을까 궁금하다.

천박한 영어를 하는 저 아이를 보십시오. 저 영어는 죽는
날까지 저 아이를 빈민굴에 처박혀 있게 할 겁니다. 자, 선
생. 저는 석 달 안에 저 아이가 대사의 가든파티에서 공작
부인 행세를 하게 할 수 있어요. 저 애가 보다 수준 있는 영
어를 요구하는 귀부인의 하녀나 가게 점원 자리를 얻게 할
수도 있습니다. (일라이자를 바라보며) 너는 이 멋진 기둥
이 있는 고귀한 건축물에 대한 수치고, 영어에 대한 모욕
그 자체야. 나는 네가 시바의 여왕 행세를 하게 할 수 있다.

버나드 쇼
『피그말리온』
(김소임 옮김
열린책들) 중에서

세 사람의 거래는 이렇게 성립된다. 히긴스는 자신의
능력을 증명받고 싶어 하고, 피커링 대령은 음성학의 힘을 확인하고
싶어 한다. 일라이자는 번번이 발음과 억양 때문에 좋은 직장을 구할
수 없었던 자신의 좌절감을 떠올리며, 이 위험한 도박에 올인 한다. 이
때까지만 해도 그녀의 유일한 목표는 꽃집 점원으로 취직하는 것이었
다. 그녀는 발음만 교정하면 취직을 할 수 있을 거라 생각하지만, 정작
자신의 인생이 이 프로그램을 이수한 후 어떻게 바뀔지는 미처 상상하
지 못한다. 일라이자는 놀라운 학습 능력과 뛰어난 언어 감각으로 고
된 음성학 훈련을 통과하고, 마침내 결전의 그날이 다가온다. 세 사람
의 디데이는 바로 그녀가 귀족들의 가든파티에 참여하는 날이다. 그녀

의 초라한 출신 성분을 아무도 알아채지 못한다면, 그녀를 누구든 귀족으로 대접해준다면, 이 기막힌 음성학 실험은 전무후무한 승리로 기록되는 것이다. 그런데 이 승리는 과연 누구의 것일까. 탁월한 음성학 프로그램으로 런던의 뒷골목 영어를 명실상부한 귀족형 영어로 탈바꿈시키는 히긴스의 것일까. 아니면 정규교육도 제대로 받지 못했지만 경이로운 학습 능력으로 6개월 내에 최고의 영어 문장을 구사하게 된 일라이자의 것일까. 피그말리온의 승리는 과연 갈라테이아의 승리이기도 했을까.

피그말리온 효과, 혹은 콤플렉스?

피그말리온 효과Pygmalion effect는 누군가의 간절한 기대가 그 기대의 대상을 통해 그대로 실현되는 경향을 말한다. 아이들을 무조건 혼내지 말고, 아이들에게 기대와 믿음을 먼저 보여주면 그 기대치에 맞게 아이들이 성장한다는 식으로 말이다. '피그말리온 리더십'이라는 경영 전략이 나올 정도로, 피그말리온은 현대인에게 '간절히 바라면 이루어진다'는 식의 성공 전략을 상징하는 존재가 되었다. 이 피그말리온 효과의 결정적 딜레마는 '나의 소원'이 '타인의 힘'을 통해 이루어져야 한다는 점이다. 즉 기대는 이쪽에서 하는데 정작 그 기대를 이루어주어야 할 사람은 저쪽인 셈이다. 피그말리온 효과 자체가 타인을 향한 소유욕이나 독점욕을 유발할 가능성을 품고 있는 것이다.

서로의 결핍으로 오히려 완전해지는

버나드 쇼는 뛰어난 음성학자 헨리 히긴스를 통해 이 피그말리온 효과가 지닌 고유의 딜레마를 흥미롭게 그려낸다. 헨리 히긴스는 자신의 전공인 음성학 분야에서는 타의 추종을 불허하지만, 인간관계에서는 어린아이보다 미숙하다. 그는 '내가 만든 것은 나의 것이다'라는 창조주의 우월감으로, 자신의 작품, 일라이자를 바라본다. '피그말리온 효과'는 피그말리온의 치명적인 콤플렉스를 숨기고 있다. 피그말리온은 현실의 여성에게서 만족을 느끼지 못한다. '이상 속의 여성은 이토록 아름다운데, 현실의 여성들은 왜 이렇게 마음에 들지 않을까' 하는 고민이 조각상 갈라테이아를 만들게 한다. 피그말리온은 마음에 들지 않는 현실을 바람직한 이상형으로 바꾸려는 열정의 상징이기도 하지만, 주어진 현실에 결코 만족하지 못하는 우울한 완벽주의자의 상징이기도 하다. 그리스 신화 속의 피그말리온은 현실의 여자를 싫어하지만 사랑 자체는 싫어하지 않는다. 피그말리온은 뼛속 깊이 절절한 사랑을 간직한 로맨티스트였다. 그러나 버나드 쇼가 그린 현대의 피그말리온은 한층 더 심각한 콤플렉스를 지니고 있다. 히긴스는 관계에 대한 두려움 때문에 관계 자체를 포기하는 소심함을, 타인에 대한 지배욕으로 대체하고 있는 것이다.

영화 속에서 일라이자는 모두가 깜빡 넘어갈 만한 요조숙녀가 되지만, 요조숙녀가 된 뒤 어쩐지 전에 없던 서글픈 표정을 짓곤 한다. 꽃 파는 소녀의 생기발랄한 매력은 사라지고, 우울한 몽유병자처럼, 아름답지만 애처로운 표정을 짓는 그녀. 이제 원하는 것을 드디어 이루었는데, 그녀의 모습은 왜 그리 서글퍼 보일까. 그녀는 자신의 신분을 철저히 숨기기에 신비로워 보이지만, 자신의 진짜 페르소나를 숨겨야 하기에 그녀만의 그녀다움을 잃어버려 그토록 슬퍼 보이는 것은 아닐까. 사람들의 말씨를 교정시켜준다는 명목으로 커다란 이득을 취하는 사기꾼 네폼먹은 일라이자의 매력에 완전히 빠져들어, 그녀가 틀림없이 '헝가리 왕족'이라고 자신 있게 선언한다. 그녀는 대단한 사기꾼을 속여 넘긴 더 커다란 사기꾼이 된 것이다. 일라이자는 모두가 자신을 경이로운 눈빛으로 바라보는 상황에 불편함을 느끼며 히긴스에게 고충을 털어놓는다. "더 이상 못 견디겠어요. 사람들이 모두 나만 뚫어지게 쳐다봐요. 어떤 할머니는 내가 빅토리아 여왕이랑 똑같이 말을 한다고 그랬어요." 그녀는 한때 이들과 비슷해지고 싶었지만, 이제는 이 귀족들의 체면 놀이가 자신에게 맞지 않는다는 것을 깨닫는다. "저는 최선을 다했어요. 하지만 어떻게 해도 이 사람들이랑 똑같아질 수는 없어요." 그녀는 그저 '숙녀 인증'만 받으면 내기에 이길 수 있었지만, 휘황찬란한 공주 대접을 받자 더더욱 어쩔 줄 몰랐던 것이다.

갈라테이아의 우울증

신화 속의 갈라테이아는 태어나자마자 한 남자의 아내가 되는 운명을 감내한다. 신화적 세계관으로 보자면, 그녀는 이미 조각일 때부터 '살아 있는 존재'였다. 그녀의 영혼은 조각상 안에 갇혀 있었지만, 그녀의 영혼은 피그말리온의 따스한 시선을 받으며 이미 '사랑받는 여자'가 되어가고 있었던 것이다. 오드리 헵번이 주연한 영화 「마이 페어 레이디」에서는, 일라이자가 아름다운 갈라테이아의 현신이 되고 나자 그녀의 표정은 오히려 어두워진다. 아름다운 옷과 장신구도, 뭇 남성들의 시선도 도무지 그녀를 만족시킬 수 없다. 그녀의 우울한 기분에는 아랑곳없이, 피커링과 히긴스는 승리감에 도취된다. 일라이자가 '도대체 이제 나는 무엇인가'를 고민하며 괴로워하는 동안 남성들은 승리의 찬가를 부르며 기세등등해진다. 히긴스는 일라이자의 숙녀 데뷔를 자신의 승리라 단언한다. 그러는 동안 일라이자는 깊은 절망감을 느낀다.

　　　"난 무엇에 어울리는 사람이죠? 나를 무엇에 어울리는 사람으로 만든 거예요? 나는 어디로 가야 해요? 난 뭘 해야 하죠? 나는 어떻게 될까요?" 히긴스는 그게 무슨 문제가 되느냐며, 이제 소원대로 꽃집 점원이 되든지 멋진 남자에게 시집을 가라고 부추긴다. 일라이자는 분노에 차서 절규한다. "나는 꽃을 팔았지 나를 팔지는 않았어요. 당신이 나를 숙녀로 만들어버려서 나는 이제 어떤 것을 팔아도 어울리지 않아요." 히긴스는 거리의 꽃 파는 처녀를 일약 사교계의 스타로 만들어준 것은 바로 자신이며, 그녀가 가진 모든 좋은 것들은 모두 자신의 손에서 나온 것이라고 주장한다. "내가 그 애 머릿속에 넣어주지 않은 생각, 내가 그 애 입에 심어주지 않은 단어가 하나라도 있나 곧 보시게 될 거예요. 코번트 가든의 으깨진 배추 잎을 가지고 제가 이 물건을 만들어냈다니까요. 그런데 이제 나한테 숙녀 행세를 하려고 하다니!"

　　　일라이자는 자신을 진정한 숙녀로 만들어준 것은 히긴

스의 음성학 수업이 아니라 피커링 대령의 '친절과 존중'이었다는 폭탄 선언을 한다. 피커링 대령이 '두리틀 양'이라고 불러주는 순간, 처음 보는 낯선 신사가 이름 모를 꽃 파는 처녀에게 정중하게 '두리틀 양'이라고 불러주는 순간. 그 순간이 진정한 '자기 존중의 시작'이었다고. 피커링 대령 스스로도 너무 자연스러워 그 의미를 알아차리지 못하는 자잘한 행동 습관들, 즉 숙녀 앞에서 모자를 벗는 것, 여성이 먼저 지나가도록 문을 열어주는 것 등등, 이 모든 행동들이 그녀를 진정한 숙녀로 만들었다고. 옷을 멋지게 입는다거나 상류층의 발음을 배우는 것이 아니라, 누군가 나에게 진정한 숙녀 대접을 해주는 순간, 진짜 숙녀가 되고 싶은 욕망이 싹튼 것이다.

— "정말로, 진실로 숙녀와 꽃 파는 소녀의 차이는 어떻게 행
『피그말리온』중에서   동하느냐가 아니라 어떻게 대접을 받느냐에 달렸죠."

일라이자가 고통스러워 하며 집을 나가버린 후에야, 히긴스는 뭔가 잘못되었음을 깨닫고 어머니에게 상의를 한다. "난 어떻게 해야 하죠?" 지혜로운 히긴스 부인은 아들의 잘못을 알기에 현명하게 충고해준다. "가만히 있는 게 좋겠구나, 헨리. 그 애는 본인이 원하면 언제든 떠날 수 있는 권리가 있단다." 그러나 히긴스는 가만히 있지 못하고 어쩔 줄 몰라 허둥댄다. 자신의 스케줄과 소지품은 물론 자신의 기분과 생각까지 알아채고 일일이 챙겨주던 훌륭한 비서, 나아가 어쩌면 그를 진심으로 사랑하는 최후의 여인이었을 소중한 존재를 영

원히 잃어버린 것이다.

> 난 약간의 친절을 원해요. 난 천하고 무식한 아이이고, 당신
> 은 유식한 신사인 거 알고 있어요. 하지만 내가 당신 발톱
> 의 때는 아니에요. 내가 그 일을 했던 건 옷을 얻거나 택시
> 를 타기 위해서가 아니었어요. 나는 우리가 같이 있으면 즐
> 겁고, 내가 선생님을, 좋아해서, 좋아하게 돼서 했던 거예
> 요. 당신이 나를 사랑하게 되기를 원했던 것도 아니고 우리
> 가 신분이 다르다는 걸 잊은 것도 아니에요. 단지 더 친해
> 졌으면 했던 거예요.

『피그말리온』 중에서

　　원작 『피그말리온』에서는 일라이자가 젊은 남성 프레
디와 결혼을 하지만, 영화에서는 히긴스와의 새로운 러브 스토리가 시
작될 것 같은 희망적인 분위기로 끝을 맺는다. 버나드 쇼는 '일라이자
가 히긴스와 결혼할 수 없는 이유'를 구구절절 적어 대중의 집단적 오
독을 가로막으려 했지만, 히긴스의 그 잘난 콧대를 꺾어놓고 그가 진
심으로 누군가를 사랑할 수 있는 진짜 남자가 되기를 바라는 대중의
뜨거운 열망은 꺾어놓지 못했다. 모두가 우러러보는 멋진 요조숙녀가
된 것은 일라이자였지만, 진정으로 마음속 깊이 우아한 젠틀맨이 되어
야 할 사람은 바로 히긴스였던 것이다. 누군가는 누군가를 더 나은 존
재로, 더 빛나는 존재로 만들 수도 있다. 그러나 '만든 자'와 '만들어진
자'가 진정한 친구가 될 수 없다면, 그 관계는 한쪽에게는 피조물의 부

채 의식을, 한쪽에게는 창조주의 우월감을 줄 뿐이다.

갈라테이아는 결코 피그말리온을 좋아하지 않는다. 그녀와
그의 관계는 너무 신성해서, 전적으로 좋기만 할 수는 없기
때문이다.

『피그말리온』 중에서

서로의 결핍으로 오히려 완전해지는

마이클 커닝햄,
『세월』

닮은 영혼, 다른 인생,
우리의 사랑은
우리를 구원할 수 있을까

나만이 이 고민을 하고 있는 것일까

내 인생의 가장 큰 고민이 100년 전 누군가가 똑같이 경험했던 고민이라면 어떨까. 또 그 100년 전 누군가의 고뇌를 200년 전 누군가도 똑같이 짊어졌다면 어떨까. 우리가 저마다 마치 환생이나 부활처럼, 먼 옛날 그 누군가의 똑같은 고통을 데자뷔처럼 반복하고 있다면 어떨까.

인
연

그리고 누군가가 그 반복되는 인생의 파노라마를 저 멀리서 조용히 바라볼 수 있다면 어떨까. 『세월』을 영화화한 스티븐 달드리 감독의 「디 아워스」는 바로 그런 질문에 대한 멋진 대답이 되어줄 것 같다. 이건 단지 허무맹랑한 환상이 아니다. 세 사람이 공감할 수 있는 어떤 강력한 매개체만 있다면, 누구에게나 이런 일이 일어날 수 있다. 그것을 서로가 깨닫지 못할 뿐이다. 「디 아워스」에는 서로 다른 시공간에서 같은 고민을 하고 있는 세 여인이 있다. 버지니아 울프(니콜 키드먼), 로라 브라운(줄리앤 무어), 클래리사 보건(메릴 스트립). 서로 한 번도 만나지 못한 그녀들을 맺어주는 강력한 미디어는 바로 소설 『댈러웨이 부인』이다. 1923년 영국 리치먼드에서 살고 있는 버지니아 울프. 1949년 LA의 로라 브라운. 1990년대 뉴욕에 살고 있는 클래리사 보건. 영화는 이 세 사람의 '같은 고민, 다른 인생'을 그려낸다. 세 사람은 서로 완전히 다른 시간과 공간 속을 살고 있지만, 마치 서로의 전생-현생-내생인 양, 닮은꼴의 영혼을 하고 있다.

작가 버지니아 울프는 댈러웨이 부인을 창조한다. 완벽한 주부 로라 브라운은 댈러웨이 부인에게 매혹된다. 출판 편집자 클래리사는 옛사랑 리처드에게 '댈러웨이 부인'이라는 애칭으로 불린다. 버지니아는 작품 속에서 자신을 가장 닮은 기념비적인 캐릭터, 댈러웨이 부인을 묘사한다. 이제 곧 둘째 아이를 낳게 될 로라는 댈러웨이 부인의 모습에서 자신의 은밀한 자화상을 발견한다. 사랑하는 여인 샐리와 함께 살면서 정자 기증으로 낳은 딸을 훌륭하게 키운 클래리사 또한 겉으로는 아무 문제가 없어 보이지만, 마음 깊이 해결되지 않은 우울의 심연을 안고 살아간다. 이 매력적인 세 여자에게 도대체 무슨 일이 일어난 것일까.

우리는 왜 행복하지 못할까

무언가를 꿈꾼다는 것. 그 자체가 고통이 되는 순간이 있다. 나는 그곳에 갈 수 없는데, 그곳에 가는 것만이 유일한 소원일 때. 자신이 원하는 것을 잘 알고 있지만, 원하는 것을 결코 이룰 수 없을 때. 인간은 절망한다. 버지니아는 런던에 가고 싶었다. 그녀는 시골의 고요가 아니라, 도시의 떠들썩함을 원했다. 런던에 가서, 다시 작가의 열망을 불태우고 싶었다. 그러나 그녀의 신경쇠약은 심각한 상태였다. 그녀를 헌신적으로 보살피는 남편은 그녀를 무조건 보호하려 한다. 버지니아는 남편의 걱정이 사랑이라는 것을 알면서도 그를 벗어나고 싶어 한다. 로라는 남편과 아들에게 엄청난 사랑을 받고 있지만, 그녀의 눈빛은 자신의 행복과 어울리지 않는다는 듯 묘하게 서걱거린다.

클래리사는 겉으로 보기에는 가장 행복해 보인다. 동성 커플인 샐리와 10년 넘게 평화로이 살고 있고, 딸 줄리아 또한 잘 커주었으며, 그녀도 인생에 커다란 불만이 없다. 그러나 그녀는 옛 애인 리처드와의 관계에서 여전히 끝나지 않은 끈질긴 운명의 사슬을 느낀다. 에이즈를 앓고 있는 시인 리처드는 한때 그녀가 사랑했던 남자였지만, 이제는 그녀가 보살펴야 할 환자다. 리처드는 그녀 인생에 가장 어두

운 그림자를 드리우고 있다. 그녀는 리처드의 재능을 아끼지만, 더 이상 리처드에게 해줄 수 있는 것이 없다는 것을 알기에 고통스럽다. 그녀는 평범한 행복을 꿈꾸지만, 그녀의 인생 자체가 평범한 것과는 거리가 멀다.

　　　그녀들은 모두 무언가를 뜨겁게 열망한다. 내게는 없는 것, 내게는 불가능한 것을 꿈꾼다는 것이 얼마나 끔찍한 고통을 가져오는 것인지. 그녀들은 알고 있다. 버지니아는 런던에 살고 있는 친언니 바네사의 떠들썩한 도회적 삶이 부럽다. 버지니아는 바네사가 가진 모든 것, 그리고 바네사를 열망한다. 바네사에게 열정적으로 키스하는 버지니아의 모습은 소름 끼칠 정도로 위태롭고 불안하다. 여동생의 격정적인 키스에 겁먹은 언니를 바라보며 버지니아는 쓸쓸하게 속삭인다. "그래도 언젠가는 이 지옥 같은 곳을 벗어날 수 있겠지?" 로라는 남편과 아이를 더없이 사랑한다. 그러나 마치 그녀가 우주라도 되는 듯 자신을 숭배하는 남편과 아들의 시선이 부담스럽다. 또 하나의 아이를 낳아 또 하나의 세상을 잉태하고 보살펴야 할 생각을 하니, 두렵기만 하다. 로라가 원하는 것은 편안하게 책을 읽을 수 있는 자유를 확보하는 것이다. 하지만 완벽한 살림과 깔끔한 내조에도 미련을 버리지 못하는 로라에게, 독서란 은밀한 사치처럼 느껴진다. 클래리사는 늘 정신없이 바쁘다. 멀리서 보면 그녀는 슈퍼 우먼이다. 출판사 편집 일, 한 아이의 엄마, 한 여자의 파트너, 게다가 옛 애인을 돌보는 일까지. 그러나 리처드의 슬픈 눈빛은 마치 이렇게 말하는 것 같다. 너의 희생 따윈 필요 없어. 네 인생은 참 하찮아. 너는 정말 하찮은 존재야.

세 사람의 또 다른 공통점은 바로 파티를 준비하고 있
다는 점이다. 버지니아 울프는 언니와의 파티를 준비하고, 댈러웨이 부
인 또한 소설 속에서 파티를 준비하고 있다. 『댈러웨이 부인』을 읽는
로라도 남편의 생일 파티를 준비하고, 클래리사 또한 리처드의 문학상
수상을 기념하는 파티를 기획한다. 그런데 그녀들은 파티의 주최자이
면서도 마치 파티에 초대받지 못한 사람처럼 낯선 이방인의 표정을 짓
는다. 버지니아는 파티를 준비하는 동안만은 거울을 보지 않으려 한다.
자기 인생의 불길한 조짐, 우울한 광기가 파티로 스며드는 것을 필사
적으로 막으려는 몸부림처럼 보인다. 로라와 클래리사도 파티를 준비
하는 동안만은 밝은 표정을 지으려 한다. 그러나 로라는 멀쩡한 케이
크가 자기 마음에 들지 않는다며 괴로워하고, 클래리사는 정작 파티의
주인공인 리처드가 파티를 달가워하지 않는다는 것을 깨닫고 만다. 파
티 한번 열기가 이토록 힘들어서야. 그들은 잔치가 상징하는 인생의
기쁨 속으로 진입하려 하지만, 과거의 우울이 현재의 발목을 잡는다.

　　　버지니아는 흥겨운 파티의 분위기를 스스로 망치고, 로
라는 케이크를 망친 후 동성 친구 케이티의 슬픔을 엿보며 그녀에게
키스하고, 클래리사는 정작 파티의 주인공인 리처드가 자살을 하는 끔
찍한 고통을 치러낸다. 그녀들은 지금과 다른 삶을 열망한다는 것 자
체가 고통이라는 것을 알고 있다. 자신의 열망을 이승에서는 이룰 수
없다는 생각 때문에 버지니아 울프는 죽음을 선택한다. 로라는 자신만

을 끈질기게 바라보는 가족의 족쇄를 벗어던지고, 멀리 캐나다로 가서 도서관 사서가 된다. 클래리사는 이렇듯 뼈아픈 단절이 아닌 '지금 여기의 삶'을 택한다. 그들의 똑같은 아픔은 세대를 거듭하면서 조금씩, 아주 조금씩 극복된다. 클래리사가 마지막 순간에 짓는 미소는 버지니아 울프, 로라, 그리고 이 세상 곳곳에 웅크리고 있는 댈러웨이 부인들의 집단적 우울증을 말끔히 날려버릴 듯하다. 죽음을 감싸 안은 여유, 삶을 짊어지고 갈 용기. 무언가 열망하면서 이루어지지 않을까 봐 두려워하는 삶이 아니라, 당당히 열망하고 실패조차 끌어안는 따스함. 클래리사의 눈빛 속에서는 그런 넉넉함이 배어 나오기 시작한다. 이 세 사람은 모두 참담한 사랑의 기억을 갖고 있지만, 저마다 사랑의 상처를 다른 방식으로 풀어간다. 버지니아는 고통스러운 글쓰기를 통해, 로라는 가족을 떠남으로써, 클래리사는 새로운 대안 가족을 창조함으로써.

　　　　우리는 그저 1인분의 시간을 살고 있는 것이 아니라, 우리와 닮은꼴의 영혼을 가진 사람들의 다채로운 시간들을 살고 있는 것은 아닐까. 어디선가 나와 비슷한 고민을 하는 사람들은 과거나 미래뿐 아니라 현재에도 많지 않을까. 『세월』은 특별한 사람들만의 신비체험이나 현실과 동떨어진 이야기가 아니다. 나와 닮은꼴의 영혼을 가진 사람이, 나와 다른 시공간 속에서, 나와 같은 아픔을 겪고 있다는, 너무도 그럴듯한 상상. 우리는 그렇게 만날 수 없는 타인과 만나고, 한 몸으로는 다 살아낼 수 없는 무지갯빛 시공간을 겪어내는 것은 아닐까. 지구라는 별 어딘가에서 누군가 나와 같은 고민을 한다는 사실만으로도, 우리는 조금 덜 외롭고, 덜 아프고, 조금 더 용기를 낼 수 있지 않을까.

표도르 도스토옙스키,
『죄와 벌』

당신과 함께
추락하겠습니다

라스콜리니코프는 희망 없는 가난에 지쳐 있고, 미래 없는 노력에 지쳐 있다. 가정교사 노릇도 너무나 박봉이고 지긋지긋하여 그만둔 상태다. 학비가 없어서 학교도 그만두고, 세상 모든 일에 대한 열정도 잃어버린 라스콜리니코프. 절망에 빠진 라스콜리니코프가 가장 증오하는

서로의 결핍으로 오히려 완전해지는

대상은 바로 전당포를 운영하는 악덕 고리대금업자 알료나 이바노브나다. 주변의 수많은 사람들을 고리대금의 끔찍한 사슬에 휘말리게 하고, 그 누구에게도 자비를 보이지 않는 파렴치한 노파 알료나. 라스콜리니코프는 얼마 전부터 세상을 향한 증오를 가장 가까이에 있는 살아 있는 악당, 알료나에게 투사하기 시작했다. 남에게 해만 끼치는 저런 인간만 없다면, 이 세상은 조금 살 만해지지 않을까. 저 여자의 넘치는 재산을 가난한 사람들에게 나눠줄 수만 있다면 얼마나 좋을까. 자신의 삶에 대한 불만, 세상을 향한 증오, 가난하고 힘없고 희망 없는 사람들에 대한 연민. 이 모든 감정이 한데 뭉뚱그려져 알료나라는 고리대금업자에게 무서운 속도로 집중되고 있었던 것이다.

　　　　라스콜리니코프는 우여곡절 끝에 노파를 도끼로 살해하는 끔찍한 범행을 저지른 후 심각한 신경쇠약에 시달린다. 어떤 순간은 미친 듯이 '자수를 해야만 한다'고 마음먹다가도, 대부분의 순간은 '난 잡히지 않을 거야'라고 믿고 싶은 라스콜리니코프. 그는 정처 없이 거리를 방황하다가 마차에 치여 죽어가는 알코올중독자 마르멜라도프를 구해낸다. 그러나 상처가 너무 심해 마르멜라도프를 살려내지는 못했고, 그나마 마르멜라도프의 가족들에게 그의 임종을 보여줄 수 있을 뿐이었다. 아버지가 위독하다는 전갈을 받은 소냐는 미처 평상복으로 갈아입지도 못한 채 헐레벌떡 뛰어온다. 죽어가는 마르멜라도프는 딸 소냐를 알아보지 못한다. '저 여자는 창녀다'라는 것을 누구나 알아볼 수 있는 옷차림과 화장을 한 딸을, 한 번도 본 적이 없기 때문이었다. 위독한 아버지의 소식을 듣고 창졸간에 달려온 소냐는 자신의 그런 모습을 가족들 앞에서 처음 보이게 된 것이다. 그리고 이것이 라스콜리니코프와 소냐의 운명적인 첫 만남의 순간이었다.

마르멜라도프는 알코올중독에 빠져 가족을 돌보지 못하고, 자신의 딸을 거리의 창녀로 내몬 죄가 얼마나 끔찍한 것인지를 죽음의 문턱에서 깨닫는다. 그는 죄책감을 가지긴 했지만, 소냐의 모습이 이런 정도일 거라고는 상상하지 못했던 것이다. 라스콜리니코프는 이 불쌍한 가족을 바라보면서 마치 일종의 계시를 받은 양 의기양양해진다. 드디어 살인자이자 룸펜이자 도망자인 자신의 고통을 벗어날 수 있는 출구를 찾은 것이다. 그는 마르멜라도프 가족을 물심양면으로 도움으로써 자신의 죄책감에서 벗어나려는 마음을 먹는다. 그는 자신이 마르멜라도프 가족을 돕겠다며 앞장선다. 우리는 친구라고. 자신의 치명적인 약점에서 헤어나지 못하면서도 가족에 대한 사랑을 포기하지 않는 마르멜라도프에게 깊은 감명을 받았다고. 자신은 죽은 분에 대한 자신의 의무를 다하고 싶다고.

라스콜리니코프는 소냐의 가족을 도우면서 자신의 죄를 향한 면죄부를 얻으려 하지만 일은 그렇게 간단하지 않다. 그녀를 도울수록, 그녀에 대해 잘 알게 될수록, 자신의 죄가 얼마나 끔찍한지를 명징하게 깨닫기 시작한 것이다. 연민으로 시작된 감정은 공감과 애정으로 번져나가고, 이제 사랑하는 이 앞에서 조금이라도 '좋은 사람'이고 싶은 소박한 열정이 라스콜리니코프를 괴롭히기 시작한다. 그리고 소냐를 볼 때마다 강렬한 '고해의 욕구'를 느낀다. 경찰이나 검사

서로의 결핍으로 오히려 완전해지는

가 아니라, 사랑하는 여인을 향해 자신의 죄를 고백하고 싶은 욕구. 그
것은 라스콜리니코프를 절망에 빠뜨리기도 했지만, 그의 무의식이 스
스로를 구원하는 사랑의 열쇠이기도 했다.

> 그녀는 갑자기 와들와들 떨기 시작했다.
>
> (……) "그 녀석은 리자베타를…… 죽일 생각은 아니었지.
> 그녀를 죽인 건 우연이었어. 할멈이 혼자 있을 때…… 찾아
> 간 거야. 그런데 마침 리자베타가 들어왔어. 그래서…… 그
> 사람까지 죽인 거야."
>
> (……) "당신은 어째서, 어째서 자기 자신에게 그런 짓을 저
> 지르고 마셨어요!"
>
> 절망에 빠진 듯이 그녀는 소리쳤다.
>
> 그러더니 별안간 벌떡 일어나 그의 목에 달려들어 그를 두
> 팔로 으스러지게 껴안았다.
>
> 라스콜리니코프는 한 걸음 뒤로 물러서서 슬픈 듯한 미소
> 를 지으면서 그녀를 바라보았다.
>
> "소냐, 당신은 이상한 여자로군. 내가 이런 이야기를 했는데
> 도 끌어안고 키스를 하다니, 당신도 정신이 없는 모양이지."
>
> "당신보다 불행한 사람은 이 세상에 아무도 없어요, 아무도!"

표도르 도스토옙스키
『죄와 벌』
(유성인 옮김
하서) 중에서

스스로 용납할 수 없는 행동을 저지를 때, 인간은 마음
속에 갖가지 방어기제를 설치한다. 라스콜리니코프는 스스로를 '인류

의 행복을 위해 악당을 퇴치하는 위인'의 반열에 올리기도 하고, 나폴레옹이나 시저 같은 위대한 인물들은 모두 악행을 저지름으로써 위대한 업적을 쌓았다고 합리화하기도 한다. 논리는 또 다른 논리를 낳고, 방어는 또 다른 방어를 낳는다. 그러나 어떻게 합리화해도 '나는 살인자다'라는 사실은 지워지지 않는다. 라스콜리니코프는 자신이 죽인 전당포 노파의 돈으로 자신이 무엇을 하려 했는지, 스스로 알고 있다. 이 앎은 라스콜리니코프를 파괴할 수도 있고, 구원할 수도 있는 힘이다. 어떤 그럴듯한 변명으로도 지워지지 않는, 치명적인 진실이기 때문이다. 마음속에만 담겨 있는 진실은 힘을 발휘하지 못한다. 고백해야 한다. 발설해야 한다. 어느새 자신에게 가장 소중한 사람이 되어 있는 소냐에게, 라스콜리니코프는 마침내 모든 것을 털어놓게 된다.

사랑하는 가족과도 절친한 벗과도 인연을 끊으려 했던 라스콜리니코프는 이상하게도 소냐만은 버릴 수가 없었다. 소냐는 이해할 수 없는 타인에서 연민의 대상으로, 안타까운 타인에서 도움을 주고 싶은 사람으로, 도와야 할 사람에서 자신과 가장 닮은 사람으로, 마침내 사랑하지 않을 수 없는 사람으로 변해버린 것이다. 라스콜리니코프는 소냐에게서 '나에게 무언가를 캐내려 하는 의심 많은 타인의 눈빛'이 아니라 '내가 어떤 말을 해도 모든 것을 받아줄 것만 같은, 무한한 사랑의 눈빛'을 발견한다. 라스콜리니코프는 이제야 자신이 살인을 해서라도 벗어나고 싶었던 끔찍한 운명의 굴레를 남김없이 털어놓는다. 아무리 벗어나려고 해도 벗어날 수 없었던 가난, 자신만을 바라보고 있는 가족을 향한 무거운 책임감, 학자금조차 마련하지 못해 공부를 그만둘 수밖에 없었던 최악의 상황, 사랑하지만 아무것도 해줄 수 없는 가족을 향한 죄책감, 겪고 또 겪어도 끝나지 않을 것 같은 불행…… 라스콜리니코프는 '내가 그 두 여자를 죽였어'라고 고백하지 않았다. 굳이 다 말하지 않아도 소냐는 한꺼번에 이해했던 것이다. 아니, 다 이해할 수 없어도 다 받아들일 수 있었던 것이다.

나는 말이야 소냐, 이러쿵저러쿵하는 그따위 이론을 무시하고 죽이고 싶었어. 나를 위해서, 나 한 사람을 위해서 죽이고 싶었던 거야! 이 점에선 나 자신에게 거짓말을 하고 싶지 않았어! 나는 어머니를 도와주고 싶어서 노파를 죽인 게 아냐. 전혀 당치 않은 소리지! 돈과 권력을 손에 넣고 인류의 은인이 되기 위해 죽인 것도 아냐. 터무니없지! 나는 그저 죽였을 뿐이야. 나를 위해서, 나 하나만을 위해 죽인 거야. (……) 소냐, 내가 그 여자를 죽였을 때 필요로 했던 것은 돈이 아니었어. 돈보다 오히려 다른 그 무엇이 필요했어. 이제는 그게 무엇인지를 완전히 알았어. (……) 내가 그때 한시라도 빨리 알고 싶었던 것은 나도 다른 사람과 마찬가지냐, 아니, 인간이냐 하는 점이었어. 나는 짓밟고 넘어설 수 있는가, 아니, 할 수 없는가? 일부러 허리를 굽혀 주울 것인가, 아니, 하지 않을 것인가? 나는 겁에 질려 떨기만 하는 벌레인가, 아니, 사람을 죽일 권리를 가지고 있는가……

『죄와 벌』 중에서

인
연

그가 소냐에게 묻고 싶은 것은 이것이었다. "내가 감옥에 들어가면 면회는 와주겠어?" 소냐는 전혀 망설이지 않고 대답한다. "네, 물론 가겠어요!" 소냐의 거짓 없는 사랑에 감명받은 라스콜리니코프는 이 와중에도 사랑받는다는 것은 행복하다는 것을, 그 행복이 자신을 더욱 고통스럽게 한다는 것을 깨닫는다. 잃을 것은 오직 자유뿐이라고 생각했던 그는 진짜 소중한 것, 잃어버려야 할 것이 또 있다는 것을 깨닫자 더 깊은 절망에 빠진다. 감옥에 가게 된다면, 모든 것을 자백한다면, 소냐의 사랑을 잃어버릴까 봐. 사랑받는 것, 그 모든 끔찍한 악행에도 불구하고 자신이 사랑받고 있다는 것을 깨닫는 것이 괴로웠던 것이다.

드디어 라스콜리니코프는 소냐뿐 아니라 경찰에도 자수를 하고, 결국 시베리아로 유형을 떠나게 된다. 소냐에게 어머니를 부탁하면서. "나 때문에 울 건 없다. 살인자이긴 하지만 나는 평생을 두고 용기 있고 성실한 인간이 되도록 노력하겠어." 주변의 모든 사람들이 백방으로 그의 감형을 위해 노력한 결과, 그는 8년형을 언도받고 시베리아의 감옥으로 가게 된다. 그는 철저히 홀로 있을 줄로만 알았던 곳에서, 더없이 소중한 사람과 함께할 수 있음을 알게 된다. 소냐가 그 머나먼 시베리아 감옥까지 라스콜리니코프를 따라간 것이다. 온갖 삯바느질을 도맡아 하며 라스콜리니코프를 뒷바라지하는 소냐의 모습에 죄수들까지 감명받는다. 그녀가 지나갈 때마다 죄수들은 모두 모자를 벗고 절을 할 정도였다. "소피야 세묘노브나, 당신은 우리의 어머니야. 상냥하고 인정 많은 어머니야."

심각한 우울증에 시달리던 라스콜리니코프 또한 마침내 소냐의 진심을 마음 깊이 받아들이게 된다. 어느 날 갑자기 소냐가 심한 몸살 때문에 며칠 그를 면회 오지 못하자, 그는 소냐가 자기 인생에서 얼마나 소중한 존재인지를 깨닫게 된다. 그녀를 만나자마자 그는 왈칵 울음을 터뜨리며 그녀 앞에 무릎을 꿇는다. "두 사람을 부활시킨 것은 사랑이었다. 서로의 마음속에 다른 또 한쪽의 마음을 위해 끊임없이 솟아나는 샘물이 존재하고 있었던 것이다." 라스콜리니코프를 돕기 위해 소냐는 '황색 감찰(창녀의 표시)'의 저주에서 풀려나고, 라스콜리니코프는 소냐의 꾸밈없는 헌신을 통해 자신의 죄를 진심으로 뉘우침으로써 스스로를 구원한 것이다.

사랑이 진정 아름다운 이유는 사랑에 빠진 두 사람의 소망을 충족시켜주기 때문만은 아니다. 그 사랑을 통해 더 나은 세상을 만들 수 있다는 희망. 그 사랑을 통해 그들 주변의 세상을 좀 더 환하게 밝혀줄 수 있다는 희망이야말로 사랑을 아름답게 만드는 보이지 않는 빛이다. 소냐의 사랑은 라스콜리니코프의 삶뿐 아니라 죄의 구렁텅이에 빠진 수많은 죄수들의 삶에, 라스콜리니코프로 인해 엄청난 충격을 받은 모든 사람들에게 구원의 희망을, 새로운 삶을 시작할 수 있는 용기를 준다.

앙드레 지드,
『전원 교향악』

사랑하기에는
너무 성스러운 당신

나를 구원한 사람을, 스승이자 아버지이자 신과 같은 그런 사람을, 과연 사랑할 수 있을까. 앙드레 지드의『전원 교향악』은 맹인 소녀 제르트뤼드에게 다가온 아름다우면서도 끔찍한 사랑의 이야기다. 남자 주인공인 '목사님'은 거의 늑대 소녀처럼 인간의 손길에서 벗어나 있는,

서로의 결핍으로 오히려 완전해지는

글씨는커녕 언어 자체를 알지 못하는 소녀 제르트뤼드를 보자마자 강한 연민에 빠진다. 그는 존경받는 목사이고, 훌륭한 아버지이자 자상한 남편이었다. 그는 이 아이를 자신의 집으로 데려와 아름답고 지적인, 교양 있는 숙녀로 만들어보겠다고 다짐을 한다.

　　　　『전원 교향악』에서 눈먼 소녀 제르트뤼드를 바라보는 목사, '나'의 시선은 한없는 연민과 안타까움으로 가득 차 있다. 목사는 제르트뤼드를 가르치는 것이 한없이 즐겁다. 점자책 읽는 법을 가르쳐 역사와 문학을 가르치는 것만큼이나, 제르트뤼드에게 필요한 것은 '다른 사람들은 어떻게 사는가'에 대한 지식이다. 목사는 어느 정도 '제한된 지식'을 주입함으로써 그녀가 맹인이라는 이유로 겪는 상처를 건드리지 않으려고 한다. 목사는 귀로 들을 수 있는 '소리'의 아름다움을 예찬하는 대신, 눈으로 봐야만 알 수 있는 '이미지'의 아름다움에 대해서는 입을 다문다. 제르트뤼드는 목사의 이 '엄선된 침묵'의 의미를 번개같이 알아차린다. "왜 목사님은 제게 그 이야기를 해주지 않으세요? 제가 보지 못한다는 것을 배려해서 혹시 제게 괴로움을 줄까 봐 겁이 나서 그러세요? 그렇다면 목사님이 잘못 생각하시는 거예요. 저는 새들의 노랫소리에 담긴 이야기들을 모두 알아들을 것만 같거든요." 목사는 제르트뤼드를 위로하기 위해 '시각의 중요성'을 폄하한다. "눈이 보이는 사람들은 너만큼 새들의 소리를 잘 듣지 못한단다, 제르트뤼드야."

　　　　"당신은 저걸 어떻게 할 생각이세요?" 목사의 아내 아멜리는 제르트뤼드에게 노골적인 적대감을 표시한다. '저것'이라는 표현에 목사는 전율하고, 솟아오르는 분노를 억누르기가 힘들다. 그에게 제르트뤼드는 '길 잃은 양'이지만, 아이 다섯을 건사해야 하는 아내에게는 이 고아 소녀가 '짐'인 것이다.

물론 목사도 알고 있다. 목사로서의 끝없는 자선 활동이 '한 여자의 남편'으로서는 낙제 점수를 받기 쉽다는 것을. 어려운 사람들을 보면 일단 구하고 보는 자신의 이해받지 못하는 열정과 경솔한 충동이 아내를 괴롭혀왔음을. 목사 또한 아이의 '실체'를 보자 경악한다. 아이의 몸에 우글우글 붙어 있는 이와 벼룩을 보고는 "마차 안에서 오랫동안 그 아이가 내게 꼭 붙어 있었다는 생각을 하니 나 또한 불쾌감을 금할 수가 없었다"고 고백하기까지 한다. 그는 비로소 깨닫는다. 목사로서 '길 잃은 어린 양을 구해야 한다'고 결심하는 것과 그 길 잃은 양을 '그의 마음에 꼭 드는 숙녀'로 만드는 일 사이에는 엄청난 간극이 있음을. 아내의 얼굴에는 싫은 기색이 역력하지만, 가장 중요한 일, 예를 들어 소녀의 몸을 씻기고 닦아주는 일을 목사가 스스로 할 수는 없었다. 그런 힘든 일은 아내에게 맡기지 않을 수 없었던 것이다. "그제야 나는 가장 힘들고 불쾌한 보살핌에는 내 손길이 닿을 수 없다는 것을 깨달았다."

아직 앞을 보지 못하는 제르트뤼드는 일라이자보다 훨씬 느린 속도로 자신의 정체성을 자각한다. 하지만 오직 '목사님만이 나의 구원'이라 믿던 제르트뤼드의 태도에도 조금씩 균열이 가기 시작한다. 목사는 '보여주고 싶은 세계'만을 보여주고 '보여주고 싶지 않은

서로의 결핍으로 오히려 완전해지는

세계'는 살짝 숨기는 치밀함으로, 제르트뤼드의 진짜 영혼의 눈을 가리려 한다. 그러나 영특한 그녀는 속지 않는다. 목사가 보여주지 않으려는 세계 속에, 진정한 나, 진정한 우리, 또 다른 세상이 있으리라는 것을. 그녀는 본능적으로 알아차린다. 그녀는 자크를 만나면서, 목사가 한사코 보여주지 않으려는 세상의 이면을 조금씩 알아가기 시작한다. 자크는 목사처럼 무언가 가르치려 하지 않고, 다만 보여주려 한다. 세상이 얼마나 아름다운지를. 세상이 얼마나 끝없는 신비로 가득 차 있는지를. 제르트뤼드는 목사가 자신에게 느끼는 감정이 창조주의 기쁨이라는 것을 조금씩 알아가기 시작한다. 그리고 그 창조주의 기쁨이 창조주의 소유욕이라는 점을, 목사는 아직 깨닫지 못하고 있었다.

> 엿본다는 것은 전혀 내 성격과 맞지 않았지만 제르트뤼드를 감동시키는 일이라면 무엇이든 내게는 중요했기 때문에 발소리를 죽여 연단으로 이어지는 계단 몇 개를 살그머니 올라갔다. 관찰하기에 더할 나위 없이 훌륭한 장소였다. (……) 나는 제르트뤼드 곁에 앉아 있는 자크가 여러 번 그 애의 손을 잡아 손가락을 건반 위로 가져다 놓아주는 것을 보았다. 전에 내게는 그런 도움을 받는 것을 탐탁해하지 않으면서 혼자 해보겠다고 하더니 이제 와서 자크의 지도는 허락하는 것이 이미 수상한 징조가 아닌가? 나는 그 순간 당혹스럽기도 하고 고통스럽기도 하여 그 현실을 인정하고 싶지 않았던 것 같다.

—
앙드레 지드
『전원 교향악』
(김중현 옮김
펭귄클래식코리아)
중에서

한편 목사는 사랑에 빠진 자크를 억지로라도 제르트뤼드에게서 떼어내면 문제가 해결될 거라 생각한다. 하지만 그것은 치명적인 오산이었다. 아버지의 강권으로 자크는 집을 떠났지만, 이미 금이 가버린 그들의 가정은 어쩔 수 없었다. 제르트뤼드가 처음부터 이곳에 와서는 안 되었다고 말했던 아내 아멜리는 어느 날 목사에게 폭탄선언을 하고 만다. "어쩌지요, 여보. 내겐 내 눈을 멀게 할 능력이 없는데." 아내의 노골적인 빈정거림에, 목사는 깊은 상처를 입는다. 이제 목사가 제르트뤼드를 사랑하고 있다는 사실을 모르는 사람은 목사 자신뿐인 것 같다. 눈에 보이지 않는 모든 것을 마음의 눈으로 보고 있는 그녀는 품위를 지키고 있는 목사에게 불쑥 묻는다. "목사님이 저를 사랑한다는 것을, 자크도 알고 있나요?" 그녀는 이미 눈을 뜬 것처럼, 그녀에게 숨겨진 모든 것을 꿰뚫어 보고 그녀가 해결할 수 없는 모든 것을 아파하고 있다.

목사님이 제게 시력을 되찾아주셨을 때 저의 눈은 상상했던 것보다 훨씬 더 아름다운 세상을 보았어요. 정말이에요. 저는 태양이 이토록 밝고 대기가 이토록 반짝이며, 하늘이 이렇게 넓으리라고는 상상도 못했어요. 그렇지만 사람들의 얼굴이 이토록 걱정으로 가득 찬 모습이리라는 것 역시 상상하지 못했어요. (……) 제가 처음 본 것은 우리의 과오, 우리의 죄였어요. 그러지 마세요. '만일 너희가 눈이 먼 사람이라면 죄가 없으리라'라는 말씀으로 저를 안심시키려 하

서로의 결핍으로 오히려 완전해지는

지 마세요. 저는 이제 보이는 걸요. (……) 자크를 보게 된
순간, 저는 제가 사랑하는 사람이 목사님이 아니라 바로 자
크였다는 사실을 깨닫게 되었어요. 자크의 얼굴이 바로 목
사님의 얼굴이었던 거예요. 제가 상상하던 목사님의 얼굴
말이에요. 아아, 목사님은 왜 제가 자크를 밀어내게 하셨어
요? 우린 결혼을 할 수도 있었을 텐데……

　　『전원 교향악』의 피그말리온, 목사에게는 어떤 일이 일
어났을까. 시간이 흐른 후 마침내 제르튀르드의 개안 수술이 가능하다
는 의사의 소견을 듣자 목사는 기뻐하기는커녕 불안감에 휩싸인다. 제
르트뤼드가 눈을 뜬다면, 그녀가 과연 나를 계속 사랑할 수 있을까. 그
녀가 눈을 뜬다면, 과연 내가 사랑하던 그녀 그대로일 수 있을까. 목사
는 불안에 떨지만 어쩔 수 없이 그녀의 수술을 허락한다. 마침내 그녀
가 눈을 뜬 날. 온 세상이 얇디얇은 살얼음판으로 이루어진 듯 불안했
던 그들만의 '침묵의 세계'는 산산이 조각 나버리고 만다. 제르트뤼드
는 눈을 뜨자마자 자신의 '죄'를 깨닫는다. 자신이 목사의 사랑을 차지
해버렸기 때문에 고통 받은 부인의 아픔을, 깨닫는다. 그리고 그녀가
사랑한다고 믿으며 설레는 마음으로 상상했던 바로 그 얼굴은 목사의
얼굴이 아니라 자크의 얼굴이었음을 깨닫고 절규한다. 목사가 '아름답
다'고 말했던 세상은, 결코 아름답지 않았다. 그 세상은 목사가 편집하
고 교정한, '목사님판 세상'일 뿐이었던 것이다.
　　　　이 증오는 사랑으로부터 태어난다. 나를 구원하고, 나를

변화시키고, 나를 더 나은 존재로 만들어준 자에 대한 증오. 저 높은 곳의 당신이 나를 구해줬기 때문에 아무리 애를 써도 나는 같은 눈높이에서 당신을 바라볼 수 없다. 나는 당신에게 대들고, 당신과 장난치고, 당신과 밤새도록 이야기를 나누고 싶다. 하지만 당신은 결코 그래주지 않을 것이다. 그리하여 나는 증오한다, 나를 구원한 사람을. 제르트뤼드가 목사를 바라보며 느끼는 감정은 아마도 이런 모습이 아닐까. 창조주가 피조물을 바라보는 시선은 만족 아니면 불만족이다. 피조물에 대한 조건 없는 사랑은 어머니의 것이거나 신들의 것이다. 하지만 피조물은 만족도 불만족도 표현할 수 없다. 그는 나를 만들었지 않은가. 더 이상 무슨 말이 필요한가. 피조물은 그리하여 침묵한다. 묵묵히 당신이 나에게 부여한 의무에 충실할 뿐이다.

그러나 제르트뤼드는 목사가 보여주는 세상에 결코 만족할 수 없고, 자신의 눈으로 본 세상 속에서 자신의 힘으로 삶을 꾸려나가고 싶었다. 그녀는 눈을 뜨고 나서야, 자크에 대한 사랑과 목사에 대한 사랑이 '다른 종류의 사랑'이라는 것을 알았다. 그러나 자신이 본의 아니게 한 가정의 평화를 망쳐버린 불청객이라는 사실을 깨닫고, 연약한 그녀의 영혼은 그 잔혹한 진실의 무게를 견디지 못한 채 파국을 선택하고 만다. 그녀가 스스로 죽음을 선택한 후에야, 목사는 자신의 사랑이 얼마나 폭력적인 것이었는지를 깨닫는다. 그는 자신의 사랑을 돌보느라 자신이 사랑하고 있는 바로 그녀의 사랑을 돌보지 못했던 것이다. 그는 세상 속으로 내보내 모두의 사랑을 받아야 할 명화를 자신의 집에 몰래 숨겨둔 사람처럼, 제르트뤼드의 아름다움을 단지 혼자만의 것으로 애장하고 싶었던 것이다. 그리하여 그는 너무 늦게 깨닫고 만다. 자신이 사랑했던 그녀는 피조물의 위치를 넘어, 한 사람의 여자로, 한 사람의 인간으로 살아가고 싶었다는 것을.

베른하르트 슐링크,
『책 읽어주는 남자』

사랑하는 이의 '죄'를
짊어질 수 있을까

사랑한다면, 그 사람의 죄까지 사랑할 수 있을까. 물론 죄 자체를 사랑할 수는 없다. 문제는 사랑하는 사람의 죄이기에 더욱 무거워질 수밖에 없는, 부채감이다. 차라리 내가 직접 저지른 죄라면 그토록 고통스럽지는 않을 것이다. 내가 모든 것을 책임지면 되니까, 그 모든 벌을 내가 받으면 되니까. 그러나 사랑하는 사람이 저지른 죄를 내가 어찌할 것인가. 치명적인 죄악을 이미 저지른 사람, 그럼에도 그런 사람을 사랑하는 나 사이에는 그 어떤 사랑의 힘으로도 치유할 수 없는 거대한 죄책감이 자리 잡는다. 행복은 나눌수록 커지고 불행은 나눌수록 가벼워지지만, 죄는 그렇지 않다. 죄는 나눌수록 무거워지고, 나눌수록 고통스러워지는 것이 아닐까.

소설 『책 읽어주는 남자』는 바로 그 '사랑하는 사람의 죄'에 대한 이야기임과 동시에, '죄를 저지른 그녀를 사랑한 나'에 대한 이야기다. 그녀, 한나는 도저히 사랑할 수 없을 것만 같은 갖가지 요소를 빠짐없이 차곡차곡 갖춘 여자다. 미하엘과 한나는 평생 세 번의 운명적인 만남을 가진다. 첫 번째는 미하엘이 열다섯 살 때. 첫 번째 만남의 난관은 엄청난 나이 차이였다. 그녀는 그보다 나이가 많다. 무려 스물한 살이나. 한나를 향한 미하엘의 사랑에는 두려움도 계산도 없었지만, 한나는 사랑이 절정에 다다랐을 때 말없이 떠나버린다. 이후 소년은 누구도 제대로 사랑할 수 없는 사람이 되어버리고 만다. 두 번째 만남의 난관은 그녀가 피고인 자리에 앉아 있었다는 점이다. 8년 후 법대생이 된 미하엘이 방청객으로 참여한 희대의 재판에서 그녀는 피고석에 앉아 있다. 그녀는 나치의 일원으로서 엄청난 살인죄를 저지른 전범戰犯이었던 것이다. 세 번째 만남의 난관, 그것은 그녀가 감옥에 있다는 사실이었다. 그녀는 무기징역을 선고받고, 찾아오는 가족도 친구도 없는 채로, 희망 없는 삶을 이어나간다. 그리고 그녀가 차마 그에게 밝힐 수 없었던 치명적인 어둠, 두 사람을 만나게 하고 동시에 헤어지게 한 이유, 그것은 그녀의 문맹이었다.

이 세 번의 운명적 만남을 극적으로 이어준 매개체는 바로 낭독이었다. 글을 읽을 수는 없지만, 글을 듣고 싶어 하는 그녀. 그녀가 어린 소년에게 바랐던 유일한 사랑의 방식은 바로 낭독이었다. 어떤 교육의 혜택도 받지 못했던 그녀는 소년의 책 읽는 소리로부터 유일한 문명을, 유일한 문화를, 유일한 예술을 경험한다. 호메로스의 『오디세이』부터 톨스토이의 『전쟁과 평화』, 체호프의 『개를 데리고 다니는 여인』, 로렌스의 『채털리 부인의 사랑』, 카프카의 『변신』, 릴케의 시집에 이르기까지. 처음에는 밋밋하게 책을 읽어주던 소년은 책 '듣기'에 푹 빠진 그녀를 위해 점점 위대한 성우이자, 변사이자, 배우가 되어간다. 오디세우스의 목소리로, 채털리 부인의 목소리로, 그레고르 잠자의 목소리로. 그 모든 위대한 주인공들의 몸과 마음이 되어 생생한 연기력을 펼치기 시작한 소년.

이제 어른이 된 미하엘은 그녀가 나치의 일원이었다는 것을 알게 되자 절망한다. 그녀 때문에 내 인생은 열다섯 살에서 멈춘 것만 같은데, 그녀 때문에 누구도 사랑할 수 없었는데, 그녀가 300여 명의 유태인들을 불에 타 죽게 만든 장본인이라니. 그러나 그녀의 죄상은 한 개인의 죄가 아니라 함께 상부의 명령을 수행한 동료들의 죄임과 동시에, 거부할 수 없는 상부, 즉 국가라는 거대한 시스템의 죄이기도 했다. 한나는 한 사람의 죄인이 아니라 나치의 기억을 공유한 모든 사람들이 결코 자유로울 수 없는, 집단의 죄를 상기시키는 존재였던 것이다. 한나는 다른 감시인들과 함께 명령을 수행한 것이었지만

나머지 다섯 명의 감시인들은 그녀에게 모든 책임을 덮어씌운다. 역사도, 국가도, 국민도 희생양을 필요로 했던 것이다. 그녀는 어쩔 수 없었다고 진술한다. "그러면 재판장님 같았으면 어떻게 하셨겠습니까?" 그녀를 다그치던 재판장 또한 이렇다 할 대답을 내놓지 못한다.

재판에서 그녀는 당시 상황을 기록한 보고서에 대한 필적 감정을 요구받지만, 그녀는 감정해야 할 글씨체 자체가 없었다. 문맹임을 고백하면 충분히 감형받을 수 있었지만, 그녀는 다른 모든 사람들의 죄까지 뒤집어쓴 채 종신형을 택한다. 그녀는 문맹임을 고백하느니 차라리 종신형을 택할 정도로 그 사실이 끔찍하게 수치스러웠던 것이다. 그때까지 한나가 문맹이었던 사실을 몰랐던 미하엘은 그제야 그녀의 기이한 행동들을 이해할 수 있게 된다. 그녀에게 남기는 쪽지를 써놓고 잠시 외출을 했을 때 그녀가 왜 그토록 광기 어린 분노를 자제하지 못했는지. 그녀가 왜 함께 여행 간 곳에서 메뉴판은 물론 지도조차도 쳐다보려 하지 않았던 것인지. 하물며 쪽지 한 장 남기지 않고 떠나버린 그녀의 냉정함까지. 그 모든 행동에는 문자가 필요했던 것이다. 그는 그녀가 문맹임을 증언하여 감형을 호소할 수 있다는 것을 알았지만, 그녀를 구할 수 있는 마지막 기회를 놓치고 만다.

그녀를 구해내지 못한 자책감에서 조금이라도 자유로워지고 싶어서였을까. 미하엘은 그녀에게 차마 면회를 가진 못했지만, 이제 더욱 풍부해진 자신의 서재에 가득 담긴 이 세상 곳곳의 아름다운 이야기들을 카세트테이프에 담아 보내기로 한다. 이제 산전수전 공중전을 다 겪은 그는, 자신이 견뎌온 시간의 힘으로, 자신이 살아온 삶

서로의 결핍으로 오히려 완전해지는

의 내공으로, 더욱 맛깔스럽게, 더욱 생생하게, 아름다운 이야기를 들려주는 진정한 이야기꾼이 된다. 감옥에서 그 카세트테이프를 들은 그녀는, 처음으로 글을 배우고 싶다는 생각을 한다. 그녀의 마음속에 여전히 열다섯 살 소년으로 남아 있는 미하엘에게, 고맙다고, 너의 이야기가 너무 아름다웠다고, 편지를 하고 싶었던 것이다. 한나는 생애 처음으로 도서관에서 책을 빌린다. 미하엘의 낭독 소리에 맞춰 글을 읽으며, 글자를 하나하나 배우기 시작한 것이다. 생애 처음으로 그녀가 쓴 편지는 물론 미하엘을 향한 것이었다. "꼬마야. 지난번 책 좋았어." 한나는 미하엘의 답장을 기다리며 끊임없이 편지를 보내지만 미하엘은 아직 그녀의 죄를 용서하지 못한다. 그러나 그 죄는 한 개인의 죄임과 동시에 '역사'의 죄이고, 나치의 명령에 따랐던 수많은 보이지 않는 독일인들의 죄이기도 했다. 한나는 죄인이었지만 한나를 희생양으로 삼아 수천수만 명의 죄를 대속하려는 또 다른 집단의 죄는 철저히 은폐된다. 한나는 글을 읽을 줄 알게 되면서 자신의 죄가 어떤 의미인지도 더욱 선명하게 깨닫게 된다. 유태인들이 쓴 수용소 일기를 보면서, 그녀는 무기징역보다 더 끔찍한, 영혼의 징벌을 받게 된 것이다.

그녀를 사랑한다는 것은 곧 온 세상과 적이 된다는 것이다. 그녀를 사랑한다는 것은 내가 살아온 인생 전체를 부정하는 것이다. 그녀를 사랑한다는 것은 현재뿐 아니라 과거를, 미래조차도 부정하는 일이다. 그러나 그 끔찍한 고통 속에도 아름다운 향유jouissance가 있었다. 자기가 사랑하는 여인이 역사의 죄인이라는 고통 속에서도 낭독은 지속된다. 이 낭독 속에서 두 사람은 '이야기를 들려주는 자'와

인
연

'이야기를 듣는 자'가 되어, 그들을 갈라놓았던 모든 장애물들, 고통스런 기억, 씻을 수 없는 죄로부터 잠시나마 자유로울 수 있었던 것이다. 그 열정적인 낭독을 통해서 미하엘은 스스로 변호사도 아닌, 역사의 죄인을 용서하지 못하는 독일인도 아닌, 그저 한 여자를 사랑하는 남자, 나아가 소설 속의 그 모든 기념비적인 인물이 될 수 있었다. 낭독을 듣는 그 순연한 몰입의 행위 속에서 또한 한나는 자신이 결코 될 수 없는 존재, 개를 데리고 다니는 여인, 채털리 부인, 그레고르 잠자가 될 수 있었다. 미하엘은 끝내 집으로 돌아오지 못한 오디세우스였으며, 한나는 문맹이라는 이유로 자신의 고유한 노래마저 잊어버린, 노래하지 않는 세이렌이 아니었을까.

서로의 결핍으로 오히려 완전해지는

샬럿 브론테,
『제인 에어』

사랑을
배운 적 없는 이의 사랑

사랑을 모르는 소녀의 기적 같은 사랑

사랑을 시작하는 순간과 동시에, 이 사랑이 결코 이루어질 수 없다는 고통스러운 예감이 시작될 때. 시작부터 안 된다고 느끼는 사랑의 고통은 끔찍하지만, 더 큰 고통은 그럼에도 불구하고 그 사랑을 결코 멈출 수 없는 자신을 발견할 때 찾아온다. 고아 소녀 제인 에어는 엄청난 신분 차이로 도저히 다가갈 수 없는 로체스터 씨를 바라보는 순간의 고통을 이렇게 묘사했다. "자기가 기어서 당도한 샘물에 독이 섞여 있음을 뻔히 알면서도 허리를 구부리고 물을 마시는, 갈증으로 죽어가는 사람이 맛보는 것 같은 기쁨"이라고. 로체스터 또한 자신이 지금까지 만나온 여자들과는 너무도 다른 제인에게 이끌리지만, 예전부터 염두에 두어왔던 비슷한 신분의 블랑슈 양과의 혼인을 생각하고 있다. 로체스터도 귀족치고는 굉장히 자유분방한 사고방식을 갖고 있지만, 열여덟 살 풋내기 가정교사에 대한 '알 수 없는 설렘'을 사랑으로 인정하기 위해서는 엄청난 용기가 필요했던 것이다. 제인을 선택한다는 것은 로체스터의 인생 전체를 갈아엎는 엄청난 기회비용을 요구하기 때문이다. 한편 제인은 태어나 처음으로 타인에 대한 격렬한 질투를 느낀다. 아름다운 외모로 좌중의 시선을 압도하는 블랑슈는 '제인이 결코 가질 수 없는 무엇'을 강렬하게 환기시키고, 그 가질 수 없는 대상은 바로 로체스터 씨임을 깨달았기 때문이다.

사람들은 혹시나 자신의 마음을 들킬세라 최대한 포커페이스를 연출해 보이지만 사랑하는 사람의 표정만큼 숨기기 힘든 비밀도 없다. 내가 저 사람을 꿰뚫어 보는 것만큼 저 사람도 나를 꿰뚫어 보고 있다는 느낌. 그 발가벗은 느낌이 결코 싫지는 않지만 미친 듯이 심장은 뛰어대고, 이 가눌 수 없는 설렘은 이상하리만치 달콤한 고통으로 다가온다. 로체스터의 수양딸 아델을 가르치는 가정교사가 된 제인이 로체스터를 대하는 마음 또한 그렇다. 세상에 태어나 마음껏 웃어본 기억조차 없는, 누가 봐도 무뚝뚝하고 무표정해 보이던 제인 에어. 아버지뻘의 나이 차에도 불구하고, 결코 미남이라고는 할 수 없는 우락부락한 외모에도 불구하고, 로체스터는 제인에게 '남자'로 다가온다.

　　　　제인 에어를 바라보며 로체스터는 말한다. 당신의 영혼은 잠자고 있다고. 당신의 영혼을 일깨울 커다란 충격이 아직 주어지지 않았다고. 하지만 제인 에어는 예감한다. 내 영혼이 정말 잠들어 있었다면, 그 영혼을 깨우고도 남을 엄청난 충격이 바로 지금 시작되고 있음을. 제인 에어는 언제 어떻게 또다시 처참하게 버려질지 알 수 없는 자신의 존재만을 돌보기도 벅찬 삶을 견뎌왔다. 하지만 로체스터를 알아가면서 그녀는 처음으로 관계의 그물망 속으로 자신의 존재를 던지는 법을 배운다. '나 하나'라는 '존재'를 감당하는 것만으로도 충분히 버거웠던 그녀는 '관계'의 프리즘 속에서 자신의 존재가 처음으로 그동안 숨겨왔던 환한 빛을 뿜어내고 있음을 깨닫게 된다.

　　　　제가 무슨 자동인형인 줄 아세요? 감정도 없는 기계로 아세요? (……) 제가 가난하고 미천하고 못생겼다고 해서 혼도 감정도 없다고 생각하세요? 잘못 생각하신 거예요! 저도 당신과 마찬가지로 혼도 있고 꼭 같은 감정도 가지고 있어요. 그리고 제가 복이 있어 조금만 예쁘고 조금만 부유하게 태어났다면 저는 제가 지금 당신 곁을 떠나기가 괴로운 만큼, 당신이 저와 헤어지는 것을 괴로워하게 할 수도 있었을 거예요. 저는 지금 관습이나 인습을 매개로 해서 말씀드리는 것도 아니고 육신을 통해 말씀드리는 것도 아니에요. 제 영혼이 당신의 영혼에게 말을 하고 있는 거예요. 마치 두 영혼이 다 무덤 속을 지나 하느님 발밑에 서 있는 것처럼, 동등한 자격으로 말이에요. 사실상 우리는 현재도 동등하지만 말이에요!

샬럿 브론테
『제인 에어』
(유종호 옮김
민음사) 중에서

로체스터는 한때 방황과 타락으로 점철된 자신의 삶을 정화하기 위한 속죄의 도구로 제인의 순수를 이용하려 했고, 그런 마음으로는 제인을 가질 수 없다는 것을 깨닫는다. 로체스터는 일단 제인 에어를 자신의 사람으로 만들고, 그다음에 자신의 죄(다락방에 '미친 아내' 버사 베이슨을 숨겨두고 있었다는 사실)를 고백하려 하지만 그 방식 또한 제인을 얻기 위한 임기응변에 지나지 않았다. 아무리 고통스러워도 온몸으로 진실에 부딪히는 것밖에는 아무런 방법이 없다는 것을 알았을 때, 이미 제인은 떠나버리고 없었다. 두 사람에게는 고통스런 이별의 시간이 필요했고, 그 참혹한 기다림을 통해 두 사람은 비로소 아무런 수식어가 필요 없는 '자기 자신'이 될 수 있었다.

그들의 러브 스토리는 아름답기 이를 데 없지만 그 과정은 참으로 험난하다. 사랑은 한 존재를 향한 매혹과 숭배에서 시작되지만, 사랑의 현실은 자신을 향한 최고의 예찬을 수용하는 우아한 형식이 아니라, 자신의 전 존재를 해체하는 뼈아픈 고통을 대가로 하는 모험이기 때문이다. 아름다운 사랑 이야기들은 단지 '사랑의 아름다움'만을 보여주는 것이 아니라 사랑을 통해서 깨달을 수 있는 '삶의 아름다움'을 보여준다. 『제인 에어』의 감동은 바로 그 '삶의 아름다움'을 창조하는 고아 소녀의 눈부신 투쟁에서 비롯된다.

사랑을 통해 세상을 배우는 제인 에어

초등학생도 재테크를 배우는 시대, 초등학생도 어엿하게 주식이나 펀드의 소유주가 되는 시대다. '부자 되세요'라는 낯 뜨거운 유행어가 최고의 덕담이 되어버린 세상에서 아이들은 무엇을 배울까. 이런 사회에서는 화폐야말로 천국으로 가는 보증수표처럼 보이지 않을까. 어린 시절부터 '유전무죄 무전유죄'식의 협박조로 돈의 가치를 강박적으로 주입받는 사회에서는 정작 '내가 번 돈으로 무엇을 할 것인가', '돈이란 인간에게 무엇을 의미하는가'에 대한 문제의식을 가질 틈이 없다. '돈만 벌면 곧바로 부모님 집에서 탈출할 거야'라고 선언하는 아이들의 머릿속에는 '경제적 독립에만 성공하면 곧바로 어른이 될 수 있다'는 전제가 깔려 있다. 하지만 경제활동 인구에 포함되기만 하면 정말 독립은 완수되는 것일까. 월세 방을 얻고 생활비를 벌면, 우리는 독립했다고 말할 수 있을까. 진정한 자아의 독립이란 무엇일까. 누구도 정의하기 어려운 '독립의 기술'을 찾아 고전의 숲을 헤매던 나는 세기의 로맨스 소설 『제인 에어』에서 뜻밖에도 '최고의 재테크 기술'을 발견했다.

천애의 고아 제인 에어는 가난 때문에 온갖 설움을 당했으면서도 돈 때문에 기죽거나 돈 때문에 자아를 잃어버리지 않는다. 제인의 소박한 재테크 기술은 돈이 없다는 이유로 자신을 무시하고 폭력까지 서슴지 않는 사람들 앞에서도 주눅 들지 않는 당당함, 자신 앞에 주어진 엄청난 돈 앞에서도 사심을 품지 않는 용기에서 우러나온다. 제인은 약혼자 로체스터가 사주는 화려한 옷이나 장신구도 거부한다. 자신은 여전히 로체스터에게 고용된 가정교사이므로 결혼 후에도 가정교사 시절 받던 봉급 30파운드로 생활비를 해결할 것이라 선언하며 스스로의 존엄을 지키려 했다. 로체스터와 헤어져 걸인처럼 떠도는 와중에도 제인은 돈을 구걸한 것이 아니라 제 힘으로 밥을 벌 수 있는 일자리를 구했다. 마침내 친척이 남긴 유산을 상속받아 큰 부자가 될 뻔했을 때, 제인이 지닌 최고의 재테크 감각이 유감없이 발휘된다. 당시로서는 엄청난 거금이던 2만 파운드의 유산을 정확히 4등분하여 자그마치 4분의 3을, 자신을 죽음의 문턱에서 구해준 세 명의 친척에게 나눠준 것이다. 피붙이 하나 없이 평생 고독 속에 살았던 제인에게 가장 절실했던 재산은 바로 '곁에 있어줄 사람들'이었다.

제인은 막대한 유산을 물려받는 순간, 필요 이상의 '부'가 어느 순간 '부담'이 될 수밖에 없음을 간파한다. 제인 에어식 재테크의 핵심은 내게 필요한 자유를 위한 수단으로써 돈을 바라볼 뿐 돈을 목적으로 취급하지 않는 것이다. 자신에게 주어진 유산 중 75퍼센트를 아무 미련 없이 포기한 제인의 선택을 보면, 요새 아이들은 제인의 비현실적 순수를 받아들이지 못할 수도 있다. 하지만 제인에게 아이들은 결국 배울 것이다. 단지 돈을 통해 자립하는 것이 아니라 '돈의 지배'로부터 해방되는 것이 진정한 경제적 독립이라는 것을. 제인 에어는 유한한 돈으로 무한한 자유를 맞바꾸는 지혜를 실천했을 뿐만 아니라, 돈으로 살 수 없는 사람의 따스한 온기를 '화폐를 통한 교환'이 아닌 온 마음을 다한 '순수 증여'를 통해 누릴 수 있었다. 제인은 '인생의 로또'를 '영혼의 감옥'을 탈출하는 열쇠로 사용함으로써 비로소 존재의 독립을 성취한 것이다.

　　『제인 에어』는 경제적 독립뿐 아니라 자아의 독립을 위해 무엇이 필요한가에 대한 진지한 성찰로 가득하다. 자아의 독립을 위협하는 아찔한 위기가 찾아올 때마다, 제인은 혈혈단신으로 자신을 지키는 것이 너무 힘들어 차라리 철저히 자아를 잃어버리고 싶은 기분에 사로잡히기도 한다. 내 곁에 있어줄 사람은 아무도 없다는 공포 때문에 사랑 없는 세인트 존의 청혼을 받아들일 뻔하기도 했다. 하지만 제인은 아무리 외롭고 힘들어도 '나 자신'이 될 수 있어야 누군가를 사랑할 수도 있음을 잊지 않는다. 제인의 진정한 재테크 기술은 자신의 지식과 재능을 아낌없이 나누어주는 기술, 제인이 가는 곳마다 사람들이 자신으로 인해 좀 더 나은 삶을 꿈꾸게 만드는 열정에 있었다. 독립의 기술은 이렇듯 '혼자서도 잘 버티는 능력'에 그치는 것이 아니라 '다른 사람과 잘 어울릴 수 있는 능력'이 아닐까. 진정한 독립을 위해서는 독립 자금뿐 아니라 타인의 삶을 보듬는 모듬살이의 지혜가 필요하다.

꼿꼿이 홀로 서기도 중요하지만 때로는 비틀거리더라도 끝내 누군가
와 함께 서 있다는 사실이 더욱 소중하다. 함께 있음의 즐거움을 천 배
만 배로 부풀리는 능력, 서로의 부동산이 아니라 존재의 기쁨을 고양
시키는 능력이 진정한 독립의 자산 아닐까. 혼자 있을 때나 여럿이 있
을 때나 자신을 잃어버리지 않으면서도 함께 있음의 기쁨을 부풀릴 줄
아는 지혜, 그것이 어떤 위기 속에서도 손실의 위험이 없는 진정한 내
면의 자산이 아닐까.

서로의 결핍으로 오히려 완전해지는

한스 크리스티안 안데르센,
「눈의 여왕」

내가 아닌 너를 위해 흘린
눈물의 기적

사랑을 위해, 넌 어디까지 갈 수 있니. 내게 안데르센의 동화 「눈의 여
왕」은 이런 질문을 던진다. 눈의 여왕이 카이를 납치해 머나먼 땅 라플
란드로 데려가버리자, 어린 소녀 게르다는 카이를 찾기 위해 일상을
버리고, 가족을 버리고, 마침내 목숨까지 기꺼이 버리려 한다. 이 이야

기의 감동은 단지 그녀가 '무엇을 버리는가'에서 오지 않는다. 이 이야기의 감동은 그녀가 '어떻게 버리는가'에서 찾아온다. 그녀는 처음에는 실종된 카이를 찾기 위해, 오로지 카이를 찾겠다는 일념 하나로 길을 나섰다. 게르다는 처음에 '카이를 사랑해서 길을 떠난다'기보다는, 무작정 그를 찾기 위해 길을 떠났다가 천신만고 끝에 그를 찾아내는 과정에서, 바로 그 방황과 고통의 길 위에서 '이것이 사랑이구나'라는 것을 깨닫는다. 아무것도 가진 것 없는 이 작은 소녀의 유일한 무기는 '다른 이의 이야기를 그저 묵묵히, 잘 들어주는 것'이었다. 게르다는 혹시나 카이를 찾을 방법을 알 수 있을까 싶어 길가에서 만나는 모든 존재들에게 카이의 행방을 수소문한다. 그러나 모두들 '카이의 이야기'가 아니라 지마다 간직하고 있는 '나의 이야기'를 재잘재잘 떠들고 싶어한다. 그녀가 만약 '난 바빠서 이만!' 하고 그들의 이야기를 외면해버렸다면, 이 이야기는 더 이상 앞으로 나아갈 수도 없었고, 그녀는 그토록 그리워하던 카이를 찾을 수도 없었을 것이다.

마법사 할머니, 이름 모를 온갖 꽃들, 핀란드 소녀와 순록 등 게르다가 방랑의 여정에서 만나는 모든 존재들은 때로는 게르다를 납치하려 하고, 방해하려 하고, 외면하려 한다. 하지만 게르다가 온 마음을 다해 우주의 단 한 사람, 카이를 찾고자 하는 뜨거운 진심을 이해한 그들은 저마다 자신의 최선을 다해 게르다를 돕는다. 그녀는 저마다 '딴소리'를 하는 온갖 타인들의 이야기에 가슴이 터질 것처럼 답답하지만, 그래도 그 수많은 버림받은 존재들의 안타까운 이야기들을 온 마음을 다해 들어준다. 그 기나긴 기다림 속에서, 조금씩 그들은 게

서로의 결핍으로 오히려 완전해지는

르다의 진심에 감동하여 마음을 움직이기 시작한다. 그들은 저마다 자신들이 가진 '작은 힘'들을 나누어준다. 신비한 힘을 가진 요정이나 마법사가 나타나 지팡이 하나로 뚝딱, 한꺼번에 문제를 해결해주는 것이 아니라 꽃들은 꽃들대로, 순록은 순록대로, 새들은 새들대로 저마다의 소박한 해법을 내놓는다.

그들은 하나같이 게르다를 돕지만, 게르다는 사랑하는 이를 찾기 위해 오직 혼자 견뎌야 할 끔찍한 외로움이 있다는 것을 깨닫는다. 장갑도 신발도 없이 홀로 눈 쌓인 벌판에 남겨진 게르다는 '혼자'라는 단어의 의미를 온몸으로 처음 깨닫게 된다. 살을 에는 추위와 배고픔보다 더 가슴 아픈 것은 완벽한 혼자라는 사실이었다. 그것은 사랑하는 이를 지켜내기 위해, 자신이 견뎌야 할 가장 끔찍한 고통의 다른 이름이었다.

> "카이가 눈의 여왕과 함께 있다는 건 사실이야. 그 애는 거기서 행복하게 살고 있어. 자기가 원하는 건 뭐든지 할 수 있단다. 그래서 그곳이 천국이라고 믿고 있지. 하지만 그건 그 애의 가슴과 눈에 깨진 거울 조각이 박혀 있기 때문이야. 우선 그 조각들을 꺼내야 해. 그렇지 않으면 다시는 사람이 될 수 없어. 계속 눈의 여왕의 꼭두각시로 살아야 하지."

―
한스 크리스티안
안데르센
『안데르센동화전집』
(김유경 옮김
동서문화사) 중에서

눈의 여왕은 인간의 모든 감정을 빼앗아 가는 무서운 여신이다. 아름다운 외모 뒤에 가려진 차가운 마음은, 이 세상 그 무엇도 사랑하지 않겠다는 단호한 결의로 가득하다. 게르다가 카이의 눈에 박혀 있는 여왕의 거울 조각을 빼내지 않는 한, 카이는 영원히 눈의 여왕의 꼭두각시로 살아야 하는 마법에 걸려 있었던 것이다. 게르다가 카이를 찾는다 해도, 결코 눈의 여왕을 이길 수 없으리라 생각한 순록은 안타까운 마음에 핀란드 여인에게 부탁한다. "눈의 여왕을 이길 수 있는 힘을 게르다에게 줄 순 없나요?"

> "게르다가 지니고 있는 것보다 더 큰 힘을 줄 수는 없단다. 게르다의 힘이 얼마나 큰지 모르겠니? 사람들이며 짐승들 할 것 없이 모두 게르다를 도와주었지. 맨발로 이 세상을 살 헤쳐나가고 있는 게르다를 봐. 내가 도울 수 있는 건 없어. 게르다가 가진 힘이 그 어떤 힘보다도 더 크니까. 그 힘은 게르다의 가슴속에 있단다. 맑고 순수한 마음속에 말이야."

『안데르센동화전집』 중에서

모두들 게르다의 고군분투가 안쓰러워 그녀에게 작은 힘이라도 보태고 싶어지지만, 핀란드 여인은 '이미 게르다는 그녀 안에 모든 힘을 갖고 있다'는 진실을 일깨워준다. 누군가를 사랑하기에, 앞뒤 가리지 않고, 자신의 안위를 걱정하지 않고, 오직 그 사람의 행복을 위해 자신이 가진지도 몰랐던 모든 힘을 이끌어내는 순수한 집중. 그 힘만으로도 게르다는 눈의 여왕은 물론 어떤 장애물과도 싸울 수 있다는 믿음이 독자의 가슴을 따뜻하게 감싼다. 그녀가 '고독'이라는 장애물마저 이겨내고, 드디어 천신만고 끝에 카이를 찾아냈을 때, 그녀가 싸워야 할 가장 큰 장애물은 바로 카이의 '망각'이었다. 눈의 여왕의 강력한 마법에 사로잡혀 눈물을 흘리는 법도, 웃는 법도, 게르다와 가족들까지 완전히 잊어버린 카이. 카이가 사로잡혀 있는 마법은 바로 '이성'이라 불리는 끔찍한 마법이었다. 눈의 여왕은 이성으로만 똘똘 뭉쳐 어떤 감정에도 휘둘리지 않는다. 이성의 시선에 비친 사랑은 불완전하고, 쓸모없으며, '에너지의 낭비'로 보이기 마련이다.

그러나 이성의 힘만으로는 닿을 수 없는 것들이 세상에는 너무도 많다. 카이가 이 차가운 이성을 상징하는 얼음 조각들을 짜맞추어 여러 가지 글자를 맞추는 놀이는 매우 상징적이다. 그는 뛰어난 예술적 감각으로 아름다운 얼음 조각 글자들을 만드는데, 아무리 애써도 절대 만들어지지 않는 글자가 있었다. 그것은 바로 '영원'이라는 글자였다. 눈의 여왕은 카이에게 이렇게 속삭인다. "그 글자를 맞춘다면 너에게 자유를 선물하지. 그리고 이 세상 전부와 스케이트도 주겠어."

카이는 혼자만의 힘으로는 '영원'을 완성할 수 없었다. 감성을 짓밟고, 낭만을 비웃고, 서정을 빼앗아 가버리는 세상. 그 합리적이고 냉정한 이성의 발걸음만으로는 '영원'에 가 닿을 수 없는 것이 아닐까. 이성은 어떤 결점도 없는 완벽을 추구하지만, 이성의 나룻배만으로는 영원이라는 피안에 가 닿을 수 없다. 게르다는 그 '영원'으로 다가가기 위한 마지막 퍼즐 조각을 지니고 있다. 그것은 바로 '다른 이를 위해 기꺼이 눈물을 흘릴 수 있는 마음'이었다. 게르다가 온갖 산전수전을 다 이겨내고 카이를 찾았을 때, 그녀는 곧장 카이에게 달려가 그의 목을 껴안고 외친다. "카이, 카이! 보고 싶었어! 드디어 널 찾았구나!"

그러나 이성의 마법에 빠져버린 카이는 자신의 모든 것을 함께했던 게르다를 보고도 낯선 사람을 보는 것처럼 뻣뻣하게 앉아만 있었다. 게르다는 절망감에 빠져 울음을 터뜨리고 만다. 그녀의 뜨거운 눈물이 카이의 가슴에 떨어져 심장으로 파고들자, 드디어 기적이 시작된다. 지금까지 견뎌온 모든 슬픔과 사랑과 절망이 담긴 게르다의 눈물은 카이의 꽁꽁 얼어붙은 심장을 속속들이 녹여 내린 것이다. 그제야 카이는 기나긴 악몽에서 깨어난 듯 게르다를 눈부시게 바라보았고, 이제는 카이가 눈물을 철철 흘리기 시작한다. 카이가 눈물을 흘릴 수 있게 되는 순간, 어둠과 공포에 휩싸인 게르다의 세상은 본래의 따스한 빛을 되찾았다. 눈물을 흘릴 수 있다는 것은 감정을 가질 수 있다는 것, 비록 불완전하고 고통스러울지라도 누군가를 진정으로 사랑할 수 있는 능력을 되찾는 일이었다.

게르다의 사랑을 깨닫고 나서야 카이는 자신이 머물고 있던 곳이 얼마나 끔찍한 곳인지를 인식하게 된다. "여긴 너무 춥고 쓸쓸해." 두 사람이 만나는 것을 목격한 얼음 조각들은 자기들도 즐거운 듯 신나게 춤을 추었다. 얼음 조각들이 지쳐서 바닥에 떨어지자, 그들은 저절로 아름다운 낱말이 되었다. 바로 '영원'이라는 글자였다. 이제 카이는 눈물을 흘리는 능력을 회복함으로써 사랑할 수 있는 능력, 영원에 도달할 수 있는 능력을 되찾은 것이다. 사랑이 없다면, 너를 위해

서로의 결핍으로 오히려 완전해지는

눈물 흘릴 수 있는 마음이 없다면, 영원에 가 닿을 수 없다. 게르다에게는 초능력이나 강력한 구원의 손길이 필요 없었다. 사랑하는 이를 위해 슬퍼할 수 있는 능력, 눈물을 흘릴 수 있는 능력이야말로 눈의 여왕으로 상징되는 이 냉혹한 이성중심주의의 사회를 이겨낼 수 있는 최고의 무기가 아닐까. 타인을 찔러 나 혼자 살아남는 무기가 아니라, 타인의 아픔을 어루만져 '우리'가 함께 눈물 흘릴 수 있는, 누구도 피 흘리지 않는 무기 말이다.

낭만적 사랑,
그 너머엔 무엇이 기다릴까

사랑에 빠진 순간, 세상은 완전히 새로운 악보로 연주를 시작하는 오
케스트라다. 언제 어디서 그런 신출귀몰한 멜로디와 리듬을 숨겨놓고
있었는지. 세상은 지금까지와는 전혀 다른 소리와 빛깔과 향기로 다가
온다. 세상 모든 사물이 나를 향한 싱그러운 미소로 거듭나는 순간. 오
직 한 사람을 향해 뛰는 심장을 느끼는 순간. 심리학자 로버트 존슨은

사랑의 마법에 빠진 이들의 심리를 '투사投射'라는 개념으로 꿰뚫는다. 내 머릿속의 이상형을 살아 움직이는 상대방의 이미지에 덮어씌우는 것. 상대방의 현실보다 내 머릿속 이상형의 이미지에 사로잡히는 것. 그것이 사랑의 마법이라는 것이다. 투사에 빠진 것, 콩깍지에 덮어씌워진 것이 사랑이 아니라, '투사의 안개'가 사라졌을 때야말로 진정한 사랑이 시작되는 것이 아닐까.

　　　'어쩜 저 사람은 이토록 내 이상형에 딱 들어맞을까'라고 생각하는 투사의 마법이 끝났을 때, 사랑조차 식어버린다면, 그건 진정한 사랑이 아니라고 한다. 아름답고 신비로운 투사의 커튼이 홀라당 걷혀버리면, 그의 결점과 실수가 보이기 시작한다. 미친 듯이 사랑해서 결혼한 커플들이 신혼 때 서로 죽일 듯이 싸우는 것도 바로 이 '투사의 안개'가 걷히는 시기이기 때문이다. 하지만 사랑에는 여러 단계가 있다. 뒤돌아서는 그의 안타까운 뒷모습만 봐도 가슴이 무너지는 것만이 진정한 사랑은 아니다. 연애라는 낭만에 생활이라는 현실이 끼어들 때, 투사의 안개 너머 그 사람의 진면목이 보이기 시작한다. 이때 열정적인 사랑보다 힘을 발휘하는 것은 '우정으로써의 사랑'이다. 그의 결점이 훤히 보이는 것만큼 나의 결점도 만천하에 드러난다. 실생활이 가려진 채 최고의 모습만을 보여주던 연애 시절이 끝나고, 엉망진창으로 망가진 내 모습에서 더 애틋한 사랑을 느끼는 상대방의 따뜻한 시선을 알아보는 순간. 더 높은 단계의 사랑, 투사 이후의 사랑이 시작되는 것이다.

사랑에 빠졌을 때, 사람들은 상대방에게서 트로이의 헬레네나 미켈란젤로의 다비드 같은 이상적 아름다움을 발견하기도 한다. 그런 아름다움은 아무리 이상화해도 성적 매력의 범주 안에 머물러 있다. 오래오래 사랑할 줄 아는 사람들은 투사의 커튼 저 너머로 상대방의 깊은 상처를 알아본다. 연인과 친밀해진다는 것은 그 사람의 상처 속으로 홀로 들어갈 수 있는 비밀 열쇠를 얻는 것과 같다. 누군가를 사랑한다는 것은 그의 상처가 스스로 발화하는 목소리에 귀 기울이는 일이다. 사랑은 매력으로 시작되어 우정으로 승화되고, 마침내 서로에게서 최고의 스승을 발견하는 위대한 배움으로 이어진다. 이미 만들어진 완벽한 사랑의 저수지에 풍덩 빠지는 것이 아니라, 함께 무거운 돌을 나르고 빈틈을 메워 세상에 하나뿐인 사랑의 호수를 만들어가야 한다. 너를 갖기 위해서가 아니라, 다만 너의 곁에 있기 위해, 내가 더 나은 존재가 되고 싶은 강인한 열망 속에서 사랑은 시작된다. 오래 사랑하는 이들은 상대방에게서 최고의 멘토를 발견할 줄 안다. 사랑에 대한 가장 멋진 헌사는, 그 사람을 만날 수 없어도, 그 사람이 세상에 없어도, 그 사람이 내게 준 생의 축복을 온전히 실천하는 것이 아닐까.

얼마 전에 한 통계조사 결과를 듣고 어리둥절한 적이 있다. 사람들이 사랑을 필요로 하는 이유 중 1위가 바로 '정서적 안정'이라는 것이다. 30퍼센트 정도의 사람들이 '정서적 안정'을 연애의 첫 번째 이유로 꼽았고, 28퍼센트 정도의 사람들이 '결혼'을 이유로 꼽았다. 딱 잘라 말할 수 없는 것을 기어이 잘라 말하게 만드는 모든 통계조사는 어느 정도의 폭력성을 내포하기 마련이지만, 그래도 이런 현상은

에필로그

사뭇 걱정스러웠다. 연애의 목적이 정말 그런 것들일까. 아니, 사랑에
는 정말 뚜렷한 목적이 있는 걸까. 우리는 어떤 목적을 위해 뜻밖의 상
대를 향해 사랑을 느끼고, 느닷없는 사랑 때문에 웃고 울며, 기약 없는
사랑에 인생을 거는 걸까. 이런 생각을 하면서 나는 우리 시대의 '사랑'
과 '연애'와 '결혼'은 서로 심각하게 불화하고 있음을 새삼 깨닫게 되었
다. 사랑이 자연스런 본능이나 충동에 가까운 것이라면, 연애는 문명과
사회의 제약에서 벗어나기 어렵고, 결혼은 지극히 제도적이며 일상적
인 문제로 귀착된다. 사랑=연애=결혼이라는 완벽한 삼위일체의 도식
은 지나친 이상이기도 하고, 우리 스스로를 피곤하게 만드는 사회적
허상이기도 하다.

　　　　　사랑에 빠지는 순간 떨리는 눈빛으로 우리가 바라보는
것은 '아직 아무것도 결정되지 않은 상대방의 마음'이다. 어쩌면 사랑
이 상황에 구속당하지 않고 본래 그대로의 모습을 간직하는 순간은 오
직 사랑에 빠지는 그 순간뿐일지도 모른다. 연애를 시작하는 순간 우
리는 수많은 사회적 관습과 또래 집단의 시선으로부터 자유로울 수 없
다. 결혼은 두 사람의 만남을 넘어 온 가족과 주변 인물의 인간관계를
통째로 뒤흔드는 거대한 인연의 네트워크를 만들어낸다. 아무리 진정
한 사랑과 행복한 연애와 마음 편한 결혼이 어려운 시대라지만, '픽업
아티스트(이성을 유혹하는 기술을 가르치는 강사)'라는 기상천외한 직업이
인기를 끌 정도로 우리는 정서적 안정을 얻기가 어려워진 걸까. 우리
에게 과연 사랑, 연애, 결혼의 의미는 무엇일까. 그리고 사랑, 연애, 결
혼을 모두 뛰어넘는 더 커다란 운명의 힘, '인연'이란 무엇일까. 이 책

은 이런 질문의 씨앗을 품고 태어났다. 사랑은 나 자신을 예전처럼 통제할 수 없게 만든다. 연애는 우리 인내심의 한계를 매번 시험한다. 결혼은 힘겨운 사랑과 연애를 통해 배운 그 모든 것들을 완전히 처음부터 다시 시험하게 만든다. 그럼에도 불구하고 우리는 한 번 맺은 인연의 사슬을 끊어낼 수 없다. 당신이 지금 내 곁에 없더라도. 우리가 영원히 다시 만날 수 없더라도. 우리가 사랑했던 기억은, 우리가 한때 '인연'의 끈으로 함께였다는 사실은, 불씨 없이도 타오르는 영혼의 등불이 되어 우리의 고독한 삶을 영원히 밝혀줄 것이다.

인용 도서 목록

『조제와 호랑이와 물고기들』(다나베 세이코 지음, 양억관 옮김, 작가정신)

『적과 흑』(스탕달 지음, 이동렬 옮김, 민음사)

『월플라워』(스티븐 크보스키 지음, 권혁 옮김, 돋을새김)

『트리스탄과 이즈』(조제프 베디에 지음, 이형식 옮김, 지식을만드는지식)

『티파니에서 아침을』(트루먼 카포티 지음, 공경희 옮김, 아침나라)

『시라노』(에드몽 로스탕 지음, 이상해 옮김, 열린책들)

『아리스토파네스 희극』(아리스토파네스 지음, 천병희 옮김, 단국대학교출판부)

『춘희』(알렉상드르 뒤마 피스 지음, 양원달 옮김, 신원문화사)

『레 미제라블』(빅토르 위고 지음, 송면 옮김, 동서문화사)

『속죄』(이언 매큐언 지음, 한정아 옮김, 문학동네)

『파리의 노트르담』(빅토르 위고 지음, 정기수 옮김, 민음사)

『오셀로』(윌리엄 셰익스피어 지음, 최종철 옮김, 민음사)

『색, 계』(장아이링 지음, 김은신 옮김, 알에이치코리아)

『안나 카레니나』(레프 톨스토이 지음, 박형규 옮김, 문학동네)

『오만과 편견』(제인 오스틴 지음, 김정아 옮김, 펭귄클래식코리아)

『토니오 크뢰거·트리스탄·베니스에서의 죽음』(토마스 만 지음, 안삼환 외 옮김, 민음사)

『미움, 우정, 구애, 사랑, 결혼』(앨리스 먼로 지음, 서정은 옮김, 뿔)

『피그말리온』(버나드 쇼 지음, 김소임 옮김, 열린책들)

『죄와 벌』(표도르 도스토옙스키 지음, 유성인 옮김, 하서)

『전원 교향악』(앙드레 지드 지음, 김중현 옮김, 펭귄클래식코리아)

『제인 에어』(샬럿 브론테 지음, 유종호 옮김, 민음사)

『안데르센동화전집』(한스 크리스티안 안데르센 지음, 김유경 옮김, 동서문화사)

잘 있지
말아요

1판 1쇄 발행 2013년 10월 14일
1판 3쇄 발행 2013년 12월 9일

지은이 정여울

발행인 양원석
총편집인 이헌상
편집장 김순미
책임편집 이성근
해외저작권 황지현, 지소연
제작 문태일, 김수진
영업마케팅 김경만, 정재만, 곽희은, 임충진, 김민수, 장현기, 송기현,
          우지연, 임우열, 정미진, 윤선미, 이선미, 최경민

펴낸 곳 ㈜알에이치코리아
주소 서울시 금천구 가산동 345-90 한라시그마밸리 20층
편집문의 02-6443-8843 구입문의 02-6443-8838
홈페이지 http://rhk.co.kr
등록 2004년 1월 15일 제2-3726호

ISBN 978-89-255-5123-4 (03810)

RHK 는 랜덤하우스코리아의 새 이름입니다.